庫

鼻／外套／査察官

ゴーゴリ

浦 雅春訳

kobunsha
classics

光文社

Title : НОС
1836
ШИНЕЛЬ
1843
РЕВИЗОР
1836

Author : Н.В.Гоголь

目次

鼻／外套／査察官

鼻

1

　なんでも、三月二十五日にペテルブルグで奇妙きてれつな事件が起こったそうであります。ヴォズネセンスキー大通りに住んでおります床屋のイワン・ヤーコヴレヴィチ……、といっても、この人の名字が分からない。もちろん店には看板が出ておりまして、そこには頬に石鹸を塗りたくった殿方が描いてあって、「瀉血も承ります」なんて能書きもあるんですが、それ以上何にも書いてない。その床屋のイワン・ヤーコヴレヴィチ、この人がかなり早く目をさましますってえと、焼きたてのパンがプーンと匂ってきた。寝床の上で少し起きあがってみますと、かなりご立派なご婦人で大のコーヒー好きのおかみさんが、たった今焼き上がったばかりのパンをかまどから取りだしているところです。

「プラスコーヴィヤ・オーシポヴナ、今日はコーヒーはいらないよ」

なんてイワン・ヤーコヴレヴィチが申します。

「かわりに玉ねぎをそえたパンをいただきたいもんだね」

いや、これは、コーヒーもパンもほしいんですが、二つともほしいなんて言い出せないんです。おかみさんってのは、わがままが大嫌(でえきら)いなんで。

《パンだけでいいんだったら、大助かりよ》

おかみさんのほうはほくそ笑んでいる。

《これでコーヒー一杯もうかった》

ってんで、ぞんざいにポーンとパンを食卓に投げだしてくる。

イワン・ヤーコヴレヴィチはずいぶん格式を重んじる人でありますから、シャツの上からこう燕尾服を着込みまして、テーブルにつくと塩をふりかけ、こんな風に玉ねぎを二つの山に分けまして、今度は手にナイフを持つと、くそ真面目な顔つきでパンを切り分けにかかった。パンを二つに切り分けて、そのなかをのぞいてみると、おやまあ、びっくり、何だか白っぽいものがある。イワン・ヤーコヴレヴィチは恐る恐るナイフでつついてみて、それから今度は指でさわってみた。

「かたい！」

そんなふうにひとりごとを言った。

「いったい何だろうね、これは？」

指を突っ込んで引っぱり出してみるってえと、……これがなんと、鼻ッ！　……イワン・ヤーコヴレヴィチは二の句がつげない。目をこすって、もう一度さわってみますが――やっぱり、鼻ッ。正真正銘、掛け値なしの、どこからどう見たって、どう転んだって、鼻ッ！　それどころか、どうやら見覚えがあるような気がいたします。イワン・ヤーコヴレヴィチの顔には、もう恐怖の色がうかんでおります。ところが、この床屋の亭主の恐怖なんざ、おかみさんの剣幕にくらべれば屁でもない。

「どこで、ちょんぎったんだい？」

おかみさんは怒りにまかせて怒鳴りだす始末。

「このろくでなし！　酔っぱらい！　警察に訴えてやるからね。とんでもない悪党だ！　もう三人のお客さんから聞かされてるんだ、ひげ剃りの最中にあんたがぎゅっと鼻をひっつかむもんだから、ちぎれそうになって弱ったもんだってね」

ところがイワン・ヤーコヴレヴィチのほうは生きた心地もあったもんじゃない。この鼻が毎週水曜日と日曜日に顔をあたりに来る省参事官補佐、つまり八等官コワリョフの鼻にほかならない、そうわかったからであります。

「まあ、まあ、プラスコーヴィヤ・オーシポヴナ！　これは雑巾にくるんで、部屋のすみに置いておくよ。ほんのしばらく置いておくだけだ、すぐに棄てに行くよ」

「聞きたくもないね！　このあたしが自分の家にちょんぎった鼻を置かせておくと思っているのかい？　このおたんこなす！　できるといえば革で剃刀を研ぐことぐらいのものじゃないか、そのうち床屋の仕事も満足にできなくなるのがオチさ、このぼんくら、みそっかす！　お前さんにかわって、あたしが警察に申し開きをするとでも思ってんのかい……。この唐変木の、こんこんちき！　さあ、お行きったら、お行きよ！　好きなところに持ってお行き！　見たかないからね、そんなもの！」

イワン・ヤーコヴレヴィチは青菜に塩みたいになっちまってます。いくら頭をひねったって、何を考えていいのかすらわからない。

「どうしてこんなことになっちまったんだろうな？」

と耳のうしろを掻いている。

「きのう酔っ払って帰ったのかどうかも、はっきりしねえ。どう見たって、こんなこたァ、ありもしねえことだ。パンは焼くもんだけれど、鼻はそれとはちがうわな。ああ、さっぱりわからん！……」

イワン・ヤーコヴレヴィチはそのまま押し黙っちまった。警察が自分の家から鼻を見つけ出して、訴えられるかもしれないと考えただけで、もう気が遠くなる。早くも、銀糸の刺繍もあざやかな警官の真っ赤な詰襟やサーベルが目の前にちらついてくる……もうそれで体をぶるぶる震わせている始末です。やがて自分の下着や長靴を引っぱり出してきて、ボロを身にまとうと、うるさいプラスコーヴィヤ・オーシポヴナの小言に背中を押されるように、鼻を雑巾でくるんで、ひょいと通りに出ました。

床屋にしてみれば、こんな鼻なんぞどこかの門柱の下に押し込むか、知らんぷりしてポロリと落として、そのまま横町に折れて、とんずらを決め込んでしまいたいのは山々なんですが……。運がわるいことに、こういうときにかぎって知り合いに出くわす。

「どちらへ？」「こんなに早くからどなたの髭をあたりにいらっしゃるんで？」なんてうるさく訊いてくる。だもんで、なかなか機会がない。あるときなど、しめしめうまく落としてやったぞと思ったのも束の間、巡査が遠くからこう戟でこちらのほうを指して、

「拾いたまえ。何か落としましたぞ！」

それですごすご鼻を拾って、またポケットにしまわざるをえない。だんだん捨てばちな心持ちになってくる。大きな商店や露店が店を開け、人通りが賑やかになってくるからなおさらです。

そこで、床屋はイサーク橋のほうに行ってみることにした。そこからネワ川に鼻を落とせないだろうかってわけです……。ところで、そう言やあ、あたくし、このイワン・ヤーコヴレヴィチなる人物、多くの点で立派なこの人物のことをお話しするのをすっかり失念しておりました。

イワン・ヤーコヴレヴィチは、ま、たいていのロシアの真っ当な職人ならみんなそうですが、うわばみって言われるほどの大酒飲み……。毎日ひとさまのあごに剃刀をあててはいるが、ご自分の髭はあたらない。イワン・ヤーコヴレヴィチが着ております燕尾服ときたら……、いや実は、このイワン・ヤーコヴレヴィチはフロックコートなんざお召しにならない。それで、その燕尾服ってのがまだら色をしております……。いや、元は黒だったんです、それが今では茶色というのか黄色というのか染みが一面についておりまして、それに灰色の染みだってある、というわけでまだら色になっちまってるんですな。襟なんざ着古してもう黒光りしている。三つのボタンは全部取れちゃって、ただ糸だけひょろりと飛び出している。それに、イワン・ヤーコヴレヴィチは大の字がつく不精者で、八等官のコワリョフなどは顔をあたってもらっているときによく言うんです、

「大将、お前さんの手はいやな臭いがするね」

するると、イワン・ヤーコヴレヴィチは逆に問い返してくる。

「なんで臭うんでしょうかね?」

「ぼくにわかるもんかい、でも臭うんだから」

するってえと、イワン・ヤーコヴレヴィチは嗅ぎ煙草をぐいっと吸い込んで、お返しとばかりに頬やら鼻の下やら耳のうしろやら髭の下、早い話が、所かまわずやたらと石鹸を塗りたくる。

さて、この立派な市民の床屋、すでにイサーク橋に差しかかった。まずは、あたりをザーッと見渡す。それからこう欄干から身を乗り出します。魚は結構いるのかいと、橋の下をながめている風情であります。そうしておいて、何食わぬ顔でポトリと鼻の包みを投げ落とした。とたんに十五、六キロばかりの肩の荷をどっと降ろしたような

気分。イワン・ヤーコヴレヴィチは思わずにやついたほどです。それで、役人のあごを剃りに行くのを後回しにして、まずはポンス酒でも一杯ひっかけようってんで、「お食事と喫茶」と看板のかかった店に出かけようとした。だがそのとたん……、橋のたもとに三角帽にサーベルをたずさえ、あっぱれな頰髯(ほおひげ)をたくわえた立派な風采の分署担当巡査の姿が目に入った。イワン・ヤーコヴレヴィチはどきりとしました。巡査は指で手招きいたします。

「こっちへきたまえ！」

イワン・ヤーコヴレヴィチは礼儀をわきまえておりますから、すぐさま帽子を取って、急いで歩み寄って、

「ごきげんよろしゅう、閣下」

「いやいや、君、挨拶なんかどうでもよろしい。それより、橋に立って何をしておったのか？」

「誓って申し上げますが、旦那、髭をあたりに行った帰りに、水の流れが速いかどうか見ておりましただけで」

「子供だましを言っちゃあいかん。そんな言い逃れは通らんぞ。さあ、答えたまえ」

「いえ、旦那、これからは週に二度、いや三度、旦那の髭をお剃りいたします。いえ、けっして四の五の申しゃいたしませんから」

「いいや、君、詰まらんことはどうでもよろしい！　わしの髭は三人の床屋があたってくれているのだ。しかも、それを大層な名誉だと考えておる。さあ、何をしていたか答えてもらおうか」

イワン・ヤーコヴレヴィチは青ざめちゃった……。ところがこの一件、ここでにわかに霧に閉ざされてしまいます。はたしてその後どうなったか、これがとんと知れません お粗末で。

2

八等官のコワリョフはかなり早くめざめまして、唇で「ブルルッ……」って音をたてました。これ、目をさましたときにやるいつもの癖なんです。なんでそんなことをするのかというと、これが当人にもわからないってんですから、困ったもんです。で、ウーンと伸びをすると、テーブルの上にある手鏡を持ってくるように言いつけた。きのう鼻の上にできたおできの具合を見てみようってんです。ところがあァた、驚くまいことか、鼻のあるべきところが何にもなくて、つんつるてん！　腰を抜かしたコワリョフは水を持ってくるように命じて、タオルで目をこすってみます。あいや、まさしく鼻がない！　まだ夢でも見てんじゃないかと手でさわってみますが、どうやら夢ではないらしい。ガバと寝床からとび起きると、やっこさんブルッと体をふるわせた——鼻がないッ！　すぐさま着替えを命じると、その足で警視総監のところにすっ飛んでいった。

ところで、その話に入る前に、コワリョフという人についてひとこと申し上げておかなくてはなりません。八等官というものがいかなるものであるか、これをみなさまにひとつご理解いただいておこうってわけです。八等官と申しましても、学校を出た、つまり学士の八等官は、コーカサスあたりでこの位についた八等官とは比較にならない。これ、まったく別物なんですな。学士の八等官と申しますと……。いや、ロシアって国は実に摩訶不思議な国でありまして、八等官というと、ありとあらゆる八等官、つまりリガからカムチャッカまで、あちこちにおります八等官がみんな自分のことを指しているんだと早合点しかねない。これはほかの称号にしても官位にしても同じことです。で、コワリョフって人はコーカサスでの成り上がりの八等官であります。この人、この官位に就いてまだ二年ばかり、それで一瞬たりとも自分が八等官であることが頭から離れない。ご自分の品位と職務の重大さをひけらかしたいばかりに、自分では八等官とは名乗らず、いつも「少佐」で通している。おもてでシャツの胸当てなぞを商っておりますす女なんぞに出会いますと、「うちまで届けてもらおうか、ぼくの住まいはサドーヴァヤ通りにある。こちらにコワリョフ少佐はお住まいですかと聞いてくれれば、誰でも教えてくれるよ」ってな調子です。

相手がかわいい娘なんかだと、内密の用事まで言いつけて、「コワリョフ少佐のお住まいはどちらで、と聞いてくれればいいからね」と意味ありげにつけ加える。

そういう次第ですので、ここからはこの八等官のことを少佐と呼ばせていただきます。

コワリョフ少佐は毎朝ネフスキー大通りを散策なさるのが習慣です。この人の胸当ての襟はいつだって清潔でまっ白、糊だってこうピーンときいている。その頬髯ときた日にゃ、きょうび県や郡の土地測量士、あるいは建築家や連隊付きの軍医、はたまた警察関係者、早い話が、ふくよかな赤いほっぺをして、ボストンというカードゲームに目がない殿方にしか見かけない代物で、頬の真ん中を走っていて、そのままっすぐ鼻にまで達している。この少佐、これまたすごい数の紅玉髄の印章を持っております。紋章がついていたり、水、木、月などの曜日が彫り込んであるものまである。この少佐がペテルブルグに乗り込んで来たにはわけがありまして、自分の官位にふさわしい地位を手に入れようって魂胆で、できれば副知事、さもなくば名の通った役所の監督官ってところが狙いなんです。結婚だってする気がないわけじゃあない。ただし、それには花嫁に二十万ルーブル程度の持参金がついていなくちゃならない。そういうわけでありますから、この少佐が格好のよい整った鼻のかわりに、おそろしく滑稽な、のっぺり平らな箇所を目にしてどんなに腰を抜かしたか、みなまで言わずとも、もうみなさまにはおわかりのこと。

さて、コワリョフ少佐が通りに出てみますと、間がわるいことに馬車は出払っていて、一台もない。それで少佐は深々とマントにくるまり、ハンカチで顔をおおって、鼻血が止まらない風をよそおって歩いていかざるをえない。

《ひょっとすると、これはおれのたんなる思い過ごしかもしれん。意味もなく鼻が取れるなんてありえん話だ》
と考えて、鏡で見てみようと、わざわざ菓子店に立ち寄りました。幸いにして、店のなかには人気はない。数人の小僧さんが箒で部屋を掃いて、椅子をならべかえたりしている。あるいは、まだ眠そうな目をして揚げたてのピロシキの盆を運んでいる小僧さんもいる。あちこちの椅子やテーブルにはコーヒーをこぼしたきのうの新聞がのっかっている。

《しめしめ、誰もいない。じっくりながめることができるぞ》

おずおずと鏡に近づいて、のぞいてみますってえと、

《ああ、面目ない！》

少佐はペッと唾を吐いた。

《せめて鼻のかわりに何かついてりゃいいが、なんにもないじゃあ、トホホ！……》

未練がましく唇をかんで菓子店を出ると、いつもの習慣を破って、きょうは人をながめたり、微笑みかけたりするもんかと腹をすえた。と突然、少佐はあるお屋敷の前で棒立ちになっちまった。目の前でなんとも不可解な出来事が起こったのであります。

と申しますのも、車寄せの前に一台の立派な箱馬車が停車しまして、ドアが開きますと、制服を着た一人の紳士が背中をこごめて出てきて、階段をトットットッと駆け上っていった。コワリョフが驚いたのなんのって、なにしろそれって、ほかならぬ自分の鼻なんですから！　この尋常ならざる光景を目の当たりにして、コワリョフは目をまわした。立っているのもやっとの思いです。よし、ここはあいつが箱馬車に戻ってくるまで待ってみようと決心したものの、まるで熱にでもうかされているみたいに全身のふるえが止まらない。二分ばかりしますと、はたせるかな、鼻がお出ましになった。高い襟、金糸の刺繡のある制服姿、スウェードのズボン、腰にはサーベルというでたち。羽根飾りのついた帽子から推察するに、五等官の身分にあるらしい。どうやらどこかに表敬訪問に行く途中らしく、左右に目を走らせると、「さあ、出せ！」と御者に声をかけ、馬車に乗り込み、走り去ってしまった。

かわいそうにコワリョフはもう気も狂わんばかりです。この奇妙な出来事をどう理解すればいいのか、てんでわかりゃあしません。だってそうでしょう、きのうまで自分の顔にくっ付いていて、馬車を乗り回したり歩いたりできようはずもない鼻ですよ、それがあろうことか、制服を着てのし歩いているんですから！　思わずコワリョフも馬車を追っかけて駆けだした。幸い馬車は遠くまで行かず、カザン大聖堂前で停車した。

コワリョフも押っ取り刀で聖堂に駆けつけた。いつもなら散々ばかにして笑い飛ばしている、目のところだけ二カ所穴を開けたぼろ切れで顔をつつんだ乞食の老婆たちを掻き分けると、教会のなかに入っていった。教会の内部で祈禱をあげている人の数はそれほど多くない。みんな入り口の扉のところに立っております。コワリョフは気も動転しておりますから、もちろんお祈りをあげている余裕なんぞありゃしません。それで教会の隅々までこう目でもって例の紳士を探してみる。ようやく、そいつが脇に離れて立っているのを見つけた。鼻野郎は高い襟にすっぽり顔をかくして、信心深い顔つきでお祈りをあげております。

《どうしてやつに近づいたもんだろう》とコワリョフは頭をひねった。

《あの服や帽子からすると、五等官であることはたしかだ。いやはや、どうしたものか》

それでコワリョフはそばに歩み寄って、まずはえへんと咳払いをしてみた。ところが、鼻は片時も敬虔な姿勢をくずさず、何度も深々とお辞儀をしております。

「おそれ入ります……」

自分を奮い立たせて、コワリョフは声をかけた。

「おそれ入ります……」

「何か？」

と鼻は振り向いた。

「私には不思議でならないんです……思いますに……あなたはご自分の立場ってものをおわきまえになるべきです。思いもよりませんでしたよ、教会でお見受けしようなどとは。そうではございませんか……」

「失礼だが、何をおっしゃっているのか、解せませんな……。ご説明いただけますか……」

《どう説明すりゃいいんだ》コワリョフは思案した。でも、ここは勇気を奮ってこう切り出した。

「もちろん、私は……ちなみに、少佐なんですが。その私が鼻なしで歩きまわらなければならんとなると、こんなにみっともない話はありません。ヴォスクレセンスキー橋で剝きミカンを商っている物売り女なら、鼻なしで座ってたって一向にかまいやしません。それに私は近々ある官位を頂戴する身でもあるんです……それに、あちらこちらの家庭でご婦人とも昵懇の間柄でもある。五等官夫人のチェフタリョーワ夫人だとか、まあ、いろいろです……。まあ、ご自分でご判断ください。私にはさっぱりわからない（ここでコワリョフ少佐は肩をすぼめた）。失礼ですが、この問題を義務と名誉の観点に則して見るならば……ご理解いただけると思いますが……」

「いや、さっぱりわかりませんな」

と鼻が答えます。

「もう少し納得がいくように、ご説明願えませんか」

「お言葉を返すようですが……」

コワリョフは威厳を持ってこう申します。

「あなたのお言葉をどう理解すればいいのか計りかねますな……。何もかも明らかじゃございませんか……。それともなんですか……。あなたはぼくの鼻なんですよ！」

鼻はじろりと少佐を見やって、少し眉根を寄せた。

「何かのお間違いでしょう。私は私ですよ。しかも、われわれの間にはいかなる接点もない。その制服のボタンから推察するに、別の役所にお勤めのようですが」

そう言うと、鼻はぷいとむこうを向いて、お祈りをつづけた。

さて、コワリョフは困り果てちまった。打つ手もなければ考えもまとまらない。そのとき気持ちのいいご婦人のドレスの衣擦(きぬず)れの音が聞こえてきます。全身レースで着飾った年配のご婦人が近づいてくるんです。その婦人には、すらりとした体軀にとても映える白いドレスを着、ケーキのようにふんわりしたクリーム色の帽子を被った娘が同行しております。二人のうしろでは、ばかでかい頰髯をたくわえ、首のまわりに一ダースばかりのカラーをつけた背の高い従者が立ち止まり、嗅ぎ煙草の蓋を開けている。

コワリョフは少し間近に歩を進めると、バチスト地の胸当ての襟をぐいと引き上げ、金鎖に付けた印章を整え、左右に微笑みかけながら、華奢(きゃしゃ)な娘をまじまじと見つめました。娘はまるで春の花のように、少し前かがみになって、透き通るような指をした白い手を額に持って行く。帽子の下から目映(まばゆ)いばかりに白く丸いあごや、春先のバラの花が影を落とす頰がちらりと見えると、コワリョフの笑みは一段と大きく広がります。だが、突如コワリョフは火傷でもしたかのように思わず飛び退いた。自分に鼻がないことに思い至ったのでありますな。それでどっと涙があふれ出す。コワリョフは高官の服に身をつつんだ紳士に、貴様は五等官のふりをしているだけで、とんでもないペテン師だ、卑劣漢だ、貴様なんかぼくの鼻にすぎないんだ、とここはきっぱり言ってやろうと向き直ってみますと……。ところがすでに鼻はいない。おそらく、また誰かを訪問するためにすっ飛んでいったにちがいありません。

コワリョフはがっくり肩を落としました。うしろに下がって、しばらく柱廊の下にたたずんで、鼻のやつめ一体どこに雲隠れしやがったってんで、子細に四方をながめまわす。やつが羽根のついた帽子をかぶり、金糸の刺繡の入った制服姿だったことはおぼえているんですが、外套も馬車の色も馬の種類もおぼえちゃいない。従者をしたがえていたかどうか、それがどんなお仕着せを着ていたのかも、とんとおぼえがない。その上、馬車ときた日には、猛スピードでひっきりなしに行き来している。だもんですから、見つけることすら難しい。よしんば見つけたって、それを止める手だてがない。

この日はおてんとうさまも顔を出す絶好のお日和。ネフスキー大通りは人出でごった返しております。ご婦人方のお着物が色とりどりの滝かなんぞのように、ポリツェイスキー橋からアニーチキン橋まで歩道いっぱいに広がっている。おや、馴染みの七等官がお出ましであります。それは他人の前ではことさらコワリョフが「陸軍中佐」と呼んでいる男であります。かと思うと、ヤルイギンという元老院の課長の顔も見える。これはカードのボストン・ゲームで八をやれば負けてばかりいる男で、コワリョフとは無二の親友。おやおや、今度はやはりコーカサスで八等官を拝命したもうひとりの少佐のお出ましときた。手を振りながら、どうやらこちらに来ようってつもりらしい……。

「ええーい、畜生！　おい、大将、警視総監のお宅までやっとくれ！」

と言うが早いかコワリョフは無蓋（むがい）の四輪馬車に乗り込むと、御者をせかせた。

「全速力ですっ飛ばせ！」

玄関口に足を踏み入れると、コワリョフは声を張りあげ、

「警視総監はご在宅か？」

「あいにくご不在です。ただ今お出になりました」

と門番が答える。

「そいつは弱ったなあ！」

すると、門番が言うには、

「さようですな。さほど前のことじゃありませんが、お出かけになりました。もうちょいと早ければ、お会いになれましたのに」

コワリョフは顔からハンカチも取らず馬車に乗り込むと、やけっぱちな声で、

「さあ、出した出した！」

「一体（いってえ）どちらへ？」

「ってやんでえ、まっすぐだ！」

「まっすぐったってえ、先は曲がり角ですぜ、右ですか左ですか？」

ここで、コワリョフははたと気づいて考えた。それで、こんな場合にはまず市警察局に掛け合うのが一番だろうと考えた。とは申しましても、これが直接警察に関係するからじゃあない。警察に任せたほうが、ほかの役所より事が早く運ぶにちがいあるまい、とこうにらんだからです。鼻の野郎が勤めている役所の上層部に掛け合う手がないわけでもありませんが、それでは埒（らち）があかないことは目に見えている。第一、あの鼻の言い草を聞いていると、あやつが相当な鉄面皮であることはたしかで、コワリョフとは一面識もないとヌケヌケと嘘をつくところを見ると、やつの言う勤め先だってほんとかどうか。そんなわけで、コワリョフは市警察局に馬車を走らせようと

しますが、ここでまた新たな考えが浮かんだ。あれはお初に会ったときから人を食った応対をした山師のいかさま野郎だ、この間を利用して町からずらからないともかぎらない。そうなった日にゃ、捜索が水の泡でパァー、ことによったらさらにひと月もかかるかもしれない。そんなこたァ願い下げだってんで、コワリョフはひらめいた。ここはひとつ新聞社に掛け合おう。先手を打って細かな特徴を記した記事を載せてもらって、鼻を見かけた人がすぐさまやつをコワリョフのもとに突き出すか、少なくともその所在を知らせてくれるようにしようってわけです。そうと決まると、善は急げってんで、新聞社に行くよう御者に命じた。途中ひっきりなしに御者の背中を拳固でどやしつけ、声をはりあげる。

「やれ飛ばせ、この下司野郎！　さあ飛ばせ、このいかさま野郎！」

「まいったなあ、旦那にゃあ！」

てなことを言いながら御者は頭をふって、むく犬のように毛の長い馬に手綱で鞭をくれてやります。ようやく馬車が止まると、コワリョフは息を切らせて、小さな受付の部屋に駆け込んだ。そこでは古びたフロックコートに眼鏡をかけた白髪頭の係員が机の前に座って、口にペンをくわえたまま、受け取った銅貨を勘定しております。

「広告の受付はどちらです?」とコワリョフは大声をはりあげた。「やあ、こんにちは」

「はい、どうも」

白髪の係員はちらりと目を上げたかと思うと、また散らばった金の山に目を落とします。

「広告を打ちたいのだが……」

「しばらくお待ちを」

そう言うと係員は一方の手で書類に数字を書き入れると、左手で算盤(そろばん)の珠を二つはじいた。

金モールを身につけ、いかにも貴族のお屋敷のお勤めだという顔つきの召使いが書付を手に机の前に立っておりますが、この男、自分の気安さを示すのが礼儀と心得ているらしく、

「ねえ、大将、犬ころなんて十コペイカ銀貨八枚の値打ちもありませんぜ。あっしなんか二コペイカ玉八枚積むのだってお断りですね。ところが伯爵令嬢(おじょうさん)ときたら、よほどお好きなんですな、犬ころめっけてくれた人に百ルーブル出すってんですからね。

まあ、お上品に言えば、あっしと大将みたいなもんで、十人十色ってわけですね。犬に目がない方はセッターかプードルを飼って、五百出しても千出しても惜しくはないってんですから。そのかわり犬は上等じゃなくっちゃいけませんや」

立派な風采の係員はくそ真面目な顔をしてこの話を聞いておりますが、書付に何文字あるか計算に余念がない。あたりには婆さんや商家の手代や屋敷番といった連中がみんな書付を持ってずらっと立っている。ある書付には、「職求む、当方酒たしなまぬ御者」なんてことが書いてある。また別のには、「一八一四年パリより輸入されたる幌馬車、新品同様」とある。そうかってえと、「十九歳の下女、洗濯女としての経験あり、他の業務にも差しつかえなし」とか、「堅牢なる無蓋馬車、ただしバネを一個欠く」とか、「灰色の斑ある若き悍馬、生後十七年」とか、「ロンドンより新入荷の蕪および大根の種」とか、「別荘、設備一式完備、厩二棟、みごとな白樺もしくは樅林向きの土地つき」とかってのがあるかと思えば、「古い靴底の買い手募集。ご一報にて競売に応ず、毎日八時から午前三時まで」なんてものまである。こうした連中でごった返している部屋は狭苦しくって、なかの空気の淀みようったら相当なもんだ。ところが八等官のコワリョフにはとんと臭いが感じられない。そりゃそうですな、顔をハンカチでおおっているし、だいいち鼻がどこぞにお出かけなんですから無理もない話です。

「ねえ君。ひとつお願いしたいんだが……。ぼくにとっては実に重大なことなんだ」

とうとうコワリョフはしびれを切らした。

「はい、ただ今。ええ、こちら様は二ルーブルに四十三コペイカ！　少々お待ちを！　で、こちら様は一ルーブルに六十四コペイカ頂戴いたします！」

こんなことを言いながら、白髪頭の係員は老婆と屋敷番にそれぞれの書付を返している。で、ようやくコワリョフのほうに向き直りまして、

「どんなご用でしょうか？」

「実は……ペテンに引っかかったというのか、たぶらかされたんだ。いまだにぼくには事態がよくつかめないんだがね。それでお願いしたいのは、その悪党を突きだしてくれた人にかなりのお礼をするって記事を掲載してもらいたいんだ」

「おそれ入りますが、お名前は？」

「いや、なんで名前なんかいるんだい？　そいつは言えない。なにしろぼくには知り合いが多いんでね。チェフタリョーワという五等官夫人やペラゲーヤ・グリゴーリエ

ヴナ・ポドトーチナという陸軍佐官夫人だとか、いろいろお付き合い願っている……。みんなに知られたら身も蓋もない。ここはひとつ、八等官とだけにしてもらいたい。いや、少佐の身分にある者、こいつのほうがいい」

「それで行方をくらませたのは、お屋敷の奉公人でございましょうか？」

「なんで奉公人なんだ。そんな程度なら、まだ大したペテンじゃない。行方が知れないのは、……鼻だ……」

「うむ、それはまた変わったお名前で！　で、その鼻田さんって人物がくすねたのは大きな額でございますか？」

「いや、鼻なんだ……あなたは何か考えちがいをなさっている。鼻、つまりぼくの鼻の行方がしれないんだ。ちくしょうめ、人をばかにしやがって！」

「どんな風に消えたのでございます？　今ひとつよくわかりませんなあ」

「どんな風にと言われたってねえ。問題はそいつが今も馬車を乗り回して町をうろつき、五等官と称していることだ。それでお願いしたいのは、そいつを出来るだけ早くとっつかまえてぼくのところに突きだしてもらいたい、そう新聞に載せてほしいんだ。わかるだろ、ぼくの立場のなさ、人目につく体の一部がないんだからね。足の小指とはわけがちがう。靴を履けば、指がないなんて誰にもわからないからね。ぼくは毎週木曜日に五等官夫人のチェフタリョーワさんのお宅に伺うんだ。それに陸軍佐官夫人のポドトーチナさんのところにも。そのお宅にはとてもきれいなお嬢さんがいらっしゃる。そこにはとても親しくしている友人知人もみえる。わかるだろ、ぼくの立場のなさ……。どの面（つら）さげて伺えます」

係員は考え込みました。真一文字にむすんだ唇がそれを物語ってる。

「いや、やはり新聞には出せませんね」

と長い沈黙を破ると、そんなつれない返事。

「なんで？　どうして？」

「そのつまり。新聞社の評判に傷がつきかねませんからね。どいつもこいつも鼻が逃げだしたなんて言いだした日にゃあ……。それでなくても、デタラメ、がせねたが多いってお叱りが多いんです」

「ぼくの話のどこがデタラメなんだ？　全然そんなことはないと思うがなあ」

「そう思われるのはあなたの勝手です。そういや、先週もこんなことがありましたよ。ちょうど今のあなたのようにマジな顔で、一人のお役人が書付を持ってお見えになりましてね、掲載料は二ルーブル七十三コペイカでしたがね、黒のプードルが逃げたって言うんです。そうだと思うじゃないですか。ところがこれが真っ赤な嘘、言いがかりです。どこのお役所かはおぼえておりませんが、プードルってのは会計係のことだったんです」

「いや、ぼくが告知を打とうというのはプードルじゃない、自分の鼻だ。つまり、ほとんどぼく自身のことだと言ってもいい」

「いいえ、そんな告知、やはりお載せするわけにはいかない」

「ほかならぬ鼻がなくなってもかい！」

「鼻がなくなったとすれば、医者の仕事です。どんな鼻だって付けてくださる人がいらっしゃるって話ですよ。でも、どうやらお見受けしたところ、あなたは茶目っ気のある方らしい、世の中を面白がらせるのがお好きと見える」

「神かけて本当の話だよ。そこまで言われるなら仕方ない、お見せしよう」

「なに、それには及びませんよ！」

と係員はひとつまみ嗅ぎ煙草をかいだ。

「まあ、ご面倒でなければ」

と好奇心に突き動かされて、こう申します。

「ひとつ拝見いたしましょうか」

八等官はおもむろに顔のハンカチを取りのけた。

「こりゃほんと不思議だ。いや実にのっぺりとしておりますな。まるで焼きたてのパンケーキみたいだ。信じがたいほどつるつるだ」

「もうこれで四の五の言えまいね。ごらんになった以上、新聞に載せないわけにはいかんだろう。恩に着るよ、こんな機会に知り合いになったのも何かの縁だ」

おわかりの通り、少佐はこんどは下手（したて）に出ようとしております。

「もちろん、お載せするのはさほど厄介なことではございませんが……、そんなことをなすってどんな得があるんでしょうかね。いっそのこと、筆の立つ物書きの先生にお頼みになって、この世にもめずらしい出来事を綴っていただいて、大新聞の『北方の蜜蜂』にでもお載せになったらいかがです」

とここで係員はもう一度煙草をかいで、

「そうすりゃ、若い者の教訓にもなりますよ」

と鼻をぬぐって、

「いや、大衆もよろこぶ」

八等官はすっかり気落ちした。ふと新聞に目を落とすと、お芝居の案内が出ている。美人で有名な女優の名前を見つけて、思わず顔がほころびそうになる。手なんか知らぬうちにポケットをまさぐっていて、五ルーブルの青札があるか、たしかめている。およそ佐官クラスの者なら芝居見物に出かけるにちがいないとにらんだからであります。ところが鼻のことを思い出すと、浮かれた気分も一気にしぼんでしまう。

一方、新聞の受付係のほうは、どうやら窮地におちいったコワリョフを気の毒に思ったらしく、なんとか元気づけてやろうってんで、いたわりの言葉のひとつもかけてやるのが礼儀だと考えたのでありましょう、

「とんだ災難ですな、ご愁傷さまです。嗅ぎ煙草でも一服いかがです？　こいつは頭痛やもやもや気分をやわらげてくれますよ。痔にだって大変よろしいんだとか」

なんてことを言いながら、コワリョフに煙草入れを差し出して、帽子をかぶったご婦人の絵がついた煙草入れの蓋をひょいとひっくり返してみせます。

この何気ないひとことに、ついにコワリョフの堪忍袋の緒が切れた。

「人をからかうのも時と場合によりけりだ」

と大変なご立腹。

「君にはわからんのか、一服嗅ごうたって、こっちにはその鼻がないんだ。君の嗅ぎ煙草なんかくそ食らえだ。君のそのひどいベレジナ煙草なんか見たくもないね。上等なラペーを差し出されたって、真っ平ごめんだ」

こう捨てぜりふを吐くと、怒り心頭コワリョフは新聞社を飛び出して、区警察署長の家に向かいました。この署長、大の砂糖好きときて、その家には玄関といわず、食堂といわず、商人たちがご交誼のおしるしにと贈って寄こした砂糖が、こんもりした山の形で所狭しと置いてあります。ちょうどこの時は料理女が署長の足から官製の長靴を脱がせておりまして、すでにサーベルだとかまがまがしい装身具などは部屋の隅にちょこなんと吊してある。厳めしい三角帽なんかは三歳になるお坊ちゃまがおもちゃにして遊んでいらっしゃる。当の署長ご本人は戦まがいの慌ただしい職務をおえて、ようやく平穏なひとときを味わおうとなさっていた。

コワリョフがやって来たのは、ちょうど署長がうんと伸びをし、喉をゴロゴロ鳴らして、「よし、これから二時間ばかりぐっすり寝るぞ！」と宣言なすったばかりのころ。それでありますから、八等官の来訪は、これほど間のわるいことはない。たといコワリョフが数百グラムのお茶かラシャを持参したって、よろこんで迎え入れられたかどうか怪しいもんです。この署長、口では芸術や工芸を褒めそやしておりますが、一等目がないものと言えば、やはりお銭であります。

「こんないいものはありませんぞ。おねだりもしなければ、場所も取らない、それでいつでもポケットに収まる、落としたって壊れない」

常々そう申しております。

署長はずいぶん素っ気なくコワリョフを迎え入れまして、昼食後は取り調べなんぞ行う時間ではない、それに食事のあとは休息をとるべしというのが自然の摂理であるとおっしゃる。八等官はこの言葉を聞いて、うむ、なるほど署長は古代の賢者の格言にもお詳しいと踏みましたな。さらに署長は、ちゃんとした人間なら鼻が取れるはずがない、世の中にはいろんな少佐がうじゃうじゃおって、なかにはまともな下着も持たないくせに、いかがわしい場所に出入りしているものがいるんだと申される。あ痛たッ、まさに図星とはこのこと！　申し上げておきますが、コワリョフはなかなか傷つきやすい性質であります。いや、ご自分のことなら、何を言われようが泰然としたもんなんですが、こと官位や身分のこととなりますと、気色ばんでしまう。お芝居でも尉官程度にかかわることなら検閲しろなどとうるさいことは申しませんが、その上の佐官を攻撃するなどまかりならんとお考えです。でありますから、署長の応対にはすっかり面くらいまして、頭をふると、こういささか大袈裟に両手を広げ、威厳を持ってこう申しました。

「こんな侮辱的なお言葉を頂戴したとあっては、もう申す言葉もありません……」

で、ぷいと出ちゃった。

コワリョフは足下もおぼつかない状態でご帰館になった。すでに日は落ちております。捜索がことごとく空振りに終わったせいなんでしょうな、住んでいる家自体がわびしく、胸くそわるく思われます。玄関に入ると、目に飛び込んできたのが、薄汚れた革のソファーの上に寝そべっている召使いのイワン。こやつ、寝っ転がって天井に向かって唾を吐いておりまして、これが実にうまいもんで、ひとつところに唾を命中させている。あまりにあっけらかんとした態度にコワリョフははらわたが煮えくりかえって、帽子で召使いの頭をどやしつけると、

「このぼけなす、いつも阿呆なことばかりしくさって！」

と当たり散らした。

イワンは慌ててとび起きるとすっ飛んできて、ご主人のマントを脱がせます。くたびれはてすっかりしょげかえったコワリョフは自分の部屋に入りますと、椅子に身を投げだして、何度か大きな溜息。

「いやいや、まいったな！　とんだ災難に巻き込まれちまったもんだ。手足がないほうがよっぽどましだ。耳なしだって、そりゃ気色がわるいだろうが、まだ耐えられる。ところが鼻がないとなると、こいつは得体がしれない。鳥のようで鳥でなし、人間のようで人間じゃない。そんなものはひょいと捕まえて、窓の外にぽいと捨てられるのがオチだ。戦場か決闘でぶっ切られるか、自分で手を下したのならまだしも、まったくわけもなく、意味もなく消えちまうんだものなあ。いやいや、こんなことがあるはずがない」

と、しばらく考えて、

「鼻がなくなるなんて、こんなことが信じられますかってんだ。いや、断じてこんなことなどあろうはずがない。おれは夢でも見てるんじゃないか、これは夢まぼろしなんじゃないか。ひょっとすると、まちがって水のかわりに、いつも髭を剃ったあとにあごをぬぐうウォッカを飲んじまったんじゃなかろうか。あのイワンの阿呆が片づけるのを忘れて、そいつをおれが空けちまったんじゃないか」

本当に自分が酔ってないのを確かめようと、コワリョフはぎゅっと自分をつねってみた。とたんに「あっ痛ッ！」と声をあげる始末。痛いとすれば、たしかに自分はこうして動いて生きているらしい。コワリョフはおそるおそる鏡に近づきますと、こう目を細めた。ひょっとすると鼻が元通りの場所にもどっているんじゃないかと考えたのでありますな。ところがこの男、思わずのけぞった。

「トホホ、みっともないったらありゃしない！」

たしかに、不可解なことです。ボタンを落とす、銀のスプーンとか時計とか、そんなたぐいの物を落とす——そんなことならあり得ないこっちゃない。ところが、よりによって自分の鼻を落とすバカがどこにおります、しかも自分の家で！……コワリョフ少佐はあれこれ思いをめぐらせ、これはポドトーチナ佐官夫人のしわざではないかと考えた。どうやら、これがいちばん真相に近いらしい。と申しますのも、つねづねこの夫人は自分の娘をコワリョフに押しつけようとしていた。コワリョフのほうもまんざらその気がないではなく、娘のご機嫌を取ってはいたんでありますが、どうしても最後の踏ん切りがつかない。佐官夫人がずばり娘を嫁にやりたいと言ってきたときも、コワリョフはまだ自分はその歳ではないとか、あと五年は勤めねばならないとか、そうなれば自分はちょうど四十二になるとか、言を左右にいたしまして、やんわりと断ってきた。それで佐官夫人は仕返しに、ここはひとつコワリョフを痛めつけてやろうと、どこぞの魔法使いの女でも雇ったにちがいない。そうでも考えないと、鼻がちょん切られるなんてことはありえない。第一、この間（かん）この部屋に入ってきた者はいやしない。たしかに床屋のイワン・ヤーコヴレヴィチが水曜日に髭を剃りにきた。ところが、その水曜日の残りの日も、次の木曜日もまる一日、鼻は無病息災ちゃあんと顔に付いていた。そのことはコワリョフはよく承知もし、おぼえてもいる。それに鼻がちょん切られたとすれば痛みがあるはずだし、こんなに早く傷が回復してパンケーキのようにのっぺりするわけがない。そんなことをつらつら考えておりましたが、ドアのすき間から漏れてくる光に考えを中断されました。どうやらイワンが玄関の蠟燭（ろうそく）に火をともしたと見えます。ほどなく前に蠟燭をかざして、明々と部屋を照らしながら、当のイワンがあらわれた。コワリョフはあわててハンカチをつかむと、きのうまで鼻があった場所にあてがった。ばかな召使いがご主人の異常に気づいて、ぽかんとながめないとも限らない、そんなことになってはたまったもんじゃありません。

イワンが自分の小汚い部屋に下がるやいなや、玄関で聞き覚えのない声がいたします。

「八等官のコワリョフ氏のお住まいはこちらですか？」

「どうぞ。コワリョフ少佐なら私です」

とコワリョフは急いでとび起きると、ドアを開けた。

入って参りましたのはなかなかの風采の警察官。こう頬髯をたくわえておりますが、その頬髯の色はさほど淡くもなく、かといって黒くもない。ほっぺなんかふっくらしております。このお話の冒頭でイサーク橋のたもとに立っておりましたあの巡査です。

「もしや鼻をおなくしでは？」

「いかにも」

「見つけましたぞ」

「な、なんですと！」

コワリョフ少佐は素っ頓狂な声を張りあげた。嬉しさのあまり言葉になりません。目の前に立っている巡査をただまじまじと見つめるばかり。その巡査のふっくらした唇や頬には蠟燭の光がちらちら瞬いております。

「どんな風に見つかったんです？」

「奇妙な偶然ですな。ずらかろうとしているところを取り押さえました。こやつはもう乗合馬車に乗り込んでリガに逃亡をはかろうとしておりました。パスポートもとっくにある役人名義で取ってありました。不思議なことに、最初は本官もてっきりその役人だと思い込んだほどです。ところがうまい具合に、ちょうどそのとき眼鏡を携行しておりましてね、それで本官はすぐさま、こやつ鼻にちがいないと見破ったわけです。本官は近視でありまして、あなたが前に立っておられても、お顔はぼうとわかるのですが、鼻や髭などは皆目見えません。姑（しゅうとめ）も、と申しますのは愚妻の母親のことでありますが、これなども何も見えない」

コワリョフはすっかりわれを忘れて、

「どこにあります？　その鼻は？　今すぐ伺います」

「どうぞご心配なく。ご入り用だと考えましたので、持参いたしました。それにしても不思議ですな、この事件の首謀者はヴォズネセンスキー通りに住んでおります、あの悪党の床屋です。今は留置場に放り込んでありますがね。かねてより本官はあの男がのんだくれで盗みをやりかねないとにらんでおりましたが、実際つい一昨日もやつはある店でボタン一揃えかっさらったもんです。あなたの鼻はまったく元のままです」

こう言うと分署警察官はポケットに手を突っ込んで、そこから紙に包んだ鼻を取り出した。

「これだ、これ！」

とコワリョフは上ずった声をあげた。

「これに間違いありません！　どうです、これからお茶でもご一緒に？」

「ご厚意は大いにありがたいのですが、そうもしていられません。これからまっすぐ瘋癲(ふうてん)病院に参らなければなりませんので……。それにしましても、日用品の価格が急騰しておりますな……。うちでは姑、と申しますのは愚妻の母親ですが、それに子供たちが待っておりますもので。なかでも長男がなかなか見込みのあるやつでして、とても出来がいい。ところが養育費、これが実に難儀で……」

そこはがってん承知のコワリョフ、テーブルから十ルーブルの赤札をつかむと、相手の手のなかにぐいと押し込む。すると相手は気を付けの姿勢から一礼し、ドアの外に出ていった。と思う間もなく、通りで怒鳴っている巡査の声が聞こえてくる。折あしく遊歩道に荷馬車を乗り入れてきたどこぞのばかな百姓の顔面にガツンと一発くらわせてやったにちがいありません。

コワリョフは巡査が出ていったあともしばらくぼんやりしておりましたが、数分経ってようやく、どれ鼻を見てみようという気になった。こんな虚けた状態にあったのも、あまりにも望外のよろこびであったからであります。それで、こう水をすくうような格好に手を合わせると、大事そうに鼻を受けまして、もう一度しげしげとながめた。

「これこれ、まさしくこれに相違ない」

なんて申しております。

「ほら、左ンところにきのう出来たおできもあるじゃないか」

嬉しさのあまり噴き出しそうになる。

ところが世の中、長続きするものは滅多にあるもんじゃあない。最初の喜びにくらべれば、二度目の喜びはそんなに大きくはない。その次となるってえと、もっと弱くなって、なんだかいつもの心持ちと大差なくなっちまいます。石っころ投げて出来る水の輪っかが最後には、おだやかな止水と大差ないのと同じですな。コワリョフはあれこれ考えはじめまして、まだこれでケリがついたわけではないことに思い至った。鼻は見つかったけれど、まだこれをくっつけて元の場所に収めなくちゃならない。

「くっつかなかったらどうしよう」

手前(てめえ)で疑問をおっ立てておいて、自分で青くなってんだから、世話ァありません。なんだか言いしれぬ恐怖におそわれまして、テーブルに駆け寄ると、ゆがんで鼻をくっつけちゃあ大変だと、こう鏡を引き寄せた。手なんかふるえちゃっております。おそるおそる用心しながら元の場所にのっけてみた。南無三、いやあ、困った！　鼻はくっつかない！……今度はその鼻を口んところへ持っていって、息を吹っかけて暖めてから、両の頰のあいだののっぺりした場所に持っていきますが、鼻のやつ、どうしてもくっついちゃくれない。

「ほら、ほら、くっつけったら、世話焼かせるんじゃないよ！」

なんて鼻に言い聞かせるんですが、木で鼻をくくるとはよく言ったもので、鼻の野郎、落っこちて、コルクかなんぞのように妙な音を立てていやがる。コワリョフの顔は引きつったようなしかめっ面になった。

「本当にくっつかないのか？」

そりゃあもう、コワリョフは青息吐息。いくら元の自分の場所に持って行っても、そんな苦労も前に変わらず水の泡。

コワリョフはイワンを呼びつけると、同じアパートの上等な二階に結構な住まいを構えてらっしゃる医者を呼びに走らせた。この医者はずいぶん押し出しの立派な紳士で、黒々とした立派な頬髯を生やし、若々しい健康な奥さまをお持ちで、朝には新鮮なリンゴをお召し上がりになる。それに口ンなかを異常に清潔に保っていなければすまない性質で、毎朝四十五分ばかりの時間をついやしてうがいをし、五種類の歯ブラシで歯をゴシゴシ磨くという念の入れよう。医者はすぐさま飛んで参りまして、この不幸な出来事が起きたのは古い話かときいたうえで、コワリョフの顎をつかんで顔を上に向けると、鼻があった場所を親指でもってパチンとはじいた。思わずコワリョフがのけぞったものですから、したたかに後頭部を壁にゴツンと打った。医者は「いや、大丈夫」と言うと、もう少し壁から離れるように忠告して、まず顔を右に向けるように命じ、先に鼻があった場所をさわって、「ほほう！」。それから今度は顔を左に向けさせて、「ははあ！」。最後にもう一度親指でパチンとはじいたもんですから、コワリョフは口をのぞかれた馬みたいに、ぐっとうしろに頭をのけぞらせた。こんな診察

をひととおり済ませると、医者が首をかしげて言うには、

「こりゃあダメですな。このままでいらしたほうがいいですよ。下手なことをしちゃあ、一層わるくなりかねませんからね。もちろん、くっつけることはできます。付けろと言われれば、付けて差し上げますが、ほんとのところ、それはあなたにとってよろしくない」

「ずいぶんなことを言ってくれますねえ！　どうしてぼくが鼻なしでいられるんです？」

コワリョフは言葉を返します。

「今のほうがましですって。わけがわからん！　こんなみっともない顔を下げて、どこに伺えると言うんです？　はばかりながら、ぼくにも付き合いってものがあります。現にきょうだって二軒の家のパーティに顔を出さなくちゃなりません。知り合いは多いほうでしてね、チェフタリョーワ五等官夫人、それに佐官夫人のポドトーチナさん……そりゃ、今回のような悪ふざけをやられた日にゃ、もうポドトーチナさんとは警察沙汰になるほかありませんがね。なんとか、お願いしますよ」

もう拝み倒すような声です。

「何か手はないんですか？　なんとかくっつけて下さい。贅沢は申しません。落っこちさえしなければ、それで結構です。危なそうなら、手を添えたっていいんです。それにぼくはダンスはやりませんから、不用意な動きで鼻を傷つける心配もありません。わざわざ往診いただいたことに関しましては、そりゃもう出来るだけのことはさせていただきます……」

「よろしいですかな」医者は大きくもなく、かと言って小さくもない、人を丸め込むような慇懃無礼な声で申します。

「私は欲得で治療をして差し上げたことは一度もありません。それは私の信条にも腕にも反します。たしかに往診料を頂戴はいたしますが、それはただお断りして相手を傷つけては相済まぬと思うからです。もちろんあなたの鼻を付けて差し上げることはできますよ。でも名誉にかけて申し上げておきます。私の言うことをお信じにならないかもしれませんが、そうすれば事態はもっと悪化しますぞ。自然の流れにお任せになるのが一番よろしい。冷水でよくお洗いになることですな。はっきり申し上げておきますが、鼻をお持ちにならなくても、お持ちになっているときと同様あなたは健康そのものです。鼻のほうは壜に入れてアルコールに浸しておかれるといいでしょう。いや、そこに強いウォッカと温めたお酢を大さじ二杯加えられたら、さらによろしい。そうすればかなりの金儲けがおできになりますよ。法外な値をおつけにならなければ、私がお引き取りしましょうか」

「いや、けっして売るもんですか！」やけっぱちになってコワリョフは喚きちらした。

「いっそのこと、なくなっちまったほうがましだ！」

「これは失礼！」と医者は一礼。

「お役に立てればと思ったまでです……。仕方ありません！　少なくとも小生の努力は買っていただきたい」

こう言い捨てると、医者は優雅な物腰で部屋から出ていった。コワリョフに医者の顔色をうかがっている余裕なんかあったもんじゃありません。ただただ茫然として、医者の黒のフロックコートの袖からのぞいている雪のように白く清潔なシャツのカフスに目を止めただけであります。

翌日コワリョフは訴える前に、まず佐官夫人に手紙を送り、夫人がコワリョフに返却すべきものを争うことなく返す気があるのかどうかお伺いを立てた。その手紙の内容と申しますのは、

拝啓

今回貴女が遂行せし奇妙な行動の真意、理解に苦しむところに御座候。かかる振る舞いによって貴女が得るものは之無く、小生をしてご息女と結婚せしむるなどありえざることとご承知おきいただきたく候。小生の鼻に関します一件、小生には一点の疑問も之無く、首謀者が貴女に他ならぬことは明らかにて候。鼻が突如その持ち場を離れ逃亡し、一介の官吏に身を窶し、はたまた本来の姿にて出現仕り候事は妖術の仕業に之無く、それを企てしは貴女もしくは貴女同様やんごとなきお仕事に精進する輩であることは疑問の余地無く候。先に小生が言及致せし鼻が本日直ちに従前の場所に復さざる場合は、小生は止む無く法の庇護に訴えざるを得ず、此処に警告申し上げることを義務と考え、ご通知申し上げ候。

敬具

貴女の忠実なる下僕
　　プラトン・コワリョフ拝

アレクサンドラ・グリゴーリエヴナ様 机下

　拝復
　あなたのお手紙にたいそう驚かされました。正直に申し上げて、あなた様からこのような理不尽な中傷を受けるとはまったく思いもよりませんでした。はっきり申し上げておきますが、あなたがお書きになっている官吏については、変装した者であろうと、正真正銘の姿であろうと、自宅に招き入れたことなど一度もございません。フィリップ・イワノヴィチ・ポタンチコフさんならよくお見えになります。たしかにこの方は宅の娘と結婚をお望みで、品行も方正でお酒も召し上がらず、たいへん物知りでもいらっしゃいますが、わたくしは一度も脈があるようなご返事を差し上げたことはございません。そう言えば、お鼻のこともお書きですが、もしそれでわたくしがあなた様を鼻であしらったと暗に匂わせていらっしゃるのなら、それに対してははっきりノーと言わせていただきます。あなたご自身がそのようなことをおっしゃること自体驚きです。そうじゃありませんか、あなたもご存じのように、わたくしはあなた様のことをけっしてそのように考えてはおりません。もし今あなたが正式に娘に求婚なさるなら、わたくしは即座にそれをお認めする覚悟です。それこそつねづねわたくしが望んでおりましたことですから。この望みが叶えられるのであれば、いつでもお役に立つ所存です。

かしこ

アレクサンドラ・ポドトーチナ

プラトン・クジミーチ様　御許へ

読み終えますとコワリョフは、

《なるほど……。こりゃあ、あの女の仕業じゃないな。絶対にちがう！　事件の張本人はこんな書き方はしないもんだ》

コワリョフはコーカサスで勤めておりましたときに、ちょくちょく事件の捜査に派遣されたことがあるもんで、こういう犯罪方面にかけてはちょいとうるさい。

《じゃあどんな風に、どんな運命の差し金でこんな事態になったのか？　わからん、

さっぱりわからん》

と肩を落とした。

ところで、この奇妙きてれつな出来事の噂はパァーッと都のペテルブルグじゅうに広まった。それも、ありもしない尾ひれというオマケがついてくるのはいつものことです。その頃は、誰もが面妖なことに夢中になってる時代でありまして、つい先だっても、催眠術の実験というのがずいぶん流行(はや)りました。そういえば、コニューシェンナヤ通りの踊る椅子なんて話も記憶に新しいところでありますな。そんなこんなで、しばらくすると、八等官の鼻がきっかり三時にネフスキー大通りを散策しているという噂が立ったって、ちっとも驚くことじゃあない。物見高い連中が連日連夜どっと押し寄せる。どこぞの誰かが、ユンケル商会に鼻氏がお出ましだなんて言おうものなら、商会のまわりは黒山の人だかり、警察までもが出動してくるありさまです。頬髯をたくわえ、なかなか立派な風采をした、山気(やまけ)のある商人(あきんど)などは、日頃は劇場の入り口でお菓子のパイを商っているんですが、わざわざ立派ながっしりした木のベンチをこさえまして、野次馬を呼び込んでは、一人あたり八十コペイカふんだくるという荒稼ぎ。そうかと思いますと、立派に軍隊を勤め上げた元連隊長なんて人なんか、わざわざ見物のために朝早く家を出て、黒山のような人だかりを押し分けかき分けようやく商会の前にたどりついたのはいいんですが、なんのことはない、鼻氏なんぞはいやしない。飾り窓に掛かっているのは、何の変哲もない毛織りのセーター、それに何やらストッキングを直している娘とそれを木陰から盗み見している、しょぼい顎鬚を生やした折襟のチョッキ姿の伊達男を描いた石版刷りの絵が一枚きり。その絵だってもう十年前から同じ場所に掛かっている代物だってんですから、そりゃあもう、開いた口がふさがらない。

この元連隊長はその場を離れると、

「こんな他愛もない嘘八百で人心をたぶらかすとは何事だ」

と息巻いたとか。

やがてコワリョフ少佐の鼻がのし歩いているのはネフスキー大通りではなく、タヴリーダ庭園だという噂が広まった。いや、そうではなくて、鼻氏はずいぶん昔からそのあたりに出没していたという噂もある。ホズレフ゠ミルザというペルシアの皇太子が滞在なさっていたときに、皇太子もこの奇妙な超常現象に驚かれたって話もある。外科医学校の学生のなかにはわざわざ見に出かける者もあった。ある名家の立派なご婦人なぞはタヴリーダ庭園の管理人にわざわざ手紙を書いて、できることなら青少年のために教訓的でためになるお話をつけて、この珍しい現象を子供たちに見せてもらえないかと頼み込んできたほどです。

ことのほかこの一件を快哉をもって迎えたのは上流社会の夜会の常連である紳士がたであります。こういう手合いはご婦人をおもしろがらせてなんとか歓心を買おうとする。ちょうどそのころ話の種がすっかりつきていたものですから、これは渡りに船ってもんです。もちろん、数は知れてますが、志の高い有徳の士のなかには、今回の騒動をけしからんと苦虫を噛みつぶしている方もいらっしゃった。ある紳士などは憤懣やるかたない風情で、この文明開化の時代にこんな埒もない作り話がもてはやされるとは何事だ、政府はどうしてこの件を放置しておくのかと、えらく鼻息が荒い。だいたいこういうのは、なんでもかんでも政府を巻き込もう、ときには奥さんとの痴話喧嘩にまで政府を巻き込みかねない御仁です。さてそれから話がどうなったか……ところがここでまたもや一件は霧につつまれてしまう。はたしてその後どうなったか、これがとんとわからない。

3

世の中にはまったくわけがわからないことが起こるもんですな。ときにはてんで本当とは思えないようなものだってある。五等官の身分で馬車を乗り回し、あれだけ町中を騒がせたあの鼻ですが、そいつが突然まるで何事もなかったみたいに、元の自分の場所、つまりがコワリョフ少佐の両頬のあいだに戻ってきた。それは四月七日のことでありまして、朝目を覚ましてひょいと鏡をのぞくと、これがあるんですな——鼻が！　手でさわってみますってえと、たしかに鼻だ！

「ありゃまあ！」

てなもんで、コワリョフは嬉しさのあまり裸足（はだし）のまんま小躍りして部屋をかけずり回りだしそうな勢い。ところが召使いのイワンの邪魔が入った。コワリョフはすぐに洗顔の用意をしろと言いつけ、顔を洗いまして、もう一度鏡をのぞくと、あるんですな、鼻が！　タオルで顔をぬぐって、もう一度のぞいてみるってえと、やっぱり鼻がある！

「ちょいと見てくれないか、イワン。鼻におできがあるようなんだけどな」

そう言ってはみたけれど、《いえ、旦那さま、ございませんよ。おできもくそも、そもそも鼻自体がございません！　なんて言われた日にゃ、ことだよなあ》なんてことを考えている。

ところがイワンが申しますには、

「ありゃしませんよ、おできなんて。きれいなもんです、お鼻は！」

《めでたいね、こりゃ！》そんなひとりごとをいうと、コワリョフ少佐は指をパチンとはじいた。ちょうどそんとき、床屋のイワン・ヤーコヴレヴィチがドアからにゅっと顔を突き出した。なんだかこれがいかにも怖々（こわごわ）といった風で、まるで豚の脂身を盗み食いしてとっちめられた猫みたようです。

「最初に聞いておくけど、手はきれいかい？」

まだ部屋に入りきらない床屋にコワリョフは離れたところから声をかけます。

「へい、きれいなもんで」

「嘘をつくな！」

「いえ、本当です、旦那、きれいですぜ」

「じゃあ、気をつけてやっとくれ」

とコワリョフはどっかと腰をおろした。床屋は理髪用の上掛け布でコワリョフをおおいますと、商家の誕生日の引き出物で貰ったクリームをブラシでもって、髭だとか、ほっぺたに塗りたくる。

《いやあ、おどろいたねェ！》

床屋は鼻をちらりと見やって、そんなひとりごとを言う。それで今度は顔をあっちに向けて、横からながめてみる。

《へえ、ほお、こいつはおどろきだ》

と、しばらく鼻をながめておりましたが、ようやく、これ以上の用心深さはないと思えるくらいの細心の注意を払って、そーっと二本の指をおっ立てた。それで鼻っ先をつまもうってわけです。これがこの床屋の流儀なんです。

「おい、おい、気をつけてやってくれよ」

とコワリョフは念を押す。

床屋は浮き足だって、ついぞ経験したことがないほど困り果て、二の句もつげない。やがてようやく、恐る恐るコワリョフの髭の下に剃刀を当てた。髭を剃るときにはどうしても人様が匂いをお嗅ぎになる箇所に手を添えなくっちゃならないんですが、それができないとなると、これほど難儀なことはない。それでもなんとか、そのごつごつした親指を頬だとか下唇の下んところに押し当てて、苦労しいしいようやく顔を剃り上げた。

さて、こうして準備万端整うと、コワリョフは急いで着替えをすませ、馬車を拾って、一路菓子店をめざしました。店の入り口をくぐるなり、早くも「チョコレート一杯！」なんて声を張り上げている。そうする間も鏡をのぞいては、《ふむ、鼻はある！》。かと思うと、いそいそとうしろを振り返って、少し目を細めて茶目っ気たっぷりに二人の軍人をながめ、《あれあれ、あの軍人の鼻はチョッキのボタンほどもないよ》なんて思ったりする。そこから今度は、あわよくば副知事、それが無理なら監督官の地位を狙っている役所の事務所に足を向けた。その待合室を通る際にも鏡をのぞいては、《ふむ、鼻はある！》。それから次には、別の八等官、つまり少佐ですな、そこに向かった。これは人を小馬鹿にするのが三度の飯より好きだという男で、その手厳しい批評を耳にするたびにコワリョフは「君の手にかかっちゃたまらんね。針みたいな男だ！」と呆れ返ったものです。さて、コワリョフは少佐を訪ねて行く途中こんな風に考えておりました。

《ぼくの顔をみてやつが笑い出さなかったら、これはしめたもんだ。あるべきものがちゃんとあるべき場所についているってことだ》

ところが相手は怪しむようすもない。

《しめしめ、これで一安心！》

コワリョフは心のなかでほくそ笑んだ。帰り道で娘を連れた佐官婦人のポドトーチナに出会いました。二人と挨拶をかわしますと、嬉しそうな歓声が返ってくる。してみると、《どうやら、どこにも妙なところはないらしい》ってんで、コワリョフは長いこと二人と話をしておりました。それどころか、これ見よがしにわざわざ煙草入れを取り出すと、二人が見ている前でご丁寧にも長い時間をかけまして二つの鼻の穴に詰め込んで、

《お目出度いもんだね、女なんてのは。よそう、よそう、やっぱりこの娘と結婚するのは。いや、火遊びならいつでもお相手仕りますぞ》

なんて、心のなかでうそぶいております。

それからというもの、コワリョフはまるで何事もなかったみたいに、ネフスキー大

通りやあちこちの劇場、いや、どこにもかしこにも顔を出すようになった。鼻のほうだって何事もなかったみたいに、きちんとコワリョフの顔におさまって、逃げだそうなんてそぶりは毛ほどもみせない。そうでありますから、以来いつ見かけたってコワリョフは上機嫌そのもの。いつもニコニコ笑っておりますし、気に入ったご婦人を見かけると、ホイホイそのあとを追いかける。一度なんぞは有名な百貨店のゴスチンヌイ・ドヴォールの店の前で足を止めて、勲章用の掛け帯をお買い求めになった。もっとも、ご本人は勲章なんぞ頂戴しておりませんから、なんで買ったのかわけがわかりません。

まあ、これがばかでっかいこの国の北の都で起きました事の顚末でございます。それにしても、考えてみますと、ここにはありそうもないことが多すぎますな。不自然にも鼻が取れちゃうだとか、そいつが五等官の身分であちこちに出没するだとか、そういうのも変です。それに、どうしてコワリョフが新聞に鼻の遺失物広告なんぞ打てる道理がないと思い至らなかったのか、これだっておかしい。べつにあたくしは広告代が高くつくだろうからって、申し上げるわけじゃありません。そんなことはみみっちい話だ。それにあたくしはそんなケチくさい人間じゃあない。そんなこたァみっともないし、きまりがわるい、よくないだろうって思うからです。さらにわからないのは、どうして鼻が焼いたパンのなかから出てきたのか、どうしてイワン・ヤーコヴレヴィチが……。いやあ、どう考えたってわからない、もうチンプンカンプンです。それにしても、一等不思議で、わけがわからないのは、世の物書きが、よりにもよってどうしてこんな話をこしらえるのかってことです。正直申し上げますが、手前にはまったく合点がいきませんな。これは、要するに……いや、駄目です、さっぱりわからん。第一、こんな話はお国のためにならない、第二に……いや、この第二にというのが、まったくもって益がない。いや、ほんと、あたしにはチンプンカンプンで……。とはいうものの、たしかにどれもこれもおかしなことばかりです。どれもあり得ることじゃあない……でも、どうです、世の中には間尺に合わないことってあるんじゃないですか？　つらつら考えてみますってえと、この話には、たしかに何かある。誰がなんと言おうと、こういう出来事ってのは世の中にはある。滅多にあるわけじゃございませんが、ある話でございますな。

外套

えー、あるお役所での話でございます……。まあ、ここんところはそれがどこのお役所であるのかは申し上げないほうがよろしいでしょうな。なにしろ、省庁にしろ、連隊にしろ、官庁にしろ、ひとことで申しまして、お役人ってえ人ほどこの世で気のみじかい人はございませんから。きょうびどんな人でも、ご自分が侮辱されるってえと、すぐさま自分のお仲間までが侮辱されたと受け取っちまう。なんでも、つい先だっても、どこの町だかはおぼえておりませんが、ある郡警察署長から苦情書なんてものが舞い込みまして、そのなかで当の署長は、このままでは官庁は危殆に瀕するにちがいない、神聖なるその人の名がみだりに取り沙汰されていると訴えているそうでありわます。その証拠に苦情書には、ばかでかい小説の一書がそえられておりまして、そのなかで十ページおきに、あまつさえところによってはへべれけの酔態でその郡警察署長なる人物が登場している。というわけで、あたくしも不愉快な目にはあいたくありませんので、これからお話しする役所についても、とある役所とよばせていただくことにいたします。

さて、そのとある役所にとあるお役人が勤めていた。お役人と申しましても、別段大それた人物じゃあない。背丈は寸足らず、いささかあばた面に、髪は少々赤茶け、それどころか見たところ目も少々わるいらしく、額の上には五銭玉ぐらいの禿（はげ）があって、両のほおはしわだらけというご面相、顔色はいわゆる痔持ちの色というやつであります。いや、こりゃあどうにも致し方がない。ペテルブルグの気候のせいです。官等はといいますと……、なにしろこの国ときたら、まずもって官等をあきらかにしなければ話がはじまらないので申し上げるんですが、これがいわゆる万年九等官。ご案内のとおり、相手がおとなしいと見ると、いたぶるのをなりわいとしている世の物書き連中からばかにされ、こけにされている手合いです。

お役人の名字はてえと、バシマチキン。この名を見ただけで、やっこさんの名字が短靴（バシマーク）に由来するってことがわかります。それはそうなんですが、じゃあ、いついかなる時に、どんな具合にこの名字が短靴から発生したのかについちゃあ皆目わからない。親父も爺さんも姉婿も、要するにバシマチキン家の連中は、年に三度ばかり靴底を張り替えるだけで、年がら年中長靴をはいて歩きまわってるんですから、わけがわからない。で、名前のほうはってえと、アカーキー・アカーキエヴィチ。お読みになっている読者のなかには、そりゃ妙な名前だ、なんだか取って付けたような名前だねとおっしゃる方がいらっしゃるかもしれませんが、これ、別段凝って付けたわけじゃございません。どうあってもほかの名にすることが出来ない事情があったんです。

それと申しますのも、アカーキー・アカーキエヴィチがこの世に産声をあげたのは真夜中ちかくのことでして、あたくしの思いちがいでなければ、三月二十三日のことです。今は亡きおっかさんは役人のおかみさんで、とても気だてのいいご婦人でありまして、しかるべく赤ん坊の洗礼の手はずも整えておりました。おっかさんはまだドアに面した寝台の上に横になっており、その右手には、教父で元老院の長を務めておりますす好人物のイワン・イワーノヴィチ・エローシキンに、分署巡査のおかみさんで、この上ない善人の教母アリーナ・セミョーノヴナ・ベロブリューシコワが控えておりました。産婦のおっかさんに、どれでもいいから好きな名をお選びよ、と出てきたのが三つの候補で、それが、モッキヤに、ソッシヤ、もひとつが苦行者の名にちなんだホズダザタ。

「あら、いやだ」とおっかさんは思案投げ首。

「どれもこれも似たりよったり」

それで一同は日めくりの別の箇所を開けてみました。またしても出てきたのは、トリフィーリー、ドゥーラ、ヴァラハシーという三つの名。

「これじゃまるで天罰だね」

と年老いたおっかさんが申します。

「どれもこれもけったいな。ついぞ聞いたためしがないよ、こんな名前は。ヴァラダートだとかヴァルーフならまだしも、トリフィーリーにヴァラハシーだなんて真っ平だよ」

それでまたページをくってみます。すると出てきたのが、パフシカーヒーにヴァフチーヒー。

「こりゃ、どうやらこの子のさだめかもしれない。いっそのこと父親と同じ名で結構。父親がアカーキーだから、この子の名もアカーキーでいいやね」

とおっかさんは言った。とまあ、こんな次第でアカーキー・アカーキエヴィチという名が生まれた。赤子は洗礼をほどこされましたが、するとその子は泣き出して、なんでも顔をしかめたとか。さきざき自分が九等官となる身であることを察知したんでしょうな。と、これがことの起こりでありますが、こんなことをお話しするのもほかでもございません、読者ご自身に、こうした事態の進展が万やむを得ず、ほかの名前を付けようがなかったことをご理解いただくためであります。この男がいつ、いかなるときに役所勤めをはじめ、誰が今の職に就かせたのか、それを憶えている者は誰もおりません。どれだけ上司や長官が代わろうが、この男の居場所もポストも職務もかわらず、いつも筆耕のままなので、やがて人は、どうやらこの男、すっかりこのままの姿で、つまり文官の制服を着て、おでこに禿を作ってこの世に生まれてきたにちがいないと思い込んだとしても不思議はない。

役所でもこの男、歯牙にもかけられない。やっこさんが前を通り過ぎても守衛は腰もあげないばかりか、まるでただの蠅(はえ)が玄関口をひょいと飛んでったくらいのもんで、目もくれようともしない。上司のあつかいときたら、愛想もへったくれもない。局長の補佐官などは、いきなりやつの鼻先にむんずと書類を突き出すばかりで、「清書したまえ」とも、「なかなかおもしろい仕事だぞ」とも言うわけでもない。礼儀正しい職場なら言うはずのやさしい言葉ひとつかけるでもない。やっこさんはといえば、こちらもちらと書類に目を走らせるだけで、誰が仕事を持ってきたのか、そんな権限があるのかすら斟酌（しんしゃく）する風もない。受け取るとすぐさま清書に取りかかるんであります。若い官吏などは思いっきり茶目っ気を発揮して、この男のことを笑いのめして愚弄する。それどころかこの男に関するいろんな小話を面と向かって吹聴してはばからない。男が下宿住まいをしている七十になる婆さんのおかみをダシに、やれ、婆さんはやつのことをぶつだの、お二人のご婚礼はいつですかだのとからかって、ほら、雪ですよ、と彼の頭の上から紙吹雪をふりかけるありさま。ところがアカーキー・アカーキエヴィチときたら、まるで面前に誰もいないかのように、抗弁（こうべん）ひとついたしません。それに、こうしたことで仕事に支障をきたすということもない。こんな嫌がらせを受けながらも、この男は一字たりとも書き損じない。

ただ、冗談がすぎて、腕を小突かれたり、仕事の邪魔をされると、「そっとしておいてください。何だってみなさんはぼくをからかうんです」と呟くだけなのであります。その言葉づかい、それを言う声音には何か妙な調子がこもっておりました。そこには何か憐れみを請うようなひびきがあって、最近奉職したばかりのある若い男なぞは、先輩諸氏にならって男をからかってやろうとしたのですが、いきなり全身刺し貫かれたみたく、立ちつくしてしまったほどです。以来、この若い官吏の前で一切ががらりと様相を変えた。何か自然ならざる力が、今まで礼儀正しく立派な人物だと思って懇意にしていた人々からこの若い官吏を遠ざけることになった。それからというものしばらくの間は、いかに陽気に騒いでいたって、その若い官吏の目の前にはおでこに禿のある小男の姿が浮かんできて、「そっとしておいてください。何だってみなさんはぼくをからかうんです」と哀願してくるんです。切々と迫るその言葉には「ぼくだって同じ人間ですよ」という調子がひびいている。そのたびに可哀想にこの若い官吏は手で顔をおおうんです。そしてその後の生涯、人間の風上にも置けぬ多くの冷酷な仕打ちを目にするたびに、洗練され教養ある上流社会や、誰からも高潔で誠実だと一目置かれている人間のなかに、いかに多くの残忍ながさつさがひそんでいるかを目にするにつけ、この若い官吏は身ぶるいしたもんです。

自分の職務をあんな風にまっとうできる人間はそうざらにいるもんじゃない。精励恪勤というだけではまだ足りない。いや、この男、愛情を持って勤めにはげんでおりました。浄書をしているだけで、この男には自分なりの、なんというか、いろんな愉しい世界が開けてくる。法悦のさまがその顔にうかんでまいります。この男にはお気に入りの文字がいくつかありまして、その文字に近づいてくると、男はもう気もそぞろ、にたにたして、目をぱちくりしはじめる。そこに唇までが加勢するもんですから、男のペンが書きつける文字がその顔色から読めちまう。もしその奮励努力に見合った昇進がなされたとすれば、この男は、驚くまいことか、五等文官にのぼりつめたって不思議ではない。ところが、口さがない同僚に言わせれば、この男ときたらカフスボタンひとつ頂戴したきり、あとはおしりに痔をこさえただけ。

とはいえ、誰もこの男に目をかけてやらなかったかというと、そうは言えない。ある長官などはやさしい人だったので、長年の勤務に報いてやろうと、ただの浄書よりちっとはましな仕事を男に命じたことがあります。いや、なに、出来上がった書類を他の省庁へ報告するって仕事です。ことは件名を変えるとか、一人称の動詞を三人称に変えりゃいいんですが、これが男には結構な重荷になった。やっこさん、どっと大汗かいてひたいを拭い、ついには、「いや、これより、何か清書をやらせてください」と言いだす始末。それからというもの、男はずっと清書ひとすじ。この清書以外に、男には何も存在しないような塩梅。服装に関しては一切無頓着。その制服は緑色ではなく、何だか赤茶けて、粉をふいたような色をしております。襟は窮屈な上に、丈がみじかいために、長くもない首がひょろひょろと伸びているように見える。ちょうど、この国にいる外国人の商人が頭にのっけて売り歩く石膏作りの首振り猫みたいなもんです。それに、やっこさんの制服にはいつも何か、ちぎれた干し草だとか糸くずなんかがへばり付いている。そればかりか、やっこさんには一種独特な特技がありまして、通りを歩いていても、窓からありとあらゆるゴミが投げだされる、ちょうどその頃合いに窓辺を通りかかるという間合いのよさ。だもんで、いつもその帽子の天辺にスイカの皮やメロンの皮といったゴミをのっけて運んでいくんであります。日ごと夜ごと通りで何が起きているのか、そんなことに注意を向けたことなど、この男には生涯に一度もない。同輩の若い官吏なんて連中は通りに目を走らせ、鵜の目鷹の目、向こう側の歩道の誰それのズボンの留め紐がゆるんでいるのを目ざとく見つけて、にたりとほくそ笑んだりするものですが、そんなことは一度もないとくる。

アカーキー・アカーキエヴィチが目にするものといえば、どこに目を走らせても、ただただ丁寧に書き並べられた自分のきれいな文字ばかりです。そんな具合ですから、いきなりやっこさんの肩口に馬が鼻面をつき出して、そのほっぺにもわっと鼻息を吹きかけて、やっと自分が文字のなかにいるのではなく、通りのただなかにいると悟るありさまです。家に帰ってくると、この男、すぐさまテーブルについてそくさとキャベツスープをすすり、玉ねぎを添えた肉を一切れたいらげる。味もへったくれもあったもんじゃない。蠅が入っていようが一切お構いなし、その時季神さまがお恵みくださったものならなんでもぺろりと食っちまう。腹がくちくなると、やおらみこしを上げて、インク壺を持ち出し、自宅に持ち帰った書類の清書にとりかかる。で、頃合いの書類がないと、自分だけの愉しみに、とっておきの書類を書き写しはじめる。とくに立派な書類だと念が入る。いや、立派な文句が書いてあるからというんじゃありません。初めて書く宛名であったり、おえらがた宛ての書類であればいいんです。

やがてペテルブルグの灰色の空もとっぷりと暮れますと、お役人連中は人それぞれに、頂戴している俸給に応じ、またご自分の好みに合わせて、腹がくちくなるまで食事をなさる。お役所でガリガリとペンを走らせたり、あちこち使いっ走りをしたり、のっぴきならない自分や他人様の仕事に片がつく。なかには、言われもしないのに、余計な仕事までこなしてしまうえらく熱心な人もございますが、そうした仕事を片づけて、ほっと一息つく。そうなりますってえと、お役人の方々は残った時間を愉しもうとお急ぎになる。一目散に劇場に馳せ参じる方もあれば、お帽子を召したご婦人の品定めに外に繰り出していくのもいる。夜会にお出かけになる方もいらっしゃる。見目麗しい女性や狭い官吏の世界の看板娘のご機嫌を取ろうって寸法です。なかでも一等多いのが同僚の家に出かける連中です。その家ってえのは、大体が三階や四階にありまして、小さな二部屋に玄関と台所がある。それに、食費や遊興費を切りつめて手に入れた、なにやら流行（はやり）の家具やランプやその他の調度がある。つまりは、お役人連中は朋輩（ほうばい）の家に陣取りまして、かまびすしいカード・ゲームのホイストに興じながら、コペイカ硬貨みたいなビスケットをかじりお茶をすすり、長いキセルからもくもくと煙を立て、カードを配りながら上流社会から出た噂話におだを上げる。どうやら、ロシア人ってのは、この手の噂話なしでは夜も日も明けぬようでありますな。そうした話の種がないと、ファルコーネが作った彫像の馬の尻尾がへし折られたと報告を受けた警備隊長にまつわる例の一口噺（ばなし）をおっぱじめる。とどのつまり、誰もがこうしたうっぷん晴らしにうつつをぬかしているそんな時にも、アカーキー・アカーキエヴィチは気晴らしに興じるなんてことは一度もない。どこそこの夜会でこの男を見かけたなんて話はとんと聞いたためしがない。心ゆくまで筆写を終えると、あしたは神さまがまた何か筆耕の仕事をお与えくださるだろうと考えただけでうっとり笑みをたたえて、この男は床につくんであります。四百ルーブルの年俸のささやかな自分の運命に満足しきっている男の平々凡々たる生活はこのように過ぎてゆきました。さまざまな不幸さえ起こらなければ、老いさらばえるまでこんな生活がつづいたはずです。ところが、九等文官どころか二等文官や三等文官、七等文官、いや、文官、鈍感、頓珍漢――およそカンと名がつく者なら誰もが不幸に見舞われないでは相済まないのであります。

このペテルブルグには、年に四百ルーブルやそこらの俸給をもらっている人たちにとって手強い敵というのがございます。その敵というのは、この北国の寒さです。それも並大抵の寒さじゃあない。ここではそれを「どえりゃー寒さ」と申すんだそうで。朝の八時をすぎたころ、つまり通りがお役所に急ぐ人たちでごったがえしてきますころには、この寒さが誰彼かまわず、その鼻っつらをひっ叩いてくる。そうなりますと、あわれな役人連中などもう鼻をどこに突っ込んでいいやら、知れたもんじゃあない。高い役職にある方でも、あまりの寒さにおでこがずきんずきんと痛くなり、目頭に涙をうかべるこのころには、あわれな九等官などわが身を守るすべすらない。こうなりますってえと、いちばんなのは、つんつるてんの外套いっちょうで脱兎のごとく、五、六区画を駆け抜けて守衛室に飛び込み、そこで足を踏みかえながら、道々凍りついた手足や、仕事に必要な能力がゆっくりとけていくのを待つほかない。

アカーキー・アカーキエヴィチは少し前から、とくに背中や肩口が痛いほどに冷たいと感じるようになりました。きまった距離をできるだけ早足で駆け抜けたってどうしようもない。はたしてこれは外套のせいではあるまいか、アカーキー・アカーキエヴィチはこう考えた。うちで子細に調べてみますと、二、三か所、ほかならぬ背中や肩のところが紙みたいに薄くなっている。ラシャ地がすっかりすり切れて、向こうがすけて見え、しかも裏地なんか取れちゃってる。

申し添えておきますが、アカーキー・アカーキエヴィチの外套もまた役人仲間の笑いの種になっておりました。「外套」という由緒正しい名前ははぎ取られ、「上っ張り」という名を頂戴していたほどです。実際、それは奇妙きてれつななりをしております。その襟は毎年ぐんぐん縮小いたしまして、外套のほかの箇所のツギ当てに使われている。で、このツギ当ての仕事は仕立屋の腕を見せるどころか、まるで袋かなんぞのようにぶざまな格好をしているだけなんであります。ことの次第を見て取ると、アカーキー・アカーキエヴィチは、こりゃペトローヴィチのとこへ持っていかずばなるまいと決心した。それは、とある裏階段をのぼった四階に住まっている仕立屋で、そっぽ向いた目で顔中あばただらけの男ですが、役人の制服でも、どんなズボンや燕尾服でも、直しをやらせるとその右に出る者はいない。もっとも、それは仕立屋がまったくの素面で、そのおつむにほかの雑念がないときにかぎる。

仕立屋のことなんざ、長々話している暇はないんですが、噺に登場する人物については、どんな人物でもきちんと紹介するのが建前でありますから、ここはしようがない、ペトローヴィチなる人物にご登場いただきましょう。前にはこの男はただグリゴーリーという名で、どこぞのご主人の農奴であった男です。ペトローヴィチと称するようになったのは、解放証書を頂戴して、祭日が来るたびにしこたま酒をきこしめすようになってからの話です。いや、なに、男が酒に手を出すのは、はじめのうちこそ大祭の日だけでしたが、そうこうするうちに見境がなくなり、暦に十字が描いてある教会の祭日にはきまって一杯ひっかけるようになった。この点ではご先祖さまの習慣に律儀だったわけでありますな。この男、おかみさんといがみ合っては、おかみさんのことを俗な女だのドイツ女呼ばわりをする。

おかみさんの話が出た手前、そのおかみさんについても一言ふれておく必要がありましょうな。とは言うものの、おかみさんのこたァ、よく分からない。ただ、ペトローヴィチにはおかみさんがいるてえこと、おかみさんが被っているのが頭巾（ずきん）であって、スカーフではないことぐらいのもんです。てなことを申しますと、そいつはさぞかし美人だろうとお思いになるかもしれませんが、なんのなんの。このかみさんを見かけて、頭巾の下からじろじろながめたり、口髭をぴくりとふるわせ、なんだか得体の知れない声を発するのは、近衛連隊の平（ひら）の兵隊さんたちぐらいのもんです。

さて今しもアカーキー・アカーキエヴィチはペトローヴィチの家に通じる階段をのぼってまいります。ここは正直に申し上げなければなりませんが、その階段というのが水浸し、汚水まみれでありまして、アルコールの臭いがぷーんと鼻を突いて、目なんざちかちかする。ご案内のとおり、これはペテルブルグの家々の裏階段にはつきものの臭いでありますな。さて、その階段をのぼりながら、はやアカーキー・アカーキエヴィチはペトローヴィチがいくら吹っかけてくるだろうかと思いをめぐらせ、いや、二ルーブル以上出すもんかと心に誓っております。戸口は開いておりました。と申しますのも、おかみさんが魚かなんぞを焼いておりまして、台所は煙だらけ、ごきぶりの見分けもつかない。

アカーキー・アカーキエヴィチはおかみさんに見とがめられることもなく、台所をツーッと通りぬけ、家んなかまで入り込む。見るってえと、ペトローヴィチは大きな白木のテーブルに向かって、ちょうどトルコのお代官さまのように両の足を体の下にたくしこんで鎮座ましましております。仕事中の仕立屋のならいで、足は裸足のまんま。まず目に飛び込んできたのが、アカーキー・アカーキエヴィチが先刻承知の親指。亀の甲羅のように厚くて固いその爪はひん曲がっております。ペトローヴィチのうなじには丸まった絹糸や木綿糸がひっかかり、膝の上には何やら古着がのっかっている。ペトローヴィチはもう三分ばかり針の穴に糸を通そうとやっきになっているのでありますが、どうにも通りやしない。だもんで、部屋が暗いと文句を言い、当の糸にまで当たり散らし、

「通りやがらねえ、このあばずれ！　おれをこけにする気か、おたんこなす！」

とぶつくさ文句をならべている始末。アカーキー・アカーキエヴィチにしてみれば、ペトローヴィチが癇癪（かんしゃく）を起こしている、間（ま）のわるいときに来合わせたものです。どうせ頼み事をするなら、ペトローヴィチが一杯機嫌のときか、「一つ目悪魔がウォッカをひっかけやがった」とかみさんが言うようなときであってほしかった。そういうときなら、ペトローヴィチは大抵こころよく値引きに応じ、仕事を引き受ける。それど

ころか平身低頭、お礼のひとつも言ってくる。もちろん、あとから女房がやってきて、亭主が酔っ払っていたもんで、あんなに安値でお引き受けしちまったんです、と泣きを入れてくるのでありますが。だが、大抵は十コペイカ玉ひとつも積んでやれば、丸くおさまります。さて、今は、どうやらペトローヴィチは素面であるらしく、居丈高で強情で、法外な値を吹っかけてきます。アカーキー・アカーキエヴィチは事情を察して、ここは、よく言うように、尻尾を巻いて逃げ帰ろうかと思いましたが、乗りかかった船だ、もうあとには引けねえってんで……。ペトローヴィチがその一つだけの目を細めて、ひたとこちらをにらみつけているものですから、アカーキー・アカーキエヴィチは思わず口を切った。

「やあ、どうも。ペトローヴィチ！」

「ご機嫌よろしゅう、旦那」

とペトローヴィチはアカーキー・アカーキエヴィチの手にちらと目を走らせる。この客、どんな儲け仕事を持ってきたのか値踏みをするような様子であります。

「いや、実は、その、ペトローヴィチ、うかがったのは、そのお……」

実を申しますと、アカーキー・アカーキエヴィチは大体が、前置詞や副詞、はてはちょっとした合いの手の言葉でしか説明できないんであります。その言葉が、これまた、まったくもって意味をなさない。話が込み入ってまいりますってえと、大抵、話のサゲもつかない始末。ですから、しばしば「たしかに、そりゃあ、まったくもって、その何というか……」と話をおっぱじめるのはいいんですが、そのあとがつづかない。それで自分でもわけがわからず、すべて話しつくしたような気になっちまう。

「どういうご用向きで」

とペトローヴィチは言うと、その一つっきりの目で、襟から袖や背中や裾やボタン穴まで、相手のお仕着せを舐めるようにながめまわす。どれもこれもこの仕立屋にはなじみのものばかり。なにせ、当の本人が自分の手で仕立て上げたものですから。これは仕立屋の癖ですな。人に会うなり仕立屋が最初にやるのがこれです。

「いや、実は、その、ペトローヴィチ……外套なんだが、ラシャがね……ほら、このとおり、ほかの箇所は、すっかり丈夫なんだよ、ちょいと埃をかぶってはいますがね、どういうのか、古くなったというのかな、いや、まだ新しいんだ、ただ、ここンところが、ちょっと、その何というのか……背中ンところとね、それに、この、肩ンところが、ちょっと薄くなってね、それにこっちの肩ンところもね――まあ、それだけなんだけれどね。ほんのちょいと手を入れてもらえないかと……」

ペトローヴィチはその上っ張りを引ったくると、それをテーブルの上に広げて長いことながめ、さかんに首をかしげている。そうかと思うと、窓ンところの丸い嗅ぎ煙草入れに手をのばす。その煙草入れにはどこぞの将軍様の肖像が描いてあるんですが、その将軍がいってえ誰なのか、とんとわからない。なにしろ、その顔があった箇所がすっかり指でこそげ取られている上に、そこに四角い紙っきれが貼りつけてあるもんだから、なおのことわからない。ひとつまみ煙草を嗅ぐと、ペトローヴィチは両手で上っ張りを広げ、明かりにかざしてみて、またも首をかしげる。それから裏地をおもてにひっくり返して、またもやしばらく首をかしげている。そしてまたしても将軍の顔のところに紙っきれを貼りつけた煙草入れの蓋を開けて、鼻に煙草を突っ込むと、蓋を閉じ、煙草入れをしまって、ようやく口を開いた。

「無理です、直しじゃききません。なんともひどいお召し物ですな！」

アカーキー・アカーキエヴィチの心臓はその言葉にドキーン。

「そうかなあ、無理かねえ、ペトローヴィチ？」

ほとんどちっちゃい子供がおねだりするような調子です。

「だって、両肩ンところが薄くなっているだけじゃないか、お前さんところに何か端切れがあるだろうし……」

「ええ、端切れはございますよ、ないわけがない」

とペトローヴィチ。

「ところが縫いつけることができませんな。こいつァ、もう使い物になりませんぜ。針を通した日にゃ、破けちまいますから」

「破けたら、またおまえさんがツギを当ててくれればいいんだし」

「ツギ当てできる生地なんて、ありゃしませんよ。ツギ布を縫いつける場所なんてありませんよ。傷んでいるほうが大きいんだもの。ラシャとは名ばかりで、風が吹いてごらんなさい、吹き飛んじまいますぜ」

「そこを何とか、お願いだからさ。まったく、聞きわけがないお人だね、あんたって人は」

「だめですな」とペトローヴィチがきっぱりと言い切ります。「手のほどこしようがありませんな。こりゃ、使い物になりません。それよか、冬の寒い季節が来たときのために、それで脚絆(きゃはん)でもこさえたほうがようがす。靴下なんかじゃあったまりませんよ。あれは、けちくさいドイツ人野郎の考えそうなことで（ペトローヴィチは何かと言うと、ドイツ人の悪口を言いたがるんですな）。外套を新調なさる頃合いですぜ」

「新しい」という言葉を耳にしたとたん、アカーキー・アカーキエヴィチは目の前が暗くなった。部屋のなかにあるものがいっしょくたになって、こんがらがってくる。やけにはっきり目に見えるのは、ペトローヴィチの煙草入れの蓋に付いている紙っきれを貼った将軍様の顔ばかり。

「新しいだなんて、滅相もない」

いまだにこの男、夢うつつ。

「そんな金なんか、ありゃしないよ」

「ええ、新調なさいまし」ペトローヴィチのほうは、そらっとぼけております。

「じゃあ、新調するとなったにしても、いったい、それには、その……」

「いくらかかるかってことですか？」

「うん」

「百と五十ルーブル少々ってとこでしょうかね」

とペトローヴィチは曰く(いわ)ありげに真一文字に口を結んだ。ペトローヴィチは相手の度肝をぬくのが大好きで、いきなり相手をおどかして、みるみる相手の顔色が変わっていくのを盗み見するのが趣味なんであります。

「なにッ、外套に百五十ルーブル！」

かわいそうにアカーキー・アカーキエヴィチは素っ頓狂な声を張りあげた。こんな大声をあげたのは、生まれてこの方、はじめてかもしれませんな。何しろ、いつも話すのは小声でしたから。

「さようでがす。それでもまだ、並の外套ですよ。もし、襟をテンの毛皮にして、フードを付けると、二百にはなりますな」

「ペトローヴィチ、どうか、その」

アカーキー・アカーキエヴィチはもう泣き出さんばかりの声になっちまっている。ペトローヴィチの言葉など耳に入りやしません。いや、それどころか、ペトローヴィチの言うことなんざ聞くまい、そんな恐ろしい言葉なんざ聞きたくもないという風情。

「何とか直しですませてもらえないかねえ。もう少しだけ保ちゃあいいんだよ」

「いや、だめですな。そんなことした日にゃ、手間アかけるだけ無駄だし、ドブに金をすてるようなもんでさあ」

そんなペトローヴィチの言い草を聞くが早いか、アカーキー・アカーキエヴィチは、脳天をぶちのめされたみたいに、ぷいと部屋を出ちまった。相手が出ていったあとも、ペトローヴィチは仕事に取りかかろうともせず、曰くありげに口を真一文字にむすんだまま、まだしばらくそのままの格好で突っ立っております。自分から折れるようなまねをしないですんだし、仕立屋のたましいを売りわたさないですませたことに満足なんですな。

アカーキー・アカーキエヴィチは夢うつつで、ふらふら通りに出てくると、

「いや、弱ったなあ」

とひとりごちております。

「まさか、こんなことになろうとはなあ、まったく……」

と、しばらく黙っていたあとで、

「やれやれ、厄介だなあ、まったく、こんなつもりじゃなかったよ」

と、またしても、しばらく黙りこくったかと思うと、

「弱ったなあ。こんなはずじゃなかったのになあ……いやはや、なんとも……難儀なことになったもんだ！」

と、アカーキー・アカーキエヴィチは自分でも気づかぬまま、家とはまったく逆方向に歩き出す始末。途中、煙突掃除の男が汚れた体をぶつけてきて、アカーキー・アカーキエヴィチの片方の肩にべっとり煤をこすりつけたり、まるまる帽子一杯分の石灰が建設中の家屋の屋上から降りそそいできたりしたって、この男ときたらてんで気がつくようすもない。しばらく行きますと、立番の巡査がちょいと脇に戟を立てかけまして、角状の煙草入れから節くれ立ったたなごころに煙草を取り出していたところなんでありますが、その巡査にドーンとばかりにぶつかった。それでようやくアカーキー・アカーキエヴィチは我に返るというありさま。それも巡査が、

「おい、おい、貴様、どこに突っ込んできやがるんだ。お前さんには歩道ってもんがないのかい？」

などと言ってきたからでありまして。やっこさん、おかげで回れ右して、家に向かった。こうしてようやく、身を入れて考えはじめましたが、するってえと、わが身の置かれた状況がありありと見えてまいりまして、やっこさん、今じゃぽつりぽつりどころか、噛んで含め、胸襟を開いて自分自身と話しはじめたのであります。これがまた、まるでもっとも琴線にふれる身近な問題を話し合える思慮深い友人と話して

いるような具合なんであります。

「いや、だめだね。いまはペトローヴィチと話したって、埒（らち）があかないね。あの男は、いまは、その、何だからな……きっと、かみさんにぶたれたにちがいないよ。だから、あの男ンところには、日曜の朝に行ったほうがいいんだよ。土曜のあとだと、あいつは目だって焦点は定まらず、おまけにたっぷり寝込んで、迎え酒の一杯もやりたいところだ。ところが、あのかみさん、金なんか渡すもんか。ちょうどそういう時に十コペイカか何かを握らせてやるんだ。すると、あいつも聞く耳を持つさ、そうすりゃ、外套だって、その……」

　そんなふうにアカーキー・アカーキエヴィチは算段をめぐらせ、自分を奮いたたせて、最初の日曜日を待つことにした。さて、遠くから、ペトローヴィチのおかみさんが出かけていったのを見届けると、アカーキー・アカーキエヴィチはペトローヴィチのところへ一目散。案の定、仕立屋は土曜があけて目の焦点も定まらず、おつむなんぞ床のほうに垂れ下がっている始末で、目蓋（まぶた）なんかぼうとはれ上がっている。ところが、そんな具合であるにもかかわらず、相手が何の用事で来たかを察しますと、まるで悪魔に小突かれたみたいに、

「いんにゃ、だめですな」

と、こうきたもんだ。

「新調なさいまし」

そこで、すかさず、アカーキー・アカーキエヴィチは相手に十コペイカ銀貨を握らせる。

「これは、痛み入ります、旦那。あなたさまの健康をお祈りして、一杯引っかけさせていただきやす。いや、あの外套のこたあ、気に病んだって仕方ありません。あんなもの屁のつっぱりにもなりゃしねえ。新しい外套を、ちゃんと仕立てて差し上げますから。ねッ、そういたしましょう」

アカーキー・アカーキエヴィチはまだ直しがどうのこうのと言っておりますが、ペトローヴィチはそんなことにはお構いなく、

「ええ、ええ、そりゃもう、新しいのをこしらえて差し上げますとも。どうぞご安心を。励んでやらせていただきますよ。近頃流行ってのもいいですね。襟なんか、銀メッキのフック留めにいたしましょうかね」

こりゃ外套を新調しないでは収まるまいとアカーキー・アカーキエヴィチは観念し

て、がっくり肩を落とした。それにしても、実際、仕立てに要する金をどう工面すればいいのやら。もちろん、祭日前に支給される特別手当を当てにできないでもないが、そんな金はとうに当て込んであって、使い途はきまっている。ズボンを新調しなけりゃいけませんし、古い長靴の爪先の貼り替え代金も靴屋に返さなければならない。それにシャツ三枚に、その名を活字にするには少々はばかられる下着ってえのも二枚、お針子に注文しなければならない。つまり、そんな金など羽が生えてすぐさま飛んで消えてしまうのは目に見えている。よしんば、長官が太っ腹を発揮して、四十ルーブルの特別手当のところを四十五、いや五十ルーブル奮発してくれたって、手元に残るのは雀の涙、外套を新調するのに必要な金額からすれば大海の一滴にすぎない。そりゃもちろん、ペトローヴィチがいつもの気まぐれからべらぼうな値を吹っかけてきたにはちがいない。それで、さぞかしあのかみさんは例のごとく堪忍袋の緒を切って、「なんておたんこなすだ！　ろくに仕事もしないくせに、身の程知らずにそんな値段を吹っかけやがって」と雷を落としていることぐらい、アカーキー・アカーキエヴィチが知らないわけじゃない。それにもちろん、ペトローヴィチが八十ルーブルで手を打って仕事を引き受けてくれるかもしれないことも知らないわけじゃあない。だが、その八十ルーブルをどう工面するか、これがことです。そりゃ、半分ぐらい、いや、もう少しそれに色をつけて工面できるかもしれない。でも、もう半分をどうするかってえと、これがねえ……。

それはともかく、まずはアカーキー・アカーキエヴィチが最初の半分をどう工面できたかを、読者のみなさんにお伝えしなければなりますまいな。アカーキー・アカーキエヴィチは一ルーブルをくずすたびに、二コペイカ玉を小さな小箱にため込んでおりました。その箱ってのが、蓋のところに小さな穴がくりぬいてあって、そこから金を落とし入れるようになっておりまして、おまけに鍵までかかるようになっている。半年ごとにやっこさん、たまりにたまった銅貨を小銭の銀貨に替えるという念の入れよう。この習慣をはじめたのはずいぶん昔の話で、今では積もりに積もって四十ルーブルをこえるんであります。

だから、すでに半分は手元にある。でもあと半分をどう工面するか、残りの四十ルーブルをどう捻出するか。アカーキー・アカーキエヴィチは頭をしぼったあげく、日々の出費をおさえよう、少なくとも向こう一年間は節約しよう、とこう決心した。毎晩のお茶を控える、ロウソクの灯をともすのをやめる、どうしても必要な場合には下宿のおかみさんの部屋に出かけていって、そこのロウソクのもとで仕事をしよう。通りを歩くときには、できるだけ体重をかけないようにし、砂利道や石畳の上を歩く際には用心をして、爪先で歩くようにする。こうして、靴底がすり減らないようにしようって寸法です。それどころか、できるだけ肌着は洗濯に出さない。でもって、肌着が傷まないように、家に帰ると肌着をぬいで、古びたどてらいっちょうで過ごす。そのどてらってのも、時のお目こぼしにあったような年代物です。

たしかに、最初のうちアカーキー・アカーキエヴィチは不自由な生活になかなか馴染めませんでしたが、そのうち慣れちまって、少しも気にならない。夜のひもじさも平気なもんです。精神的な満足感でひもじさを補おうってんでしょうかね、頭ンなかで未来の外套に思いを馳せるのであります。それからというもの、やっこさんの存在自体がなんだか充実してきたような格好です。何かこう嫁でも貰ったというのか、誰かさんがやっこさんと同席しているようだというのか、どうやらもはや一人ではなく、心許せる人生の伴侶ってのが共に人生を歩んでくれると約束してくれたような格好なんであります。伴侶というのは、ほかでもございません、厚手の綿が入って、しっかり裏地のついた外套ってわけです。やっこさん、前(せん)よりいくぶん生き生きして、性根もすわり、自分なりの目的をもった、れっきとした人間になった。その顔つきや行動からひとりでに自信のなさや優柔不断なところ、つまりが何だかどっちつかずで曖昧だった性格が失せちまった。

こうなりますってえと、目に輝きがあらわれることだってある、頭ンなかでも、やはり襟はテンの毛皮を付けるべきではあるまいか、などと大胆不敵なことを考えだす始末。そんなことばかり考えているもんですから、何をしていても上の空。一度なんぞ、書類を転写しておりまして、やっこさん、すんでのところで書き損じかけまして、ほとんど「あちゃッ!」と声をあげそうになって、慌てて十字を切ったほどです。月に一度はペトローヴィチの家に押しかけて、やれラシャはどこで買うのがいいだの、色はどうだ、値段はどうだ、と外套の話をおっぱじめる。それでいささか不安にかられることもあるんですが、大抵は、いよいよ準備万端ととのった、あとは仕立てに取りかかるばかりだと満足のていで家に帰ってくる。

事はやっこさんの思惑をこえるスピードで進み出した。思いがけないことに、アカーキー・アカーキエヴィチは四十ルーブルでも四十五ルーブルでもなく、まるまる六十ルーブルもの手当を長官から頂戴した。アカーキー・アカーキエヴィチに外套が必要だとお気づきになったのか、ただなんとなくそんな風に決まったのか、いずれにしたって、おかげで二十ルーブルという余分なお金が懐に転がり込んだ。それで仕立ての仕事はぐんとはずみがついた。さらに二、三か月ちょっとひもじさを我慢しただけで、アカーキー・アカーキエヴィチの手元には八十ルーブルばかりの金がたまったという次第。そうなると、日頃はおだやかなこの男の心臓は早鐘のようにドン、ドン、ドンと打ち出した。その日のうちにペトローヴィチと連れだって店に出かけまして、上等なラシャを買い求めました。そりゃあそうでしょう、もうそれについちゃあ半年前からいろいろ算段もし、値札とにらめっくらしない月はなかったのでありますから。ペトローヴィチも「これ以上の上物のラシャはございませんよ」などと申します。裏地にはキャラコを選びましたが、これがまた丈夫でしっかりした代物で、ペトローヴィチに言わせりゃ、絹にも劣らず光沢があって見栄えがいい。テンの毛皮は買えませんでした。こいつはべらぼうに高すぎた。代わりにその店にあった一番上等な猫の毛皮を買うことにした。見ようによっては、遠くからだとこれがテンに見えるんだから、おかしなもんです。ペトローヴィチは外套の仕立てにまるまる二週間もかかりました。裏打ちに念には念を入れたんですから仕方ありません。さもなくば、もっと早く仕上がっていたはずです。ペトローヴィチの仕立て代は十二ルーブル。これより安くは断じてダメだという。縫い糸はすべて絹糸で、目も細かな二重縫い、しかもその上をペトローヴィチが自分で歯でかんで、不揃いな縫い目を整える念の入れようです。えー、ペトローヴィチがようやく外套を持って参った日でありますが、これがいつであったかってえと……そいつがよくわからない。そりゃもう、アカーキー・アカーキエヴィチの人生最良の日であることはたしかです。ペトローヴィチは朝方、ちょうど役所に出勤する直前に外套を持って参りました。外套が届くのにこれくらいお誂え向きの時節はないという間合いのよさですな。なにしろ、ひどい凍てつきがはじまり、これからまだどんどん冷え込むぞって時であります。いっぱしの仕立屋なら大抵そうするものですが、ペトローヴィチもみずから外套を持参いたしました。はたから見ますってえと、親方はついぞアカーキー・アカーキエヴィチが見たこともないような勿体ぶった顔つきをしている。どうやら、どえらい仕事をやってのけたって心境なんでしょうな。けちくせえ裏地を貼ったり、ちんけな直しをする職人とはわけがちがうんだ、こちとら新調仕事を手がける仕立屋なんだと格のちがいを見せようってんです。

ペトローヴィチはくるんできた大きなハンカチから外套を取り出しました。そのハンカチってえのは、今しがた洗濯屋から取ってきたばかりのもので、ペトローヴィチはまたそいつをたたみ直すとポケットにしまいこみました。今度鼻をかむときに、また使おうって魂胆です。さて、外套を取り出しますと、まず得意満面に眺め入りまして、両の手で広げてアカーキー・アカーキエヴィチの肩にふんわりと掛けて差し上げる。それから一方の手でうしろの裾んところを引っぱってシワをのばす。次に前に回って、羽織った外套の胸元をちょいとばかり開けてあげる。アカーキー・アカーキエヴィチは年配の殿方のつねとして、袖を通してみたいとおっしゃる。ペトローヴィチはいそいそと袖を通して差し上げる。ウン、袖の具合もよろしい。早い話が、外套はどんぴしゃときた。

ペトローヴィチはここぞとばかり、手前は看板も掛けず、しがない通りに店を開いておりますが、旦那は昔からのお得意様でありますから、こんなにお安くお引き受け申したんでございますよ、ネフスキー大通りの店なら、手間賃だけで七十ルーブルかそこらは取られますぜ、と言ってくる。アカーキー・アカーキエヴィチにしてみれば、このことでペトローヴィチと言い争うのはいやだし、またペトローヴィチから例によって法外な金額を吹っかけられるのもこわい。てなわけで、そそくさと払いをすませますと、礼を言うなり、その仕立て下ろしの外套を着こんで役所に向かった。ペトローヴィチはそのあとについて出ると、そのまま通りに突っ立って、遠くからほれぼれと外套を眺めていたかと思えば、わざわざわき道に回り込んで、曲がりくねった路地を小走りにかけて、先回りして通りに立ち、また別ン角度から、つまり真っ正面から自分が仕立てた外套をあかずながめておりました。一方、アカーキー・アカーキエヴィチは歩いていても、まさにルンルン気分。ことあるごとに、いま自分の肩には仕立て下ろしの外套がのっかっているんだと意識せずにはおられませんで、そのたびに沸々と内からこみ上げてくる満足感に思わず何度もにんまりしてしまう。なにしろ、これはあったかいし、それに着ているだけで気分がいい、となりゃあ、実際嬉しさも二倍二倍。アカーキー・アカーキエヴィチはどこをどう通って来たのかも記憶にありませんが、気がついてみると役所に到着していた。守衛の詰所でその外套を脱ぐと、ひとわたりそれを見まわしてから、大事に扱ってくださいよと守衛にあずけた。どういうわけだか分かりませんが、役所じゃ全員に、アカーキー・アカーキエヴィチが新しい外套でやってきた、もうあの上っ張りはないんだってことが知れわたっております。ひと目アカーキー・アカーキエヴィチの新しい外套を見ようと、詰所は黒山の人だかり。やれ、おめでとう、いや、いいものですなとほめそやすもんですから、最初のうちアカーキー・アカーキエヴィチはただにこにこ笑みを浮かべているだけでしたが、しまいにはこっぱずかしくなった。

みんなはアカーキー・アカーキエヴィチを取り囲んで、新しい外套を祝って祝杯をあげなければならんね、せめてみんなのためにパーティぐらいは開いてもらわないとね、と言いだす始末。アカーキー・アカーキエヴィチはどうすればいいのか、何と答えればいいのか、どんな風に断ればいいのか分からず、目を白黒させるばかり。しばらくするとアカーキー・アカーキエヴィチは顔を真っ赤にして、うぶを丸出しに、やっきになって、これは一張羅なんかじゃなく、ほんの寝間着なんですよ、などと打ち消しにかかる。そうこうするうちに、一人のお役人が、これは局長の補佐官なんでありますが、自分はお高くとまっている人間ではなく、下々の者にも目をかけてやっているんだってところを見せつけようとしたんでしょうな、

「是非ともそうすべきだね。じゃあ、ぼくがアカーキー・アカーキエヴィチ君に代わってパーティを開こう、どうか、諸君、きょう拙宅にお越しいただきたい、飯でも食いにきたまえ。ちょうどきょうはぼくの誕生祝いだ」とおっしゃる。

役人連中はすかさず、さすがに上に立つ人はちがいますな、なんて補佐官を持ち上げ、よろこんでその誘いに応じた。アカーキー・アカーキエヴィチが断ろうとすると、

「君、そいつは失礼だぜ、恥を知りなさいよ、恥を」

みんながそう言うものですから、どうにも断りきれなくなった。ところが、おかしなもんで、これを機会に仕立て下ろしの外套を着て夜もそぞろ歩きができるんだと思うと、うきうきしてくる。この日は一日中(いちんちじゅう)アカーキー・アカーキエヴィチにとっちゃ、一番晴れがましい祭日みたいなものでした。天にものぼる心持ちで家に帰ると、外套をぬいで、後生大事にそれを壁に掛けまして、ラシャ地や裏地をうっとりながめ、そいから、どれ、較べてみようってんで、すっかりぼろぼろになった前(せん)の上っ張りをわざわざ引っぱり出してきた。そいつをながめていると、自然と笑いがこみ上げてくる。大(てえ)したちがいで、雲泥の差とはこのことだ。それから時間をかけて夕食をとっておりましたが、その間もしじゅう、上っ張りが置かれた今の状況が頭に浮かんでくるたびに、思わずにんまり。上機嫌で食事を終えると、もう清書なんてやらない。書類一枚だって書きゃしない。そんなもんですから、暗くなるまで寝床の上でぼーっとしている。やがて、思い立ったが吉日とばかり、服を着て、肩に外套を羽織るとそのまま

外に浮かれ出た。

　で、招いて下さった上司がどこにお住まいかと申しますと……これがあたくしには、はっきりと申し上げることができない。最近はすっかり物覚えがわるくなりまして、ペテルブルグのどこそことか、通りであるとか家であるとか、全部が全部、こう頭んなかでこんがらがって、筋道立ててお話しすることに難渋するんであります。てなわけですが、ただそのお役人が町の一等地にお住まいであることはたしか、つまりアカーキー・アカーキエヴィチの家からかなり遠いところにあるって道理で……。

　最初、アカーキー・アカーキエヴィチはぼんやりした灯りしかない、人気（ひとけ）のない通りを行かなくてはなりません。ところがお役人のお住まいに近づいてまいりますと、通りに賑わいが出てきて、人家も多くなり、街灯も煌々（こうこう）としてくる。行き交う人がひんぱんにあらわれるようになり、きれいに着飾ったご婦人方にも出くわす。殿方の襟元には高級なビーバーが多くなる。木枠の橇（そり）に金ぴかの釘を打ちつけた安っぽい辻馬車の姿はあまり見かけない。それにかわって、目につくのは、熊の毛皮のひざ掛けのあるニス塗りの橇を引く、エゾイチゴ色のビロードの帽子をかぶった小粋な御者の姿。それに立派な御者台のついた箱馬車が、車輪で雪をきしませながら、通りをすっ飛んでいく。

アカーキー・アカーキエヴィチはまるでお初の物でも見るように、それらをながめております。この男、もう何年も夜遊びなんぞに出かけたことはない。興味津々ある店の明るい窓の前で立ち止まって、なかの絵なんぞをながめはじめる。そこには見目うるわしいご婦人が描かれておりまして、今しもそのご婦人は片方の靴をぬいで、なかなか可愛いあんよをもろに見せてらっしゃる。ご婦人の背後には、両の頬に頬髯、唇の下に格好のいい三角髭をたくわえたどこぞの紳士が、隣の部屋の扉からにゅっとばかりに顔を突きだしている――そんな絵なんです。アカーキー・アカーキエヴィチは首をひとつ振ってにやりとすると、また歩きだす。どうしてこの男がにやりとしたのかってえと、この男にはまったく馴染みのないご婦人だったかもしれませんが、そこはそれ、どんな男にも備わっているなんとかの勘というのが働いたのかもしれません。あるいは、ほかのお役人たちと同じように、

「フランス人ってのは、隅におけないね！　あっちのほうとなると、まったくあれなんだからな……」

なんて考えていたのかもしれません。いや、ひょっとすると、そこまで考えていな

かったのかもしれない。なにせ、他人様（ひとさま）の心の中に忍び込んで、何を考えているかなんて、わかりゃあしませんからね。

さて、アカーキー・アカーキエヴィチは局長補佐がお住まいのアパートにやって参りました。大した豪勢な暮らし向きで、階段には灯りがともり、お住まいのほうは二階にある。アカーキー・アカーキエヴィチが玄関に入りますってえと、床にはずらっとオーバーシューズが並んでいる。そのオーバーシューズにはさまれる格好で、部屋の中ほどには湯沸かし器（サモワール）があって、シュッシュッと音を立て、モクモクと蒸気をあげております。壁際にはこれまたびっしりと外套やマントがかかっていて、なかにはビーバー襟のものや、ビロードの折り返しがついているものもある。壁の向こうからは、わいわいがやがや話し声が聞こえてくる。扉が開いて、空になったグラスやクリームの容器、クッキーのバスケットをのせた盆を運ぶ召使いが出てくるたびに、その話し声が大きくなったり、小さくなったり。どうやら、ご同輩たちはとうにご参集で、もう最初のお茶を飲み干した模様。

アカーキー・アカーキエヴィチが自分の外套をかけて、部屋に入っていきますと、役人だとかパイプだとかカード・テーブルだとかが一斉に目に飛び込んでくる。あっちこっちで起こっている話し声や椅子を動かす物音がウワーンと押し寄せてきて、うるさいのなんの。アカーキー・アカーキエヴィチはまごついて部屋の中ほどに立ち止まって、目は泳いだまんま、さてどうしたものかと考えあぐねている。ところがその姿はたちどころに同僚たちの目にとまり、歓声で迎えられたかと思うと、みんなはすぐさま玄関に行き、またぞろ外套の品定め。アカーキー・アカーキエヴィチはいくぶん戸惑いましたが、そこは根が純情ですから、みんなが外套をほめそやすのを目の当たりにして、うれしくないはずがない。しばらくしますと、これまたご案内のとおり、みんなはアカーキー・アカーキエヴィチとその外套のことなどほっぽらかして、例によって、ホイスト・ゲームのテーブルに向かっちまう。この騒々しさも話し声も人混みも、アカーキー・アカーキエヴィチには何だかこの世のものとも思えない。やっこさん、どう身を処していいのやら、まさに身の置き所もない。それで、早い話が、カードに熱くなっている連中のそばに陣取って、カードをながめたり、誰彼の顔をのぞき込んだりしておりましたが、しばらくすると欠伸(あくび)をはじめ、「ああ、詰まらない」と思いはじめるありさま。それもそのはず、普段ならとっくに横になってやすんでいる時間であります。それでこの家の主人に暇(いとま)を乞おうとしましたが、新調した外套のためにシャンパンで乾杯をしなくちゃダメだと言われて、放免してもらえない。一時間もしますとサラダやら仔牛の冷肉やら、パテやらパイやら、シャンパンなどの夕食が出ました。アカーキー・アカーキエヴィチは無理矢理二杯飲まされて、それでなんだか部屋がグンと陽気になったような心持ちになりましたが、いかんせん、もう十二時で、とっくに家に帰る時間であることが気になってしょうがない。それで、これ以上主人に引き留められてはかなわんと、こっそり部屋を出まして、玄関で外套をさがしましたが、トホホ、外套は床に落ちております。アカーキー・アカーキエヴィチは外套を払い、毛くず一本まできれいに取り除いて、それを肩に羽織ると、階段をおりて通りに出ました。

通りはまだ明るい。奉公人連中の変わらぬ溜まり場でありますちっぽけな店はまだ商い中です。なかには戸口を閉ざしている店もございますが、扉のすき間から遠くまで明かりがもれておりまして、まだ客足が途絶えぬことがわかる。なかでは、おそらく女中や召使いがまだ油を売って、おだをあげているのでありましょうな。一方、ご主人たちのほうはってえと、いったいうちの召使いたちはどこへ雲隠れしちまったんだろうと小首をかしげている。

アカーキー・アカーキエヴィチはうきうきした気分で歩いております。それどころか、どういうわけだか、とあるご婦人を追いかけて小走りに駆けだそうとした。まるで稲妻かなんぞのように、そのご婦人、こう、さっとアカーキー・アカーキエヴィチのことを追い越していったんですな。なんだか、身体のどこもかしこも尋常ならざる機敏さに満ちたご婦人のようなんです。とはいえ、アカーキー・アカーキエヴィチはすぐさま立ち止まると、いやはや、なんで駆け出したりしたんだろう、とわれながら呆れて、また元のようにゆっくり歩き出す。しばらくしますと、アカーキー・アカーキエヴィチの前に例の人気(ひとけ)のない通りがズーッと伸びております。昼日中(ひるひなか)でも賑わいのないところですから、夜となればなおさら。この時分になりますと、もっと閑散としてわびしい感じになっている。街灯の灯りも薄暗い。油が足りないと見えます。木造の家屋と柵が延々とつづいているばかりで、人っ子ひとりいやしない。ただ通りの雪が白く浮かび上がって、鎧戸を閉ざした背丈の低いあばら屋が黒ずんでいるだけ。アカーキー・アカーキエヴィチは通りが広場にぶつかる場所に来ました。その広場ってのは、だだっぴろくって、はるか彼方にかろうじて人家らしきものが認められますが、なんだか恐ろしい荒野にしか見えません。

はるか遠くの、この世の果てにでも建っているかのような詰所のようなところで灯りがちらついている。ここにきてアカーキー・アカーキエヴィチの浮かれた気分は見る見るしぼんでいった。広場に足を踏み入れたのはいいが、何やら嫌な胸騒ぎ。何だか心(しん)の臓が不穏な空気を察知したかのよう。うしろを振り返り、あたりを見回しますと、まるで一面海のようです。

「いや、見ないほうがいい」

そう自分に言い聞かせて、目を閉じたまま歩を進めておりましたが、どれそろそろ広場も尽きるころかなと目を開けますと、二人の男がほとんどその鼻っ先ににゅっとあらわれた。口髭を生やしているのはわかりますが、暗くて人相まではわからない。アカーキー・アカーキエヴィチは目の前が真っ暗になって、心臓が早鐘のように打ちはじめた。

「こいつあ、おれの外套だ！」

一人の男が襟首をむんずとつかまえ、雷のような声で呼ばわった。アカーキー・アカーキエヴィチは「助けてくれーッ」と叫ぼうとしますが、別の男が官吏の頭ほどもある拳固をアカーキー・アカーキエヴィチの口ににゅっとばかりに突きつけて、

「好きなだけ、叫ぶがいいや！」

アカーキー・アカーキエヴィチがかろうじて察知できたのは外套が引っぱがされたことぐらいで、膝で蹴り上げられて雪の上に倒れ込み、もうそれ以上は何も感じない。しばらくして我に返って立ち上がりましたが、もう誰もいやしない。やけにここは寒いな、外套もないぞとわかって、大声を張りあげますが、どうにもその声が広場の先まで届かない。自棄（やけ）になって、アカーキー・アカーキエヴィチは大声を張りあげながら、広場をぬけて、一目散に先の詰所に向かって駆けだした。そこには巡査が立っておりまして、戟に寄りかかりながら、いったい何だって遠くから男が叫びながら駆けてくるのか、興味津々こちらのほうをながめております。アカーキー・アカーキエヴィチは巡査のところまで走っていくと、息も絶え絶えにがなり立てた。

「眠っている場合じゃないよ。一体どこに目ン玉つけてんです。人が強盗にあったのが目に入らないのかい」

するってえと、巡査のほうは、

「いや、特段何も気づかなかったねえ。何だか広場の真ん中でどこかの二人連れが一人の男を引き止めているのを目にしたが、てっきりお仲間だと思った。そんなにがなり立てたって仕方がない、それよか、明日にでも分署担当巡査を訪ねたらどうです。分署担当巡査なら外套泥棒を突き止めてくれますよ」と暢気(のんき)なもんです。

アカーキー・アカーキエヴィチは走って家に帰りつきましたが、見るも無惨なありさま。わずかにこめかみと後頭部に残る薄くなった髪はすっかり乱れ、脇腹も胸もズボンも雪まみれ。下宿のおかみの婆さんは、激しく扉を叩く音を聞きつけて、慌てて寝床から起きあがると、片方の短靴を履いただけで、たしなみに胸の前のシャツをおさえながら、扉を開けに走り出てきた。ところが、扉を開けたはいいが、アカーキー・アカーキエヴィチの尋常ならざる風体に思わず後ずさり。

事の顚末(てんまつ)を話して聞かせると、婆さんは両手を打って、それならじかに区警察署長のとこに行ったほうがようござんす、分署担当巡査なんか人をたぶらかすだけで、約束はするけれど、ぐずぐず仕事を引きのばすだけだと言う。そりゃあじかに区警察署長のところに出かけるのが一番ですよ、その署長様は顔見知りですしね、というのも前(せん)にうちの料理女だったアンナというフィンランド女が今ではそこで乳母をしておりますから、ええ、ご本人もよくお見かけしますよ、よくこの家の前を馬車でお通りになります、署長様は毎週日曜日には教会においでになって、お祈りをあげてらっしゃいますよ、その時にもみんなをニコニコご覧になってらっしゃいますから、きっとお優しい人にちがいございません――とこう言うんです。

アカーキー・アカーキエヴィチはすっかりしょげて、ふらふら自分の部屋に戻りましたが、さてその夜をどうすごしたかは、他人のお気持ちをおもんぱかれる方なら、とうにご承知のはず。夜が明けるが早いか、アカーキー・アカーキエヴィチは区警察署長のところへ出かけました。ところが、署長はまだおやすみだとの返事。十時にまた出向きましたが、まだおやすみだと申します。十一時に伺うと、今度はご不在だという。お昼休みに来てみると、玄関の間にいる書記の連中が通してくれようとしません。どんな用向きだ、なんのためにやって来た、どんな事件に巻き込まれたのかと根掘り葉掘り聞き出そうとする。それで、とうとうアカーキー・アカーキエヴィチは生まれてはじめてしゃんとして、自分はじかに署長にお目にかかる必要があるんだ、それを通さぬとは何事だ、自分はこれこれしかじかの役所からお上の用件で参上したのであって、これだけ頼んでいるのに通さぬとなると、痛い目をみるがそれでもいいかと、ぴしゃりと言ってやった。さすがに、こう言ってのけますと、書記はぐうの音も出ず、なかの一人が区警察署長を呼びに参りました。どういうわけか、署長は外套強奪の顛末を曲解し、事件の本質からそれて、どうしてそんなに夜おそくに帰宅したんだとか、どこかいかがわしい場所に顔をださなかったか、とさかんに訊いてくる。だもんで、アカーキー・アカーキエヴィチはすっかり動転しちまって、その場を辞去してしまう始末。結局、外套の一件にしかるべき手が打たれるのかどうかも、ついにわからずじまい。

この日一日アカーキー・アカーキエヴィチは役所に出勤しませんでした。こんなことは後にも先にもはじめてです。翌日、顔面は蒼白で、一段とみじめになった元の上っ張りを着て登庁いたしました。こんなときにもアカーキー・アカーキエヴィチを笑い者にしようという役人がいないではございませんが、外套が盗まれたという話は、さすがに多くの同輩をほろりとさせた。すぐさま義捐金を募ろうと衆議一決いたしましたが、集まったのは雀の涙。それもそのはず、お役人たちはそれでなくても物入りでありまして、長官の肖像画を注文しなければならないとか、ある物書きの友人である局長の提案でとある本を購入しなければならないというわけで、結局、わずかな額しか集まらない。

それで、ある情にもろい一人の官吏などは、アカーキー・アカーキエヴィチにせめて助言ぐらいはしてやろうってんで、申しますには——分署担当巡査のところに出向いて行ったってダメだ、というのも、分署担当巡査ってのは、上司の歓心を買いたいから、何とか外套を探しだしてくれるかもしれないが、その外套が本人の物だという法的根拠を示さないかぎり、外套はやはり警察に留め置かれたままで返ってこない。頼みに行くなら、あるおえらがたにかぎる、そのおえらがたなら、しかるべき筋に連絡して掛け合ってくれて、うまく事を運んでくれるにちがいない、というのであります。

それも仕方あるまいと、アカーキー・アカーキエヴィチはそのおえらがたのところに出かける腹を固めた。実を申しますと、このおえらがたの職務がいかなるものであるかについては、今もってわからない。ご承知おき願いますが、そのおえらがたがおえらがたになったのはつい先だってのことで、それまではちっともおえらいさんではなかった。いや、それどころか、今の地位だって、ほかのおえらがたとくらべりゃ、ちっともえらいとは見なされていない。ところがいつの世にも、他人の目にささいに見えるところがさも重大だと思い込んでいる連中がいるもんです。この人物もそうで、いろいろ手をつくして、さも自分がえらいってところを他人様に見せつけたくってしようがない。たとえばの話、この男、ご自分が役所に上がるときには、部下の役人に玄関の階段のところで出迎えさせる。何人といえどじかにはお目通りさせない。何事も厳格この上ない手続きを踏まなければならない。一番下っ端の十四等官が十二等官に報告を上げ、その十二等官が今度は九等官、もしくはしかるべき役人に報告する、こんな風にしてようやく、その人物に報告が上がってくるって仕組みになっている。この聖なるロシアでは誰もが物まね病にかかっておりまして、猫も杓子も上司に右へならえをするものですから、困ったもんです。なんでも噂によりますと、ある九等官がちっぽけなお役所の長に任じられたんですが、すぐさまご自分の部屋を囲いまして、そこを「御執務所」と呼んでいるそうです。そいで、ドアの前に赤い襟に金モール姿の案内人というのを立たせて、それがドアの取っ手を握っていて、来訪者のためにドアを開けてやるという寸法になっている。ところが、その「御執務所」ってところはただの書き物机がようやく入るって広さしかないんですから、笑い話にもなりゃしない。

そのおえらがたの面会の手続きや仕来りはえらそうで厳めしいものですが、さほど複雑なものじゃない。この制度の要諦は厳格という点にある。「一に厳格、二に厳格、三四がなくて、五に厳格」というのがこの男の口癖で、しかも最後の言葉を言うときに大抵、相手の顔をこんな風に曰くありげにのぞき込む。何もそこまでする理由はないんです。なにしろ、その役所といったって、役人はせいぜい十人ばかりで、それでなくても上司にたいする恐怖が染みついております。遠くからこの男の姿を見かけると、みんな仕事なんぞほっぽり出して、上司が部屋を通り過ぎるまで、直立不動なんですから。部下との普段の会話なんてのも実にピリピリしたもので、「ほう、度胸があるねえ。誰と話しているつもりなんだ。前に立っているのが誰だかわかっておるのか」と、大抵はこの三つの文句しか言わない。

とはいうものの、根は善良なたちで、友だち付き合いもいいし、結構面倒見もいい。ところが、勅任官という位がすっかり男を狂わせちまったんですな。勅任官の位を拝命すると、この男、何を血迷ったのか、のぼせ上がって身の程をわきまえなくなった。御同輩といる分にはそれなりに礼儀正しい人間だし、けっしてバカではないんですが、ひとたび自分より官等が一つでも低い官吏と同席しますと、これがもう手がつけられない。むっつり黙り込んじまって、はたから見ていても哀れなもんです。ご自分でももっと愉快に時間を過ごせたらなあと感じているからなおさらです。時にはその目に、ご自分のほうでも面白い話の輪に加わりたいと思っている節がうかがえることもある。

ところが、それは出過ぎた真似じゃないか、これじゃ馴れ馴れしすぎる、そんなことをしては沽券（こけん）にかかわるといった考えが邪魔をする。つらつらそんなことを考えているうちに、結局は、いつもだんまりを決め込んじまう。時に口を開くことがあっても、しゃべるのは二言三言（ふたことみこと）、それで「あれは詰まらん男さ」という評判を頂戴するはめになる。

さて、そういうおえらがたのところにアカーキー・アカーキエヴィチがあらわれた。これがまた間のわるいときで、アカーキー・アカーキエヴィチにとっては最悪、一方おえらがたにしてみれば、ちょうど飛んで火にいる夏の虫って頃合いときた。そのおえらがたは自分の執務室にいて、先頃上京したばかりの旧友で、ここ数年来会っていなかった竹馬の友と大いに愉快に話をしておりました。ちょうどその時に、バシマチキンという男がお目通りを願っているとの報告を受けた。

おえらがたはにべもなく、

「誰、それ？」

「役人でございます」という返事。

「ああそう、待たせておいて。今時間がないから」

申し上げておきますが、おえらがたの言い草はまったくのデタラメです。時間はたっぷりあるし、もう友人とは何だかんだと話しつくし、最前からめっぽう長いだんまりがつづくばかりで、会話のほうは湿りっぱなし。お互い軽く相手の膝を叩いては、「いや、そうなんだよ、イワン・アブラモヴィチ」「ほう、そうなの、ステパン・ワルラモヴィチ」なんてやり合っているだけなんであります。そんな次第ですが、そのおえらがたがアカーキー・アカーキエヴィチを待たせておけと命じたのは、もう昔に職を退き、今では故郷の田舎で暮らしている友人に、自分をたずねてきた役人たちが玄関でどれだけ待たねばならないかを見せつけてやろうって魂胆からです。散々しゃべりつくし、いや、それ以上に黙り込み、深い背もたれの快適な肘掛け椅子におさまって、葉巻をまるまる一本ふかし終えたおえらがたは、ようやく突然思い出したみたいに、ドアの前で報告書を持って待っている秘書官に申しました。

「そうそう、向こうで役人が待っているはずだ。中に入れと言ってくれたまえ」

アカーキー・アカーキエヴィチのしおらしい様子とその古びたお仕着せを目にすると、そのおえらがたはいきなりこう切り出した。

「ご用件は？」

味も素っ気もない断固とした口ぶりです。この男、現在の自分の地位と勅任官の位を拝命する一週間前から、自室に閉じこもってひとり鏡の前でこの声音の練習に余念がなかった。アカーキー・アカーキエヴィチは最初(はな)からおじけづいてしまって、戸惑いを隠せない。ともかく、舌が言うことを聞いてくれるかぎり、懸命に説明いたしますが、いつもより余計に「あの、その」という言葉が口をついて出てくる。つまりが、外套はまだまったくの新品なんですが、血も涙もないやり方で盗まれてしまい、こうして貴方様にお願いに上がったのは、何とか、その、ひとつお骨折りをいただいて、警視総監閣下かどなたかにご連絡いただき、外套を捜索していただけないかと存じまして、てなことを申し上げた。どういうわけだか、勅任官にはこの口ぶりがやけに馴れ馴れしいと思われた。

「いや、君ねえ」

勅任官は素っ気ない口調でこう申します。

「君は物の順序ってものを知らんのかね。ここをどこだと思っているんだ。役所の仕事の決まりってのを知らんのかね。この件については、君はまず事務窓口に申請を出さなければならん。そしてそこから上司、事務課長にお伺いを立てる。次いで、それが秘書官の手に渡り、秘書官がようやく私に具申する……」

「お言葉ですが、閣下」

アカーキー・アカーキエヴィチはなけなしの勇気をふるって弁明しますが、それと同時に、どっと汗が噴き出してくる。

「無礼もかえりみず、私がこうして閣下のお手をわずらわせておりますのは、秘書官が、その……当てにならない連中で……」

「何、何、なんだって？　聞き捨てならんことを言うねえ。いったいどこでそんな考えを身につけたんだ？　若い者が課長や上司にタテ突くとは、失敬きわまりない！」

どうやら、このおえらがたはアカーキー・アカーキエヴィチが五十の峠をすぎていることに気づいてないらしい。よしんばアカーキー・アカーキエヴィチが若い者と称することができるとしても、それは比較の上での話であって、つまりもう七十になった人間が言えるだけの話です。

「誰と話しているか、君には分かっとるのかね？　前にいるのが誰か分かっておるのか？　ええ、どうなんだ、わかっておるのか、答えたまえ」

そこでおえらがたは足をドンと踏みならし、アカーキー・アカーキエヴィチならずとも震え上がるようなかん高い声を張りあげた。アカーキー・アカーキエヴィチは固まってしまい、ぐらりとよろけると、全身をわなわなと震わせ、どうにも立っていられない。もし守衛が支えに飛んでこなかったら、仰向けに倒れこんでいたに相違ありません。アカーキー・アカーキエヴィチは身動きとれないまま、外に運び出された。おえらがたは思いのほか効果覿面なのでご満悦のてい、自分の言葉で人が失神しかねないことにのぼせ上がって、はてさて友人はこの事態をどうながめていたんだろうと、友人の顔に目を走らせますと、当の友人も腰をぬかして、すくみあがっている。

アカーキー・アカーキエヴィチはいったい自分がどんな風に階段を下りたのか、どんな風に通りに出たのか、ちっともおぼえがない。自分が手足をどう動かしているのか、その感覚もない。生まれてこのかた、勅任官から、しかもよその役所の勅任官からこんなにこっぴどく罵倒されたことはない。アカーキー・アカーキエヴィチは通りで猛威をふるう吹雪のなかを、あんぐり口を開け、歩道を踏み外しながらよろよろ歩いていった。ペテルブルグ流儀に風が四方八方、ありとあらゆる横町から吹きつけてくる。たちまち扁桃腺をやられて、家に帰りついたときには、口をきく気力もない。全身にむくみがきて、そのままどっと病の床についちまった。しごく当たり前のお小言がこんな悲惨な結果を招くことがときにはあるんですな。翌日にはひどい熱が出た。ペテルブルグの気候が余計なお世話をしたんでしょうな、病は予想をこえる早さで進行しまして、診察にあらわれた医者もしばらく脈を診ると、手のほどこしようがなく、温湿布を処方しただけ。これもただ薬石効無しとはしないという気休めにすぎない。それどころか、一両日が山ですなと宣告した次第。それから医者が下宿のおかみに向かって申しますには、

「時間をむだにしている場合ではないですぞ。あの病人に松の木の棺桶を注文なさい。樫の木ではやっこさんには高かろうからな」

アカーキー・アカーキエヴィチがこのとどめのひとことを聞きつけたかどうか、この言葉がその病状をさらに悪化させたかどうか、また当人が最期にわが身の不運を嘆いたのかどうか、それについちゃあ皆目わからない。なにせ当人は熱にうかされ、しじゅううわごとばかり申しておりましたから。次から次へと奇妙きてれつな光景がひきも切らずに、アカーキー・アカーキエヴィチの夢枕にあらわれる。仕立屋のペトローヴィチを見かけて、泥棒を捕まえる罠を仕込んだ外套を注文している夢が出てくるかと思えば、アカーキー・アカーキエヴィチは泥棒がたえずベッドの下にいるような

気がしてならず、しょっちゅう下宿のおかみを呼んでは、毛布の下にもいるからそいつを引っぱり出してくれと頼みこむ。そうかと思うと、新しい外套があるのに、どうして古い上っ張りが目の前に掛けてあるのかと聞いてくる。あるいは、今度はどうやら勅任官の前に立っているつもりらしく、役人としてのお小言を頂戴していて、さかんに「申し訳ありません、閣下！」と言い募る。かと思うと、今度は自分のほうから悪態のつき放題。あまりにおっかない言葉を吐くものですから、婆さんのおかみは、くわばらくわばらと十字を切るありさま。なにしろ、生まれてこの方、アカーキー・アカーキエヴィチの口からそんな言葉は聞いたためしがないうえに、その浅ましい言葉が「閣下」という言葉のあとについて出るんですから、婆さん、おったまげちまった。その先、アカーキー・アカーキエヴィチの口をついて出るのは、もう支離滅裂なうわごとで、皆目意味はわからない。ただ、その支離滅裂な言葉も考えも、どうやら同じ外套のまわりを堂々巡りをしているようすです。と、そうこうするうちに、可哀想に、アカーキー・アカーキエヴィチは息を引き取った。

部屋も持ち物も封印はされませんでした。そりゃあそうでしょう、第一、相続人がいない、それに相続する物といったって高が知れてる。鵞ペンが一束でござんしょ、それにお役所の白い書類用紙が一帖に靴下三足、ズボンから取れたボタンが二つ三つ、最後に、すでに読者もご存じの上っ張り、たったそれだけ。こうした物が誰の手にわたったのかは誰もご存じない。ちなみに、かく言うあたくしも、これについては、正直言って、まったく関心がありません。アカーキー・アカーキエヴィチの遺体は運び出されて、埋葬された。ペテルブルグからアカーキー・アカーキエヴィチがいなくなっても、まるで最初(はな)からそんな人物なんぞいなかったような塩梅です。こんな風に誰からも庇護されることのなかった存在が消えちまった。たしかにそれは他人様(ひとさま)から大事にされるでもなく、興味を持たれる存在でもありませんでした。ただのハエさえ逃さずピンで留めて、顕微鏡で観察する学者先生の注意を引くことすらなかった。役所のあざけりにもしおらしく耐え、めざましい仕事なんぞひとつも残さず墓場に送られた人間にすぎません。でも、そんな男にも、人生の締めくくりだったにせよ、外套のなりをした晴れがましい客人があらわれ、そのみじめな生活を一瞬明るく照らしてくれたんであります。ところが、それも束の間、この世の皇帝や治者も見舞われるという不幸に襲われ、ついにそれには耐えきらなかったってわけで……。

アカーキー・アカーキエヴィチが亡くなりましてから数日後、課長の指示だというんですが、下宿に役所の守衛が差し向けられ、ただちに出勤せよとの命令書を持ってまいりました。ところが、守衛は空手で帰るはめになった。もはや当人は登庁することあたわずとしか報告できない。「なぜだ?」という質問に、「ええ実は、当人はすでに死んでおりまして、先おととい葬儀もすませたそうであります」と答えたとか。こうして役所はアカーキー・アカーキエヴィチの死を知ったわけですが、その翌日にはもう新しい役人がその後釜として故人の席に収まっていた。今度のお役人はずっと背も高く、書く文字もアカーキー・アカーキエヴィチのようにまっすぐ立った書体ではなく、はるかに斜めにかしいだ字を書く男でした。

ところが、あにはからんや、アカーキー・アカーキエヴィチの話はこれでおしまいではなかった。その死後まだ何日間か人騒がせにも生きつづける運命にあった。あまりに惨めな人生へのオマケというわけでもないんでしょうが……。だが、事実は小説よりも奇なり、この哀れなお話はいきなり幻想的な結末をむかえます。

ある日突然ペテルブルグに、カリンキン橋のたもとやその先に夜な夜なお役人の格好をした幽霊が出没するってえ噂がパァーッと広まった。なんでも泥棒にあった外套を探していて、盗まれた外套に似たのを見つけると、官等も身分もおかまいなし、誰彼かまわず引っぺがしちゃう。裏打ちが猫皮であろうとビーバーであろうと綿入れであろうと見境ない、おもてが洗い熊や狐や熊の毛皮でも一切おかまいなし――早い話が、人様が自分の身をおおうために考え出したものなら、どんな毛皮であろうと革であろうと、外套と名がつくものなら何でも引っぺがしちゃうてんです。あるお役所のお役人などはその目でしかと幽霊を目撃しまして、こいつあアカーキー・アカーキエヴィチにちがいないとにらんだ。ところが、相手のようすがあまりに恐ろしいもんですから、やっこさん一目散に逃げだしまして、しっかり確かめることができなかった。ただよく見えたのは、あやつが指をこうおっ立てまして、脅してきたってことだけだそうで。

そうこうするうちに、あちこちからひっきりなしに苦情が飛び込んでくる。九等官だけじゃない、三等官のおえらいさんたちまでもが、夜の夜中に外套を引っぺがされて背中や肩から風邪を引いたといいます。警察では通達を出しまして、とにかくその幽霊をひっつかまえろ、生死は問わない、逮捕したうえは見せしめに厳罰に処すという。で、実際逮捕寸前までこぎつけた。と申しますのも、ある分署の巡査がキリューシキン横町で犯行におよぼうとしている幽霊の襟をがっちりつかんだのであります。

その昔フルートを吹いていて、今は隠居の身の元楽師の肩から、幽霊が今まさにけば立った外套をはぎとろうって矢先のこと。襟をグイッとつかんだ巡査は声をあげて仲間二人を呼びよせ、その二人に幽霊をあずけると、ひょいと自分の長靴に手を突っ込んだ。何をするのかというと、木の煙草入れを引っぱり出そうてんですな、これが。生まれてから六ぺんも凍傷にやられた鼻の通りをよくしようってんです。ところが、あァた、その煙草ときた日にゃ、く、さ、や、も目ン玉ひんむくほどのひどい臭いで、幽霊だってこいつは堪んねえ。巡査が右の鼻ん穴を指でふさいで、左の穴からひとつまみの嗅ぎ煙草を吸い込もうとしたとたん――「ヘッヘッヘッ、ヘックション！」。幽霊のやつがくしゃみをした。あまりにひどいくしゃみに、つばきが三人の巡査の目ン玉にピューッとひっかかる。巡査が拳固でもって目をふこうとしているうちに、幽霊のやつ、ひょっくり姿を消しちゃった。だもんで巡査のほうは、たしかに自分たちが幽霊を取り押さえたのかどうかもわからずじまい。それからってえもの、巡査はすっかり幽霊がこわくなった。それどころか、生きた人間ですら捕まえるのがこわい。遠くから「おい、こら、さっさと歩け」と声をかけるだけで、すっかり腰なんか引けちまってます。一方、お役人の幽霊のほうはカリンキン橋の先にまで出没するようになって、肝っ玉の小さい連中を少なからず震え上がらせておりました。

ところですっかり忘れておりました。いや、あのおえらがたのことです。元はと言えば、この男こそ、この真実いつわりない話をあられもない方向に走り出させた張本人だと言えなくもありませんな。不公平があってはいけませんので、まず申し上げておきますが、このおえらがた、こっぴどく叱りとばされた哀れなアカーキー・アカーキエヴィチが立ち去ってしばらくしますと、何だか後味のわるさを感じた。この人にも人情ってもんがないわけではない。心のやさしいところも多々あるんですが、官位に災いされてそれをおもてに出すことができない。さて、田舎から出てきた友人が執務室から退室するや、このおえらがたはかわいそうなアカーキー・アカーキエヴィチのことを考えた。以来毎日のように、あの哀れなアカーキー・アカーキエヴィチのことが頭から離れない。仕事の上の譴責（けんせき）に耐えられないアカーキー・アカーキエヴィチの姿が目の前に浮かんでくるんです。

あまり胸騒ぎがするものですから、おえらがたは一週間ほどいたしまして、役人を使いに走らせ、いったいアカーキー・アカーキエヴィチが何者なのか、どんな暮らしをしているのか、はたまたなんとか助けになれないものか、探りを入れることにしました。そしてアカーキー・アカーキエヴィチが熱病で急死したとの報を受けると、すっかりしょげかえり、良心の呵責を感じまして、その日は一日中不機嫌にプリプリしておりました。何とか気晴らしをしよう、このいやな思いをぬぐい去ろうってんで、友人の一人が開くパーティに出かけました。そこに行きますってえと、こうご立派な人たちがうち揃っております。一等いいのは、そこにいるのがほとんど同じ官位で、おえらがたにしてみれば、何の気兼ねもいらない。おかげで暗い気持ちがぐんぐん晴れていきます。おえらがたはすっかりくつろいで、会話ははずむし、愛想もよくなった。早い話が、大いに愉快に一夜をすごしたわけです。食事のときには二杯ばかりシャンパンを召し上がった。シャンパンってのは、ご承知のように、人の気をこう大きくさせますな。それで、おえらがたはひとつ羽目を外してやれって気になった。つまり、このまま家に帰るのはまだ早い、ある知り合いのご婦人のところに繰り出そうてんです。そのご婦人ってのは、カロリーナ・イワーノヴナと申しまして、どうやらドイツの出身で、おえらがたはこの方にごくごく親密な感情をいだいておりました。申し添えておきますが、おえらがたはもう若いとはいえず、家庭にあってはよき夫であり、立派な父親であります。二人の息子がいて、うちの一人はすでにお役所勤めをしている、それに十六歳になるかわいい娘もある。この娘は、ちょいと上を向いておりますが、ちっちゃなかわいい鼻をしていて、毎朝お父さんの手にキスをしにやって来て、「ボンジュール・パパ」なんて言ってくれる。奥さんってのも、まだ若いご婦人で、なかなかもって器量よしです。こちらは毎朝自分のほうから先に手を差し出してご主人にキスをさせ、それからその手を返して、今度はご主人の手を取ってキスをして差し上げる。たしかにこのおえらがたはあたたかい家庭になんの不足もない。ところが、町の別ンところに懇ろな女性を囲うことを別段ふしだらだとは考えていない。そのご婦人は奥さんとくらべたって、ちっとも美人じゃないし、歳だって若くもない。でもね、世間でこういうのはざらにある。あたしどもがああだこうだって言う問題じゃありませんな。ま、そんなわけでおえらがたは階段をおりて橇に乗り込むと、

「カロリーナ・イワーノヴナのところにやっとくれ」

そう言いますと、ご自分はあたたかい外套にすっぽりくるまりまして、すっかりごきげんです。ロシア人にとってこれ以上ごきげんな気分はございません。だってそうでしょう、ご自分では格段何かを考えているわけではないのに、ひとりでにいろんな考えが浮かんでくる、しかもどれもこれもウキウキするものばかりで、自分でひねり

出したり、その考えのあとを追ったりする手間もないってえもんですから……すっかりご満悦のおえらがたは、この夜にあった愉快なくだりや、気のおけない仲間を大笑いさせた言葉をつらつら思い出しておりました。思い出しては、そのいくつかを自分で声に出してまた言ってみると、これがやっぱり同じようにおもしろいとくる。そこでまたもや腹の底から大笑い——ま、それは無理からぬことでありますな。ただ時折、どこからかも何が原因かも分かりませんが、突発的に風が吹いてきまして邪魔をする。まともに顔に吹きつけて、バラバラッと粉雪を浴びせかける。外套の襟を船の帆かなんぞのようにバタバタはためかせたかと思うと、今度は異様な力で頭におっかぶせるように吹き上げる。そんなもんですから、風の難を避けようと、しょっちゅうあたふたしていなければならない。と、突然、とてつもない怪力で誰かが襟をぎゅっとつかんだような気配がした。振り向いてみると、そこにいるのは、古いよれよれのお仕着せをきた小男。それがアカーキー・アカーキエヴィチであると分かって、おえらがたは、ぎょっとした。役人の顔はまるで雪のように蒼白で、まったくもってまさに死人の面構え。ところがこれはまだほんの序の口、恐怖が限界をこえたのは、死人の口がぐにゃりとゆがんだときであります。不気味に墓場の臭いを吹きかけて、こう申します。

「ああ！　とうとう出くわしたぞ！　おれは、お前の、そのー、襟をつかまえたぞ！　おれにはお前の外套が要るんだ！　よくぞおれの外套を鼻であしらってくれたな。よくぞ叱りとばしてくれたな。さあ、今度はお前の外套をよこせ！」

おえらがたはもう息も絶え絶え。なるほど、役所や官等が下の人間の前ではこの人は毅然としている。あるいは、その男らしい風貌や押し出しを目にした誰もが、「ほお、根性のすわった方だな」なんて申したものでありますが、ここではただの強持てとちっとも変わりません。ただひたすらこわい。それで、まんざら理由のないことではありませんが、発作を起こしやしないかと心配しだす始末。自分から外套をかなぐり捨てると、うわずった声で御者に、

「さあ、家まですっ飛ばせ！」

たいていこういう声を上げるのはのっぴきならない時で、次いで首っ玉にガツンと拳固が飛んでくるのが相場でありますから、御者はこの声を聞くってえと、用心に越したことはないと首を肩の間にすくめ、ぴしゃりと鞭を当てると、矢のように駆けだした。六分ばかりしますと、おえらがたはもう自宅の車寄せの前。泡をくって青く

なったうえ、外套も失くしてしまったってんで、カロリーナ・イワーノヴナのところにしけ込んでいる場合じゃない、そのまま自宅にお帰りになった。ほうほうのていで自分の部屋までたどりつくと、もう何がなんだかわからぬ状態で一夜をすごした。そんなもんですから、翌朝のお茶の時間に娘が、「パパ、きょうはお顔が真っ青よ」と申したほどです。

ところが当のパパさん、むっつり黙り込んだまま、自分の身に何が起こったのか、昨晩（ゆうべ）はどこにいたのか、どこにしけ込むつもりだったのか、そんなことはおくびにも出さない。

この出来事があってから、おえらがたの人柄はがらりと変わった。今では部下に向かって「ほう、度胸があるねえ。誰と話しているつもりなんだ。前に立っているのが誰だかわかっておるのか」なんて言うことは、めっきり少なくなった。よしんばそれを口にするにしても、まずは相手の言い分を聞いてやる。いや、それ以上に驚いてしまうのは、以来お役人の幽霊がぷっつり出なくなったことです。どうやら、勅任官の外套が身の丈にぴったり合ったと見えます。少なくとも、外套がはがされたって話はぴたりとやんだ。ところが、血の気の多い口さがない連中はそれではおさまらず、いや、町外れじゃまだ役人の幽霊が出没するぜ、なんて噂を立てている。実際、コロムナのある巡査はその目で、とある家のかげから幽霊がにゅっとあらわれたのを目撃したことがある。ところが、この巡査ときたら、元来が少々非力な男で、一度なんぞ、民家のかげから飛び出してきた、何の変哲もないよく育った仔豚に突き倒されたことがある男です。まわりに立って見ていた御者連中は大笑い。するってえとこの巡査、我が輩を愚弄するとは何事かと息巻いて、煙草銭にみんなから二コペイカずつ巻き上げたってんですから。まあ、そんな非力な男ですから、幽霊を呼びとめるなんて勇気もない。それで、暗闇ンなか、そいつのあとをついていきました。すると、いきなり幽霊が振り向いて立ち止まり、

「なんぞ用かい?」

そう言うと、人間のものとは思えないでっかい拳固をぐいと突き出した。

「いや別に」

と言うと、巡査はその場で回れ右をする始末。いや、なんでもその幽霊は背丈もずっと高く、おまけに立派な口髭を生やしていたそうで、オブーホフ橋とおぼしき方角に歩を進めると、夜陰にまぎれてぷつりと行方をくらましたと申します。

査察官

――五幕の喜劇

手前の面がひどいのに
鏡を責めるお馬鹿さん

ことわざ

登場人物

アントン・アントーノヴィチ・スクヴォズニク=ドムハノフスキー　市長
アンナ・アンドレーエヴナ　その妻
マリヤ・アントーノヴナ　その娘
ルカー・ルキーチ・フローポフ　視学官
その妻
アンモス・フョードロヴィチ・リャープキン=チャープキン　判事
アルテーミー・フィリポヴィチ・ゼムリャニーカ　慈善病院監督官
イワン・クジミチ・シペーキン　郵便局長
ピョートル・イワノヴィチ・ドプチンスキー
ピョートル・イワノヴィチ・ボプチンスキー　｝町の地主
イワン・アレクサンドロヴィチ・フレスタコフ　ペテルブルグからやってきた官吏
オーシップ　その召使い

フリスチアン・イワノヴィチ・ギブネル　郡の医師
フョードル・アンドレーエヴィチ・リュリュコフ
イワン・ラザレヴィチ・ラスタコフスキー
ステパン・イワノヴィチ・コロープキン　｝退職官吏　市の名士
ステパン・イリイチ・ウホヴョルトフ　区警察署長
スヴィストゥノフ
プーゴヴィツィン　｝巡査
デルジモルダ
アブドゥーリン　商人
フェヴロニヤ・ペトローヴナ・ポシリョプキナ　錠前屋の女房
下士官の女房
ミーシカ　市長の召使い
宿屋の給仕
男女の客、商人、町人、請願者

性格と衣裳

役者にたいする但し書

市長　長らく文官勤めをし、それなりにぬかりのない人物。賄賂を取るが、威厳をくずさない。かなりきまじめな性格で、いくぶん屁理屈をこねる。声は高からず低からず、口数は多くもなければ少なくもない。一言一言に重みがある。顔つきはたたき上げの人間の例にもれず、品がなくいかめしい。がさつな人間に多く見られるように、震え上がったかと思うとすぐに小躍りし、卑屈かと思えば、たちまち傲慢になる。たいていは襟章のついた制服を着用し、拍車のついた長靴をはいている。髪はごま塩で、短く刈りこんでいる。

アンナ・アンドレーエヴナ　その妻。あだっぽい田舎の年増女。なかば恋愛小説や甘ったるい詩を書きつけたアルバムで育てられ、なかばわが家の物置や女中部屋の気苦労のなかで育った女性。好奇心が強く、場合によっては虚栄心をむきだしにする。夫に食ってかかることがあるが、それは夫が答えに窮したときにかぎられる。むかっ腹を立てるのはごくごく些細な問題で、たいていは小言をいうか、せせら笑うのが関の山。芝居のあいだに四度衣裳を替える。

フレスタコフ　二十三歳くらいの若い男。ほっそりとして痩せぎす。少々おめでたい人間で、世間で言う「脳足りん」、役所なんかで最低男と称されるひとり。話をするにも行動するにも、万事が行き当たりばったり。何かにつけて、ひとつことに注意を集中することができない。話にはまとまりがなく、自分でも意外なことに言葉が勝手に口をついて出る。純真に素朴に演じれば演じるほど、演技は映えている。流行の身なりをしている。

オーシップ　召使い。やや年配の召使いによくあるタイプ。きまじめな話しぶり、目はいくぶん伏し目がち、理屈屋で、主人にお説教するのを好む。声はいつもほとんど同じ調子で、主人と話すときにはぞんざいな、ぶっきらぼうな、いくぶん品のない話し方をする。主人よりも利口で、その分察しも早いが、おしゃべりは嫌いで、むっつりした古狸。服装はねずみ色か青のくたびれたフロックコート。

ボプチンスキーとドプチンスキー　二人ともずんぐりむっくりの体型。やたらと好奇心が強い。まったく瓜二つの人物。二人とも少々下腹が出ている。両者ともに早口で、やたら身振り手振りが多い。ドプチンスキーのほうがやや背が高くきまじめだが、ボプチンスキーのほうがこだわりがなく快活である。

リャープキン＝チャープキン　判事。本を五、六冊読んだためにいくぶん自由思想にかぶれた人物。物事の裏を読むのが大好きで、そのため一語一語に重みをもたせる。この役を演じる者はつねに重々しい顔つきをしていなければならない。長く間延びしたしわがれ声の低音（バス）で、鼻息の荒い話しぶり、ちょうど古時計がまずジーと鳴って、それから時を打つような話し方をする。

ゼムリャニーカ　慈善病院監督官。大変な太っちょ、鈍重でのろまな男。それでいてぬかりのない策士。大変なごますりで、いつもあくせくしている。

郵便局長　ばかかと思うほど単純な男。

ほかの役に関しては特段説明を要しない。そのモデルはほとんどつねにわれわれの目の前に転がっている。

俳優諸氏にはとくに最後の場面にご注意願いたい。最後に発せられるせりふは、いきなり全員に、一斉に電気のような衝撃を与えなければならない。全員が一瞬のうちにその立ち位置を変えなければならない。ご婦人方の驚愕の叫びは、まるでひとりのご婦人の胸からほとばしり出るようでなければならない。これらの但し書を守らなければ、効果はすべてだいなしになりかねない。

第一幕

市長の屋敷の一室。

第一景

（市長、慈善病院監督官、視学官、判事、区警察署長、医師、二人の巡査）

市長 みなさんをお呼びだてしたのはほかでもない、きわめて不愉快な知らせをお伝えするためです。この町に査察官がやって来る。

判事 なに、査察官が？

慈善病院監督官 査察官ですって？

市長 査察官がペテルブルグからお忍びで。しかも密命を帯びて。

判事　そいつは大変だ！

慈善病院監督官　心配事がないと思っていたら、これだ！

視学官　弱りましたなあ！　しかも密命を帯びてるんですって！

市長　虫が知らせたんだろうかね、ゆうべは一晩中二匹のなんだか変なネズミの夢を見ましたよ。いや、あんなのは見たこともないね。黒くて、とてつもなくでかいやつだ。そいつがやって来て臭いを嗅いだかと思うと、またツーッと向こうに行っちまった。アンドレイ・イワノヴィチ・チムイホーフからきた手紙ってのを読んでお聞かせしよう。ゼムリャニーカさん、あんたもご存じの男ですな。それがこんなことを書いてよこした。「親愛なる友にして、わが子の名付け親、さらには恩人である……」（手紙に目を走らせ、つぶやいて）「……取り急ぎ」ここだ、ここだ。「取り急ぎお知らせ申し上げる。当地に密命を帯びた役人が到着し、全県、なかんずく小生が住まう郡を（と意味ありげに指を上に立てて）視察し回っている。当の役人は私人を装っているが、小生が得た情報は確かな筋からのものだ。小生も重々承知していることだが、貴兄ならずとも誰しも脛（すね）にキズ持つ身。なにしろ賢明な貴兄は釣った魚は逃がさぬ性分……」（読むのをやめて）いや、みんな内輪の人間だ、かまやしない。「くれぐれもご用心召さるるよう。その役人はいまだ到着せず、まだ潜伏していないかもしれないが、いつなんどきあらわれるかもしれない。……昨日小生は……」ふむ、先はもう家族のことだ。「妹のアンナ・キリーロヴナとその亭主が目下わが家に逗留している。亭主のイワン・キリーロヴィチはずいぶん肥って、バイオリンばかり弾いている」――うんぬん。まあ、ざっとこういう次第です。

判事　たしかに妙ですな、実に妙だ。何かいわくがあるにちがいない。

視学官　いったいどういうわけでしょうな、市長？　なんだって査察官がこの町に来るんです？

市長　そんなこたァ知らないよ！　どうやら、天罰が下ったんだね！（溜息をついて）これまでは、ありがたいことに、よその町が狙われてきたが、ついにお鉢が回ってきたってわけだ。

判事　私がにらんだところ、ここにはデリケートな理由、もっと政治的な理由がからんでますな。つまりこうです、ロシアは……その……戦争をおっぱじめようてんです。それで、ご覧のとおり役所がこっそり役人を派遣し、裏切り者を突き止めようとしているわけです。

市長　何を言いだすやら！　ちったァましなことが言えないのかね！　こんな田舎町に裏切り者だァ？　ここが国境の町だとでもいうのかい？　この町から三年間馬を走らせたって、隣の国に行き着けやしないってのに。

判事　いいえ、私が言うのは、そうじゃなく……。お上（かみ）はあれでなかなか目端がきくんです。遠くにいたって、ちゃんと目を光らせている。

市長　目を光らせているかどうかは知りませんがね、いいですか、みなさんにはちゃんとお伝えしましたよ。うちの役所についてはもう手は打ってある。みなさんにも善処いただきたい。とくにゼムリャニーカさん、やって来る役人はまず君が管轄する慈善病院を視察したいとおっしゃるにちがいない。だから、万事ぬかりがないように。患者がかぶる帽子は清潔なものにしておいて下さいよ。それに病人たちはいつもだらしない格好で歩きまわってるが、あんな鍛冶屋のような格好で出歩かせちゃあいけない。

慈善病院監督官　それはもうご心配なく。帽子ぐらいは、まあ、きれいなのをかぶせます。

市長　それにベッドの上の表示、あれもラテン語か外国語のほうがいい……これはもうギブネル先生の管轄ですな、病名に患者の名前、発病の月日を書き入れておいてもらいたい……。それに、君ンところの患者はひどい煙草を吸ってるが、あれもよくありませんな。入るたびにくしゃみが出て困ったもんだ。いや、いっそ患者の数を減らしたほうがいいでしょう。やれ監督が不行届きだの、医者が藪(やぶ)だのと難癖をつけられかねませんからな。

慈善病院監督官　そいつはご安心を！　治療のことならギブネル先生ともう手は打ってあります。なるべく自然に近いのが一番だってことで、高い薬なんぞ使っておりません。人間なんて単純なもので、死ぬ者は死ぬ、回復する者は回復する。それにギブネル先生は患者と話をしようにも、それがどうにも厄介で、なにせひとこともロシア語をご存じないんですからね。

（医師のギブネルが「イ」とも「エ」ともつかない妙な音を出す）

市長　判事、君にもお願いしておきますが、もう少し職場に気を配ってもらいたい。君ンところの控え室、あれはいつも請願者が出入りするところだが、そこで守衛が鵞鳥(がちょう)なんぞを飼ってるもんだから、ヒナが足もとをチョロチョロうろつきまわってかなわないよ。もちろん誰しも副業に精を出すのは、そりゃあ結構なことです、守衛が副業に手え出して何がわるいと言われればそれまでだが、ああいう場所でやるのはいかがなもんでしょうな……。前から注意したいと思っていたんだが、つい言いそびれてしまってね。

判事 そりゃあもう、今日中に全部台所に片づけるよう申しつけましょう。よろしかったら、今度お食事にどうぞ。

市長 それに、君の仕事場にはなんだかやたらボロが干してあったり、書類が置いてある棚に猟犬用の鞭が吊してあるが、あれもよくありませんな。君が猟に目がないことはわかっちゃいますがね、一時(いっとき)あれも片づけておいたほうがいい。査察官が帰ったあとに、また吊せばいいんだから。それから、あの補佐官……たしかにあの男は事務には詳しいかもしれないけれど、只今酒蔵から出てきましたとばかりにプーンと臭うんだ。これもよくありませんな。このことも前(せん)から言おう言おうと思っていたんだが、ついつい用事にかまけて言いそびれていた。あの男が言うように、実際生まれついての臭いかもしれませんがね、それにしたって、なんか打つ手はあるはずだ。ネギやニンニクを食べさせるとか。これについちゃあ、ギブネル先生が薬で治して下さるかもしれない。

（医師のギブネルは先ほどと同じ音を出す）

判事　いやあ、あれはもうどうにもなりません。やつの話ですと、ちっちゃい頃、乳母に落っことされて、それからこっち少し酒臭くなったって話です。

市長　ともかく注意しておきましたからね。裁判所の規律だとか、アンドレイ・イワノヴィチがさっきの手紙に書いていた「キズ」についちゃあ、あたしにゃあ何も言えない。どだい、あれこれ言うことすらおかしな話だ。脛にキズのない人間なんかいやしないんだから。それはもう神さまがそんな風におつくりになったんだから仕方がない。ヴォルテールにかぶれた連中はなんのかんのと息巻いちゃいるがね。

判事　市長はどうお考えです、キズってものについて？　罪つくりなキズと言ったって、人によりけりです。私は賄賂を取ると公言してはばからない。その賄賂がなんだと思います？　猟犬の小犬ですよ。こういうのはまったく話がちがう。

市長　小犬だろうが何だろうが、賄賂は賄賂さ。

判事　市長、それはちがいます。たとえばの話、誰かさんが五百ルーブルもする毛皮の外套を貰ったり、奥さんにショール……

市長　ふん、だからってどうなんだ、君が猟犬の小犬を賄賂に取っていいってことにはならないよ。それに、君って人は信心が足りないね。教会には行ったためしがないじゃないか。こと信仰に関しちゃあ、あたしゃ堅固なものさ、毎週日曜日には教会に通っている。ところが、君ときたら……君のことはようくわかってるさ、君が天地創造の話をはじめると、身の毛がよだつよ。

判事　でも私は自分の頭で考えた結果、ああいう結論に達したわけでして。

市長　頭が足りないのも考えものだが、頭を使うのも場合によりけりですな。しかしまあ、今ここの裁判所の話をだしたけれど、正直な話、あそこをのぞいて見ようなんて人はいやしないだろう。羨ましいかぎりだよ、なんたって神さまのお墨付きの場所だからね。ところで、ルカー・ルキーチ、君は学校の監督官としても少し教師のことをご配慮願いたい。もちろん、あの連中は学問もあれば、いろんな学校で教育を受けたんだろうが、どうしてああも変な癖を持ってるのかね。そりゃ教職者につきものの癖かもしれないが……。たとえば、あの男、そう、顔のでかいあの男だよ……名前は思い出せないが、教壇に上がると、きまってしかめ面をする。ほら、こんな風に（としかめ面をして見せる）、それから手でもってネクタイの下からあごひげを撫でるんだ。そりゃあ、生徒に向かってそんな顔をして見せるんだったら何でもありませんよ。ひょっとすると、教室ではそういうことも必要なのかもしれない。そのことをとやかく言おうとは思わない。だが、もしあれを来賓に向かってやってごらんなさい。それこそどんなことになるか。査察官なんかだと、自分にたいするあてつけと取りかねない。そんなことになった日にゃ大変ですよ。

視学官　あれには私もほとほと手をやいておりまして。何度も注意したんですがね。つい先だっても郡の士族会長が教室に入ろうとすると、あの男、これまでついぞ見たことがないような恐ろしいご面相をするじゃありませんか。本人はよかれと思ってするらしいんですが、私は大目玉を頂戴しましたよ。青少年に自由思想を吹き込むとは何事かってんです。

市長　それから歴史を担当している教師、あの教師もどうにかならんのかね。たしかにあの男は学者ですよ。誰が見たってそれはわかる。頭ンなかはすごい知識が詰まってるんでしょうな。ところが講義をはじめると、なぜああもカーッとしてわれを忘れるんだろうか。一度あの男の講義を聴いたことがありますがね。アッシリアやバビロニアの話をしている分にはまだいい、ところが、話がアレクサンダー大王になると、なんというのか、もう手がつけられない。あたしゃ火事かと思ったよ。あの男、いきなり教壇から駆けおりると、力いっぱい椅子を床に叩きつけるんだからね。たしかにアレクサンダー大王は英雄ですよ。だからって、何も椅子までこわす必要はないじゃないか。国庫の損失ですよ。

視学官　たしかに熱血漢です。私も何度か注意したんですがね……。「なんとおっしゃろうと、私は学問に命を投げだす覚悟だ」ってんです。

市長　こうなるともう神さまの思し召しとしか言いようがありませんな。学のある人間はみんな酒飲みか、浅ましいご面相とくる。

視学官　できることなら、教育関係の仕事なんかには就きたくないものでございますね！　何かにつけてびくびくもので。しょっちゅう横槍は入るし、誰もが自分だって利口なんだって顔をしたがりますからね。

市長　そんなこたァ、まだ大したことじゃありませんよ。厄介なのはお忍びの件だ！　いきなり顔を出して、「みなさんお集まりですな！　ところでここの判事はどなたです?」「リャープキン＝チャープキンでございます」「じゃあ、リャープキン＝チャープキンをここに呼んでもらおうか。慈善病院監督官はどなたかな?」「ゼムリャニーカでございます」「ゼムリャニーカもここに呼んでもらおう」なんて言われた日にゃ、これはことですぞ!

第二景

(前景の人々と郵便局長)

郵便局長　役人が来るんですって、どんな役人です?

市長　君はまだ聞いていないのかい?

郵便局長　聞きました、ボプチンスキーから。先ほどうちの局にいらっしゃいましてね。

市長　で、どうかね?　君はどう思う?

郵便局長　どう思うって、そりゃあトルコとの戦争でしょう。

判事　ご同慶の至りだね！　私もそう思う。

市長　いやはや、見当ちがいもはなはだしい。

郵便局長　いやほんと、トルコとの戦争ですよ！　みんなフランス人が陰で操っているんです。

市長　トルコと戦争してどうなるんだ！　迷惑をこうむるのはわれわれであって、トルコじゃありませんよ。こんなことはわかりきった話でねえ、あたしにはちゃんと手紙だってあるんだ。

郵便局長　そうですか、そうとなりゃ、トルコとの戦争はなしですな。

市長　で、どうなんだ、局長、君はどう思う？

郵便局長　どう思うと言われたって、市長、あなたこそどうなんです？

市長　あたしかい？　あたしゃ、怖いことなんかありませんよ、そりゃあ、多少はね……。心配なのは商人たちとこの町の連中だよ。連中はあたしのことを疫病神みたいに言いますがね、正直な話、あたしが袖の下を取ったって、そりゃあまったく憎いからじゃあない。ただ気がかりなのは（と局長の腕を取って、わきに連れて行く）、あたしのことをたれ込んでるやつがいないかってえことだよ。実際なんだって査察官がやって来るんだろうね？　そこで頼みなんだが、局長、これはお互いのためなんだがね、君ンとこの郵便局に出入りする手紙があるよね、そういう手紙のたぐいをちょいと開封して読めないもんだろうかね。つまり、そこに何か密告のようなものがないか、ただの手紙にすぎないかってことだ。もしなんにもなければ、また封をすればいい。いや、開封したまま返しちゃったってかまやしないよ。

郵便局長　わかります、わかります……みなまでおっしゃるまでもありません。私がこれをやるのは警戒心からじゃあありません。好奇心からです。世の中の新しい出来事を知るのが死ぬほど好きなんで。これほど面白い読み物はございませんよ。読んでるだけでうっとりしちゃうのがあります。いろんなことが書いてありましてね……なかなかためになる……「モスクワ報知」なんかよりずっとましですよ。

市長　で、どうなの、ペテルブルグからやって来た役人のことで何か書いてなかったかい？

郵便局長　ペテルブルグについちゃあ、何もありませんな。コストロマーやサラトフのことならいろいろありますよ。それにしても、残念ですなあ、市長がお読みにならないのは。「よッ、座布団一枚ッ！」て声をかけたくなるような、うまいのがありますよ。つい先だってもね、ある中尉さんがお友だちに、舞踏会の様子をおもしろおかしく書いていましたよ……それが実にうまいもんで、「愛する友よ、ぼくの人生は地上の楽園をさまよう。乙女たちが群れをなし、楽の音がひびきわたり、連隊旗手は踊り狂う……」——そりゃあもう、思い入れたっぷりに描いてるんです。私はわざわざ手許に取り置きましたよ。よろしかったら、読んでお聞かせしましょうか？

市長　いや、今はそれどこじゃない。それよか、お願いがあるんだが、局長、もし訴えやたれこみの手紙があったら、有無を言わせず、そいつを差し押さえてくれないか？

郵便局長　そりゃもう、合点で。

判事　おいおい、気をつけたがいいよ。いつかひどい目にあうぞ。

郵便局長　滅相もない！

市長　だいじょうぶ、だいじょうぶ。そいつを表沙汰にするようなことをすりゃあ、話はべつだがね。これは内輪のことなんだから。

判事　それにしても、とんだ災難ですな。実は、市長、わたしは小犬を一匹市長に差し上げようと思って、こちらに伺うところだったんです。市長もご存じのあの雄犬の妹分なんですがね。ところが、チェプトーヴィチのやつがヴェルホヴィンスキー相手に裁判沙汰をおっぱじめましてね、そうなるとこっちにしてみれば願ったりかなったりです。この二人の地所でうさぎ狩りができるんですからな。

市長　いやはや脳天気なもんだ、君のうさぎの話なんぞ、いまのあたしにはちっともおもしろかありませんよ。お忍びの件で頭がいっぱいでね。今にもそこの扉がガバッと開いて、飛び込んで来られでもしたら……。

第三景

（ボプチンスキーとドプチンスキーが息せき切って走りこんでくる）

ボプチンスキー　大変（てえへん）だ、大変だ！

ドプチンスキー　あっとおどろく一大事！

一同　なに、どうした？
ドプチンスキー　寝耳に水とはこのことで、二人して宿屋に行ったんです……
ボプチンスキー　（相手をさえぎって）このドプチンスキーと宿屋に参りますと……
ドプチンスキー　（相手をさえぎって）じゃまをしないでくれよ、ぼくが話すんだから……
ボプチンスキー　いや、ぼくが話す、ぼくが話すったら……お前さんに話せるもんかい。
ドプチンスキー　何を言うんだ、お前さんはこんがらがって、全部おぼえちゃいないんだから。
ボプチンスキー　おぼえているさ、ちゃんとおぼえてますよってんだ。じゃまだてするんじゃないよ、ぼくが話すんだ、横槍を入れるんじゃないよ！　みなさん、このドプチンスキーのやつを黙らせて下さいよ。
市長　いいから、どうしたの？　びっくりさせるから心の臓がのどから飛びでそうだよ。さあ、すわって！　椅子を取って！　ピョートル・イワノヴィチはここにおすわり。（全員がボプチンスキーとドプチンスキーのまわりを囲んで腰をおろす）

で、何事です？

ボプチンスキー　はい、はい、順序だてて全部お話しいたします。市長が例の手紙に首をひねってらしたあと、私はここをおいとましまして、そう、それから向かったのが……いや、ドプチンスキー、頼むっからじゃましないでくれ！　みなまで言うんじゃないよ、わかってるからさ。そいでもって、向かったのがコロープキンのところです。ところがコロープキンがいないもんで、ラスタコフスキーんちに向かった。ところがこのラスタコフスキーもいないんで、郵便局長さんのところに行って、市長さんがお受け取りになったニュースをお伝えしたんです。そっから帰るときに、ひょっくりドプチンスキーに出くわしまして……

ドプチンスキー　（相手を制して）肉饅頭（ピローグ）を売っている屋台の前で。

ボプチンスキー　肉饅頭を売っている屋台の前です。それで、ドプチンスキーに会って、こいつに言ったんです。「市長が信頼すべき筋からお受け取りになったニュースのこと知ってるかい？」って。ところが、ドプチンスキーはもうこちらの女中頭のアヴドーチヤから聞いて知っておりました。アヴドーチヤは、どういうわけだか存じませんが、フィリップ・アントーノヴィチ・プチェチューエフさんちにお使いに出ておりまして。

ドプチンスキー　（相手をさえぎって）フランスのお酒を入れる樽を受け取りに行ったんだよ。

ボプチンスキー　（相手の手を払いのけて）フランスのお酒を入れる樽を取りに行ったんです。そこで、こいつと連れだって、プチェチューエフさんちに出かけることにしました……いいからさ、ドプチンスキー、じゃましないでくれよ、頼むから、じゃましないでくれ！　プチェチューエフさんちに出かけたんですが、途中でこいつが、「ちょいと料理屋に寄ってかないか。腹がすいたよ……朝から何も食べてないので、腹が鳴ってしかたないんだ」ってんです。たしかに、ドプチンスキーの腹はグーグー鳴っていやがる……「生きのいい鮭が入ったって話だよ、そこでちょいと食べて行こうよ」ってんで、宿屋に入ってみると、そこに若い男が……

ドプチンスキー　（相手をさえぎって）立派な風采の、平服すがたの……

ボプチンスキー　立派な風采の、平服すがたの男が、こう部屋のなかをのし歩いてんです。顔つきはなんか考えごとをしているようで……人相といい……物腰といい、それにここンところに（と額のあたりに手で丸を描いて）ごっそり何かつまっているらしい。私はすぐにピンときて、こいつに「なんだかいわくがありそうだぜ」と言ってやった。するってえと、こいつが指で合図して、宿屋の亭主を呼びましてね。亭主のヴラスです。そいつのかみさんはほんの三週間前に赤ん坊を生んだばかりでしてね、それがまた元気なガキで、おやじ同様、宿屋をやるんでしょうな。で、亭主を呼ぶと、「あの若い男は何者なんだい？」と、こうこいつが聞いたんです。すると、亭主のほうは、「えー、あの」って……。いいから、ドプチンスキー、じゃましないでくれ、お願いだから、じゃまをしないでくれよ。お前さんは、シューシュー言うだけでわけがわかりゃしないんだから。お前さんの歯が一本、笛みたいな音を立ててることはわかってんだから……。「えー、あの若い方はお役人で、そう、ペテルブルグからお見えで、名前のほうはイワン・アレクサンドロヴィチ・フレスタコフと申されます。なんでもサラトフ県に向かう途中だそうなんですが、とても変わった方でございましてね。先週からお泊まりなのに、一歩も宿からお出にならない。何から何まで全部ツケで、一銭もお支払い下さろうとはなさらないんで」なんて申しますもんですから、私はピーンときまして、「こいつだ！」とドプチンスキーにそう言ってやったんです。

ドプチンスキー　そうじゃないよ、ボプチンスキー、「こいつだ！」って言ったのはぼくのほうだ。

ボプチンスキー　最初にお前さんが言って、つぎにぼくが言ったんだ。「こいつだ！」と二人で言ったんです。「サラトフに行かなければならないのに、なんだってここでぐずぐずしてるんだろう？」――そうです。この男があの役人にちがいありません。

市長　誰だって、なんの役人だって？

ボプチンスキー　市長が知らせを受けられたあの役人ですよ――査察官。

市長（ぎょっとして）そんなことがあるものか！　それはちがう。

ドプチンスキー　いいえ、そうです！　金も払わなければ、発(た)つ様子もない。あの役人でなければ、誰がそんなことをします？　通行手形にもサラトフ行きって書いてあるんですからね。

ボプチンスキー　あの男です、間違いなく、あの男です……目つきを見れば分かりますよ。こうじろりとながめまわすんです。われわれ二人は鮭をいただいたんですが、それはドプチンスキーが自分の腹を気づかって、食べようと言いだしたからなんですが、あの男、こっちをちらりとながめたかと思うと、皿のなかまでのぞきこんでくるんです。これにゃあ、私もぞっとしましたよ。

市長　神よ、罪深き私どもにどうかお慈悲を！　それで、どの部屋にお泊まりなんだ？

ドプチンスキー　五号室です、階段下の。

ボプチンスキー　去年通りすがりの将校たちが喧嘩をやらかした、あの部屋です。

市長　それで、来てからだいぶになるのか？

ドプチンスキー　かれこれ二週間ばかり。やって来たのは聖者ワシーリーの日でしたから。

市長　もう二週間もいるのか！（わきぜりふ）神さま、聖者さま、どうかお助けを！　二週間といやあ、つい先だっても下士官のかみさんに鞭打ちをくらわせたばかりだ！　牢屋に入っている連中にはろくに飯も食わせちゃあいない！　通りといえば、飲んだくれにゴミだらけ！　ああ、面汚しだ！　めんぼくない！（頭をかかえる）

慈善病院監督官　どうなさいます、市長？　雁首（がんくび）そろえて宿屋に伺いますか？

判事　いや、それはだめだ！　まずは首長、それから教会のおえらいさん、それから商人というのが物の順序だ。『イオアン・マソンの事跡』の本にもそう書いてある……

市長　いや、待ってくれ！　考えさせてくれ。これまでも人生で何度も崖っぷちに立たされたが、なんとか切りぬけた。それどころか、お礼のひとつも言われたもんだ。今度も神さまがなんとかして下さるかもしれん。（ボプチンスキーに向かって）で、その役人は若い男だと言ったな？

ボプチンスキー　ええ、二十三、四か、ちょいと上でしょう。

市長　そいつはもっけのさいわいだ。若い者のほうが弱みをさぐりやすい。古狸だと厄介だが、若いのは何かとスキがある。じゃあ、みなさんはそれぞれ自分の持ち場で、手はずをととのえておいて下さいよ。あたしはひとりで、いや、ピョートル・イワノヴィチをつれて出かけてきます。いや、お忍びで、散歩かなんぞのような振りをして、旅行者に不便がないか様子をさぐってくる。おーい、スヴィストゥノフ！

スヴィストゥノフ　お呼びでしょうか？

市長　ひとっ走り、署長を呼んできてくれ。いや、君はここにいたまえ。誰かほかの者をやって、署長になるたけ早く市長のところにお越し下さい、そう伝えさせるんだ。

（巡査は大急ぎで駆けだす）

慈善病院監督官　おいとましますか、判事。実際、厄介なことになりかねませんな。

判事　何をご心配です？　あなたなんか病人にこぎれいな帽子をかぶせてしまえば、それでかたがつくじゃないですか。

慈善病院監督官　帽子なんて枝葉ですよ！　病人にはオート麦のスープを出すというのが決まりなんだが、うちじゃあ鼻もひん曲がるようなキャベツの臭いが廊下に充満してるんですからね。

判事　その点、私なんか暢気なもんですな。実際、郡裁判所をのぞいてみようなんてやつがおりますか？　書類なんかのぞき込んでごらんなさい、一生うかばれませんよ。私なんざ十五年も判事の椅子にふんぞり返ってますがね、報告書に目を通すと、「ああ、やだやだ」ってなもんで、投げだしちまいますよ。かの賢者ソロモンだって、何が真実（まこと）で何が嘘八百なのか、わかるものですか。

（判事と慈善病院監督官、視学官、郵便局長が退場。ドア口で帰ってきた巡査に出くわす）

第四景

（市長、ボプチンスキー、ドプチンスキー、巡査）

市長　どうだ、馬車の準備はいいか？
巡査　はい、できております。
市長　では、先に行け……いや、待て！　取って来てもらいたい物がある……ところで、ほかの者はどうした？　君ひとりか？　プローホロフにここに来るよう言ったはずだが。どこにいるんだ、プローホロフは？
巡査　署におります。ただし仕事になりません。
市長　どういうわけだ？

巡査　実は、朝方ぐでんぐでんの状態で担ぎ込まれまして。もうバケツ二杯も水をぶっかけたんですが、まだ酒がぬけません。

市長　（頭をかかえて）やれやれ、なんてこった！　さあ、早く先に行け、いや、その前に部屋に行って、サーベルと新しい帽子を取ってきてもらおう。では、ピョートル・イワノヴィチ、出かけますぞ！

ボプチンスキー　じゃあ、私も……ご一緒に、市長！

市長　ダメ、ダメ、無理だ！　窮屈だし、だいいち馬車に乗りきれやしないよ。

ボプチンスキー　だいじょうぶです、ご心配なく。それなら私はこの足で、馬車のあとを追っかけます。ほんの少しだけ、すき間っから、こうドアごしにね、あのお役人の様子をうかがうだけでいいんですから……

市長　（サーベルを受け取って、巡査に）こんどはひとっ走り、町屋の連中を集めるんだ。一人ひとりに、その……ナニをだな……なんだあ、このサーベルは、すっかりなまくらじゃないか！　くそいまいましい小商人（こあきんど）のアブドゥーリンのやつ、市長のサーベルが古いのを百も承知なくせに、新しいのをよこしやしない。こすっからい連中だ！　あの古狐ども、こっそり訴訟をたくらんでいるにちがいない。いいか、一人ひとりに通りを持たせて……いや、通りじゃなく箒だ、そう箒を持たせて、宿屋に通じる通りを掃かせるんだ、きれいに掃除させるんだぞ……。わかったな！　それから君に言っておく、せいぜい気をつけろ。お前さんのことだよ！　なに、わしは何もかもお見通しだ。お前はあの連中とつるんで、長靴ンなかへ銀の匙をくすねていやがる。せいぜい気をつけたがいい、わしは地獄耳なんだ！　……お前はあの商人のチェルニャーエフと何をやらかした？　言えやしまい。やつから制服用に五尺ばかりのラシャをもらっていながら、全部ねこばばを決めこんだろう。痛い目が見たいのかッ！　袖の下を取るなんて、十年早いよ！　さあ、行け！

第五景

（前景の人々、区警察署長）

市長　ああ、署長か、いったい君はどこに雲隠れしておったんだ、お聞かせ願いたいもんだね。そういうことじゃ困るじゃないか。

区警察署長　もう先ほどから門の外におりました。

市長　いいかい、署長、ペテルブルグから役人がお見えになった。手はずはいいな？

区警察署長　ご命令どおり、ぬかりはございません。プーゴヴィツィンを差し向け、町屋の連中ともども遊歩道の清掃にあたらせております。

市長　で、デルジモルダはどこだ？

区警察署長　デルジモルダは消防車で出かけました。

市長　プローホロフは酔ってんだって？

区警察署長　ええ、酔いつぶれております。

市長　そんな体たらくを大目に見るなんて、どういうつもりなんだ？

区警察署長　ほんと、困ったもんでして。きのう町はずれで喧嘩がありまして、それを収めに出かけたんですが、帰ってきたときにはもうへべれけで。

市長　いいかね、君にお願いしたのは、巡査のプーゴヴィツィン……あの男は上背があって見栄えがいいから橋の上に立たせたまえ。靴屋のわきにある古い板塀は即刻撤去するんだ。それでかわりに、わらたばを載せた標識でもおっ立てとけば、なんだか道路でも造るらしくみえるだろう。あちこちで取り壊しがあったほうが、剛腕市長だってしるしになるからな。ああ、そうだ！　すっかり忘れてたがね、あの板塀のわきに荷馬車四十台分ものゴミの山がある。まったく、どうしようもない町だ！　そのあたりに銅像を建てるか、囲いでも作ろうものなら、どっから運んでくるのかしれないが、たちまちガラクタの山だ！（溜息をつく）それから、例の役人から「何か不満はないかね？」って聞かれたら、「万事申し分ございません、閣下」と、そう答えるんだぞ。不満を口にするやつがいたら、ただじゃおかんからな……。まったく罰当たりなこった、罪つくりなこった。（帽子とまちがえて紙箱を手に取る）こんな災難なんぞさっさとすぎてほしいよ。そうなりゃ、これまで誰も灯したこともないような立派なロウソクでもお供えしようってもんだ。あの古狸の商人一人ずつから十三貫もの蠟をふんだくってやる。やれやれ、参った参った！　ピョートル・イワノヴィチ、それじゃ出かけますぞ！（帽子とまちがえて、そのまま紙箱をかぶろうとする）

区警察署長　市長、それは箱で、帽子じゃありません。

市長（紙箱を投げつけて）箱なら箱でかまわん。べらぼうめえ！　それから、五年前に予算がついているのに、どうして慈善病院の隣に教会が建てられていないのかと尋ねられたら、着工はしたんですが焼けてしまいました、と忘れないで答えるんだぞ。この件についちゃ、すでに報告書を書いてあるんだ。それを忘れて、どこぞのバカが、あれは着工もしておりませんとうっかり口を滑らせんともかぎらんからな。それから、デルジモルダにやたら拳固を振りまわすな、と言っておくように。あの男ときたら、秩序一点張りで、誰彼かまわず目に黒あざができるほど殴りつける。罪があろうがなかろうが、おかまいなしだ。じゃあ、出かけよう、ピョートル・イワノヴィチ。（行きかけるが、また戻ってきて）それに、裸同然の格好で兵隊たちに外をうろつかせてはいかん。守備隊のごろつきどもときたら、シャツの上に軍服をはおっただけで、下は丸出しだからな。（一同退場）

第六景

（アンナ・アンドレーエヴナとマリヤ・アントーノヴナが舞台に駆けこんでくる）

アンナ　どこなの、みんなどこなの？　あら、まあ！……（ドアを開けて）あなた！　アントーシャ！　アントン！（早口にまくしたてる）いつもこうよ、いつだってあんたのせいよ。「ピンはどこかしら、スカーフはどこかしら」って、探しに行ってるからこうなるのよ。（窓際に歩みよって、声をはりあげる）あなた、どちらにいらっしゃるの？　なんです、もういらしたって？　おひげがあるんですって？　どんなおひげ？

市長の声　あとで、あとで話すから！

アンナ　あとで？　あら、ご挨拶だこと、あとでだなんて！　あたしはあとじゃいやなんですぅ……ひとつだけ教えて頂戴、その方って大佐なの？　どうなの？（小馬鹿にしたように）行ってしまったわ！　これも、あんたのせいだからね！　いつだってこうなんだから、「かあさん、かあさん、ちょっと待って、スカーフで髪を留めたらすぐ行くわ」って。何がいますぐよ、その結果がこれよ。おかげで何も聞き出せなかったじゃない。おめかしにも程があるわよ。郵便局長さんがいらしたと聞けば、鏡の前で科(しな)を作って、あっち向いたりこっち向いたり。あんたがお目当てだと思っているようだけれど、あんたがむこうを向いていると、あの方は苦虫嚙みつぶしたような顔をなさってるんだからね。

マリヤ　でも、かあさん、どうにも仕方ないじゃありませんか。どうせ、二時間もすれば何もかもわかるんですから。

アンナ　二時間もすればだって！　ありがとさんよ！　結構なご挨拶だこと！　それを言うなら、ひと月先にはわかりますって言ったほうが気がきいてるよ。（窓から身を乗りだして）ねえ、アヴドーチヤ！　えっ？　お前、聞いたかい、誰かさんがいらしたんだって？　聞いてない？　役立たずだねえ！　旦那さんが手を振ってらっしゃるって？　そんなもの、振らしときゃいいわよ。ちゃんと聞き出しておけばいいのに。聞き出せませんでしたって！　頭のなかはろくでもないことでいっぱい、いつも若い男のことばかり考えているからよ。何、何だって？　大急ぎで行ってしまったって！　じゃあ、おまえは馬車を追っかけてお行き。さあ、今すぐ、急ぐんだよ！　いいかい、どこにいらしたのか、走ってって聞いてくるんだよ。いらしたのがどんな方なのか、どんな様子なのか、ようく聞いてくるんだよ。わかったわね？　ドアのすき間っからこっそりのぞけばいいのよ、どんな目の色をなさっているのか、黒いのかそうでないのか、ようく見てくるんだよ。それですぐに戻っておいで、わかったね？　さあ、急いで、急いで！

（そのまま幕が下りるまで叫びつづける。

やがて幕が下りて、窓辺に立っている二人を隠す）

第二幕

宿屋の小さな一室。
寝台、テーブル、旅行鞄、空き瓶一本、長靴、洋服ブラシ、その他。

第一景

(オーシップはご主人の寝台で横になっている)

ちくしょうめ、腹がへってたまんねえ、グーグー腹が鳴りやがる。まるで連隊中のラッパが鳴ってるみたいだ。このままじゃあ、とてもうちまで帰れねえぞ！　いったいどうしろってんだい？　ペテルブルグを出発して、もう二か月だっててのに！　うちの若旦那ァ、道中さんざん散財しちまって、今じゃ尻尾をまいて、へたりこんで、すっかり元気がないとくらあ。駅馬車の運賃ぐれえはたっぷりあったのに、若旦那ときた日にゃ、どの町に行ったたって見栄をはらないじゃすまねえ。(口まねをして)「おい、オーシップ、ちょいと部屋を探しといで、いっとう上等なやつだぞ。それに特上の料理も注文するんだぞ。並はぼくの口には合わないからね、特上でなきゃだめだよ」なんてね。通りのいい身分ならまだしも、打ち割って言やあ、たかがぺいぺいの十四等官じゃねえか。旅の仲間とみりゃあ、すぐに意気投合し、カード博打(ばくち)をおっぱじめる。あげくのはてにゃあすっからかんだ！　ああ、こんな生活にゃあうんざりだ！　田舎のほうがよっぽどましだよ。そりゃ、派手なとこはないかもしれんが、そのぶん気苦労も少ねえや。かみさんもらって、一生暖炉の上にころがって、肉饅頭(ピローグ)食ってりゃいいんだからな。そりゃもちろん、正直言やあ、ペテルブルグの暮らしほど結構なものはないやね。これにゃあ、誰も文句はあるめえ。金さえあれば、お上品で結構な暮らしが送れるってもんよ。芝居(しべえ)小屋に行きゃ、犬だってダンスをしてくれらあな、お望みのものはなんでもござれだ。どいつもこいつも、話をさせりゃ、貴族にも負けねえくらいお上品で当たりのいいしゃべり方をする。シチューキンの市場に行きゃあ、商人たちがこっちをつかまえて、「旦那さま！」なんて声かけてきやがる。渡しに乗れば、お役人と同席とくらあな。話し相手がほしけりゃ、どっかの店にしけ込みゃいい。兵隊さんが野営の話もしてくれりゃ、空の星にいちいちどんな意味があるのか、まるで掌を指すように教えてくれらあ。お歳を召した将校の奥さんがお越しになることもありゃ、一度なんぞ小間使いの娘がひょいと顔をだしたもんだ……ウヒョー、じつに、いい女だったね。（思い出し笑いをして、頭をふる）あのお上品な身のこなし、ああ、たまんねえ！　ぶしつけな言葉なんぞ一度も聞いたこたァねえや。誰もが「ざあます」言葉だ。歩くのに飽いたら、馬車を拾ってお大尽さまみてえにシートにふんぞり返ってりゃいい。金え払いたくなけりゃ、これもお安いご用だ。どこの家にも通り抜けのできる門ってのがあって、そこをこっそり抜けりゃ、どんな悪魔だってとっつかまえることはできねえや。玉にキズと言やあ、たらふく食ったと思えば、次ンときには腹ア減らしておっ死にそうになることだ。ちょうど今みてえによ。いってえこれが誰のせいかと言やあ、どれもこれもうちの若旦那のせいよ。あれは、もう手の施しようのないバカだね。大旦那さまが金を送ってよこすもんだから世話ねえや。ちったァ手許に置いときゃいいものを、若旦那ときたら、さっそく金をばらまきに出かけちまう。馬車を乗りまわすかと思やあ、毎日芝居の切符を買いに走らされる。それで一週間もたった日にゃ、今度は新調したばかりの燕尾服をボロ市で売ってこいという言いつけだ。ある時なんざあ、最後のシャツ一枚まで売り飛ばしちまって、フロックコートに外套しか残らなかったこともあったぐれえだ……。ったくっ、開いた口がふさがらないとはこのことよ！ 生地だって上等なやつで、エゲレス製だァな！ 燕尾服一着に百五十ルーブルもかけといて、ボロ市で手放す時にゃあ二十ルーブルにしかなりゃしねえ。ズボンなんか、お話にならねえ、二束三文よ。なんでこんなざまになるかってえと、そりゃあ、仕事に身を入れないからよ。ちゃんとお勤めに出ねえで、若旦那ときたら、目抜き通りをほっつき歩いたり、博打に手え出す。大旦那さまがこのことをお知りになったらどうなることか！ 若旦那がお役人だろうが、そんなこたァお構いなしだ、こうシャツをたくし上げるってえと、鞭が飛んでくるにちげえねえや。それから四日ばかりは痛いところをさすってなきゃならねえはめんなる。勤めについたんだから、ちゃんと勤めるのが筋ってもんよ。ついさっきも宿の亭主がやって来て、先の分を払わねえと、もう食事は出せねえって言いやがる。このまま払わなかったら、どうなるのかね？（溜息をついて）弱ったなあ、せめてキャベツ・スープでもありゃな！　こうなるってえと、世の中まるごと食えそうな気がしてくらあ。ドアあ叩いてんな。若旦那が帰えってきたらしい。（あわててベッドから飛びおりる）

第二景

（オーシップ、フレスタコフ）

フレスタコフ　あいよッ。（帽子とステッキを手渡す）なんだ、またベッドの上でころがってたのか？

オーシップ　どうしてころがってなくちゃならないんです？　はじめて寝台を見たわけじゃあるめえし。

フレスタコフ　嘘つけ、ころがってたんだ。見ろ、しわだらけじゃないか。

オーシップ　どうしてあっしにこんなものが必要なんですか？　寝台がどんなものか、知らねえとでも言うんですかい？　あっしにゃちゃんと足ってえもんがありますよ、だからこうして立ってるんで。どうして若旦那の寝台があっしに入り用なんです？

フレスタコフ　（部屋のなかを歩きまわる）ちょいと見てくれ、そこの帽子ンなかに煙草が残ってないかな？

オーシップ　残ってるわけねえでしょう、煙草なんか。三日前に最後のをお吸いになったんだから。

フレスタコフ　（歩きまわりながら、ばつが悪そうに唇をかんでいるが、やがて意を決したような大声で）なあ、オーシップ！

オーシップ　何です？

フレスタコフ　（大きいが、いささか煮え切らぬ口調で）ちょいと、あすこに行ってこいよ。

オーシップ　どこへです？

フレスタコフ　（大きくもなければ、まったく煮え切らない、むしろ訴えるような口調で）

下の、食堂だよ……そこに行って、ぼくに食事を出すよう言ってきてくれないか。
オーシップ　いやです。行きたかありません。
フレスタコフ　行きたかないだって、この唐変木！
オーシップ　そン通りでさ。同じこってすよ、行ったって、どうにもなりゃしません。
亭主の話だと、金輪際食事は出さないってんで。
フレスタコフ　なんでそんなことがあいつに言えるんだ？　またふざけたことを言いやがって。
オーシップ　「こうなりゃ、市長に訴えてやる」と申しておりましたよ。「もう二週間以上も旦那は一銭も払いもしねえ。おまえも旦那もペテン師だ」ってね。「おまえの旦那は詐欺師だ。こんな図々しい悪党は見たこともない」とね。
フレスタコフ　なんだか、洗いざらい話をぼくに伝えられて嬉しそうじゃないか。
オーシップ　こうも申しておりましたよ、「こんな風だと、誰彼かまわずやって来て、長逗留してツケをためたあげく、追い出すこともできなくなっちまわあね。おれは冗談で言うんじゃないぜ、まっすぐ訴えて、警察にしょっぴいてもらって、刑務所にぶちこんでやる」って。

フレスタコフ　もういい、このおたんこなす、たくさんだ！　さっさと行って、亭主に言ってこい。なんて野蛮な野郎だ！

オーシップ　それよか、亭主をここに呼んできますよ。

フレスタコフ　亭主なんて呼んでどうするんだ？　おまえが行って、伝えてくりゃいい。

オーシップ　でもねえ、若旦那……。

フレスタコフ　さあ、行ってこい、ちくしょうめ！　亭主を呼んでこい。

（オーシップ退場）

第三景

（フレスタコフひとり）

あーあ、腹へったなあ！　少し散歩でもすりゃ、空き(す)っ腹もおさまるかと思ったが、ダメだ、ちくしょうめ、ちっともおさまりゃしない。そうだ、ペンザであんな馬鹿騒ぎをしなけりゃ、故郷に帰るだけの金はあったんだ。それにしても、あの歩兵大尉、あいつにはまんまと食わされたなあ。あのイカサマ野郎、カードの切り方が滅法うまいとくる。たかだか十五分かそこらのあいだに、こっちをすっかりオケラにしやがった。これだけやられても、まだあいつとひと勝負やってみたくてうずうずしてくる。あのときはツキがなかったんだ。それにしても、ここは嫌な町だな。どの食料品店でも掛売り一切お断りとくる。まったく、虫が好かないね、この町は。（口笛を吹く。はじめは「悪魔のロベール」の一節、ついで「赤いサラファン」、しまいにはどんな歌かも分からない歌の一節）誰もこないな。

第四景

（フレスタコフ、オーシップ、宿屋の給仕）

給仕　主人からどういうご用向きか伺って来るよう申しつかりました。

フレスタコフ　やあ！　どう、元気かい？

給仕　おかげさまで。
フレスタコフ　で、宿のほうはどう？　みんなうまく行ってるのかい？
給仕　はい、おかげさまで、万事上々で。
フレスタコフ　客はたくさん来るのかい？
給仕　ええ、まずまずです。
フレスタコフ　頼みがあるんだがね、君、下のほうではまだぼくに食事を運んできてくれないんだ。せかしてくれないかね――ごらんのとおり、食事を終えるとぼくにはいろいろ片づけなければならない仕事があるんだ。
給仕　でも主人のほうでは、金輪際食事はお出しできないと申しております。どうやら、今日にも市長に訴えに出かけるつもりのようです。
フレスタコフ　何を訴えることがあるんだい？　考えてもみてくれよ、そんな理由があるかい？　ぼくには食事が必要だ。このままじゃ、どんどんやせ細っちまうぜ。もう腹ペコなんだ。ぼくはいい加減なことを言ってるんじゃないよ、まじだよ。
給仕　ごもっともですが。主人は、「前のツケを払わんうちは、あいつには食事は出さん」と申しております。これが主人からの伝言（ことづて）です。

フレスタコフ　そこをなんとか説得してくれよ、頼み込んでくれよ。
給仕　どう言えばいいんで？
フレスタコフ　因果をふくめて、ぼくに食事が必要なことを説明してくれればいいよ。金のことは、それはまたそれで……。亭主は百姓上がりだから、一日(いちんち)くらい食事を抜いたって平気だし、他人もそうだと決めこんでるんだ。ばかも休み休みに言えってんだ！
給仕　なんとか話してみます。

第五景

（フレスタコフひとり）

そうは言っても、亭主のやつが何も食わせてくれなかったら、これはことだぞ。こんなに腹がへったのは、生まれてはじめてだ。着ている物でも売りにだすか？ズボンでも売りにだしちまおうか？　いや、このまま空きっ腹を我慢して、ペテルブルグの服装(なり)で故郷(くに)に帰ったほうがいい。それにしても、イオヒムのやつが箱馬車を貸してくれなかったのが残念だな。箱馬車で家に乗り入れられたのになあ。オーシップに従者の衣裳を着せて馬車のうしろにはべらせて、隣の地主の車寄せにランプのついた箱馬車なんぞで乗りつけたら、さぞかし痛快だろうな。みんな肝をつぶすにちがいない、「いったいどなたなんだい、何事なんだ?」ってもんだ。やがて執事が部屋にやってきて(きりりと居ずまいを正して、執事の格好をして見せる)「ペテルブルグからお見えのフレスタコフ様、引見(いんけん)なさいますか?」と、こうくるね。連中、がさつな田舎者だから「インケン」なんて言われたって、どういう意味か知りもしないやね。野暮な地主がやって来ようものなら、熊みたいにずかずか客間に入りこんでくるのがオチだものな。こっちは、かわいい娘さんに近づいていって、声なんかかけちゃうわけだ、「お嬢さま、ぼくは、どんなに……」。(揉み手をしながら、右足を引いてお辞儀をする)ペッ!(唾を吐く)あー腹がへって吐き気がする。

第六景

（フレスタコフ、オーシップ、しばらくしてから給仕）

フレスタコフ　どうした？
オーシップ　食事を運んできます。
フレスタコフ　（軽く両手を打ち合わせ、椅子から少し腰を浮かせる）運んでくる！　そうか！　そうか！
給仕　（皿とナプキンを持って）主人がこれが最後だと申しております。
フレスタコフ　ご主人様、ご主人様……ぼくなんか、お前さんのご主人なんか、ペッだね！　で、何持ってきた？
給仕　スープにロースト・ビーフで。
フレスタコフ　なんだ、それっぽっちかい？
給仕　これだけで。

フレスタコフ　これまたふざけた話だ！　こんなものいらん。亭主に言ってやれ、いったいこれは何ですかって！……これじゃ足りない。

給仕　主人は、これでもまだ多いと申しております。

フレスタコフ　ソースがないが、どうした？

給仕　ソースはございません。

フレスタコフ　ない？　ぼくはこの目で見たぜ、厨房の横を通ったときさ、たくさんこさえてたがなあ。それに今日だって食堂で、どっかの寸詰まりの二人の野郎が鮭とか何やかや食ってたぜ。

給仕　あるには、あるんですが、もうないってわけで。

フレスタコフ　ないとはどういうわけだ？

給仕　だから、もうないんで。

フレスタコフ　鮭や魚やカツレツは？

給仕　それは、特別なお客様用で。

フレスタコフ　なんだと、このバカ野郎！

給仕　へい、左様です。

フレスタコフ　このいまいましい豚野郎……なんで連中が食べられて、この俺がダメなんだ？　ちくしょうめ、なんで同じにできないんだ？　連中もおれと同じ客じゃないのか？

給仕　それは分かりきった話で、同じじゃございません。

フレスタコフ　どこがちがう？

給仕　むこうは普通のお客さまですよ！　わかりきった話で、あの方々はちゃんとお支払い下さいます。

フレスタコフ　お前さんみたいなバカと押し問答してたって仕方ねえや。（自分で給仕して、スープをすする）なんだ、こりゃあ？　皿鉢(さはち)にお湯をついだだけじゃないか。さっぱり味はしないし、変な臭いがするだけだ。こんなスープが飲めるか、別のを持ってこい。

給仕　じゃあ、お下げします。いやなら、お出ししなくていいって主人が申してましたから。

フレスタコフ　（片手で皿鉢を抱えるようにして）なんだ、なんだ……置いとけ、このバカ野郎！　お前はそういう客あしらいしかできないんだろうが、俺は連中とはちがうんだぞ、ちったァましな口のきき方を知らないのか……（食べる）ったくっ、なんてスープだ！（そのまま食べつづける）こんなスープを飲まされたやつなんかこの世にいませんよってんだ！　油かと思いきや、なんだか羽根がういてますよ。（鶏肉を切り分ける）おい、おいおいおい、なんですか、この鶏肉は！　そっちの肉をよこせ！　まだ、まだスープが少し残ってる。オーシップ、飲んじゃいな。（肉を切る）これまた、なんだ？　肉なんかじゃないね。

給仕　じゃあ、なんです？

フレスタコフ　そんなこと知るわけないだろう、肉じゃないことだけはたしかだ。肉のかわりに斧かなんぞ焼きやがったな。（食べる）こんなもの食わせるなんて、とんだ食わせ者だ、悪党め！　一切れ食べただけで、あごが痛くなっちまうぜ。（指で歯をほじる）ちくしょうめ！　まるで木の皮だ、これは。歯にはさまって取れやしねえ。こんな料理食ってた日にゃ、お歯黒になっちまうわ。悪党め！（ナプキンで口をぬぐう）もう何もないのか？

給仕　ございません。

フレスタコフ　悪党！　人でなし！　ソースもケーキもなしかよ。この役立たずのおたんこなす！　客からぼるだけぼりやがって。

（給仕とオーシップは皿を片づけ、運び去る）

第七景

（フレスタコフ、あとからオーシップ）


フレスタコフ　ったくっ、食った気がしないな。ますます腹がへってきやがった。小銭でもありゃ、市場にパンでも買いに走らせるんだがなあ。

オーシップ（入ってきて）下にどうしてだか市長がやって来て、なんだか若旦那のことを聞きまわってますよ。

フレスタコフ（おどろいて）やれやれ！　あの亭主、悪党め、もう訴えやがったのか！　本当に刑務所にぶちこまれたら、どうしよう？　もし相手が丁重に出てきたら、たぶん、俺は行くな……いや、いや、とんでもない。いやだよ、そんなこと！　町には将校連中だとか有象無象がうじゃうじゃいるってのに、俺ときたら、運わるく、調子に乗って、あの商人の娘に色目を使っちまったもんな……いや、いやなこった……いったい市長はどういう料簡(りょうけん)なんだ？　この俺になんの用があるんだ、この俺を商人か職人あつかいする気か？（勇を鼓して、胸をはると）よーし、俺はきっぱり言ってやる、「よくもまあ、あんたは、失礼な……」。（ドアの把手がギーと回る。フレスタコフは青ざめて、ちぢみ上がる）

第八景

（フレスタコフ、市長、ドプチンスキー。
市長は入ってくるなり、はたと立ち止まる。
おどろいた市長とフレスタコフはともに目を丸くして、
数分間互いに見つめ合う）

市長　（やや気を取り直すと、両手をのばして気をつけの姿勢で）ご機嫌よろしゅう！

フレスタコフ　（お辞儀をして）これは、どうも。

市長　失礼いたします。
フレスタコフ　いえ、どうぞ……
市長　私は当地を預かる市長でありまして、その職務柄、この町にお越しになる方々ならびに名士の方々にご不便がないよう、ご配慮申し上げなければなりませんものでで……
フレスタコフ　（はじめのうちはつっかえ気味だが、話すうちに声が大きくなる）どうしろとおっしゃるんです？……ぼくに非があるんじゃないんです……。金は払いますよ……。田舎から送ってきますからね。
（ボプチンスキーがドアのかげから顔を出す）
非があるのは宿屋の亭主のほうですよ。まるで丸太のような硬い肉を出すんだ。それにスープときたら、あの男、そこにいったい何をたらし込んだのやら、ぼくは窓の外にザーッとぶちまけましたよ。あの男は何日もぼくに空腹の苦しみを味わわせたし……お茶ときたら、これまたひどい代物で、何やら魚くさい、お茶の匂いなんかしないときてる。それなのに、なんだってぼくが……ふざけた話だ！
市長　（たじたじとなりながら）これは失礼いたしました。いえ、けっして私が悪いわけではございません。当地の市場ではいつも最高級の牛肉を取り揃えております。それを扱っておりますのはホルモゴールイの業者たちで、この連中は酒も飲まず、品行だって立派なものです。亭主がどこからそんな肉を仕入れてきたのか、私も推し量りかねますが、もし問題があったとすれば、それは……。ところで、ものはご相談ですが、ここはひとつ、私がお連れ申しますので、よそへお移りになってはいかがでしょうか？

フレスタコフ　いや、それは結構です！　そんな見えすいたことを。よそというが刑務所であることぐらい、このぼくにもわかりますよ。それにしても、あなたにどんな権利があるんです？　どうしてそんなことができるんです？……だって、このぼくはですね……ぼくはペテルブルグで奉職しているんですよ。（勇を鼓して）ぼ、ぼ、ぼくは……

市長　（わきぜりふ）やれやれ、なんて怒りっぽいんだ！　なにもかもご存じらしい。あのいまいましい商人たちが全部ぶちまけたにちがいない。

フレスタコフ　（大胆になって）あなたがずらりと部下を引き連れて来たって、行くもんか！　ぼくのほうこそ、大臣に直談判してやる！（拳固でテーブルをドンと叩く）何なんです、あなたは！　ええ、何なんだ！

市長　（直立不動の姿勢で、全身ガタガタ震えながら）平にご容赦を、なにとぞお手柔らかに！　うちには家内とまだいたいけな子供が……なにとぞ、この私めを不幸のどん底に突き落とすようなまねだけは……

フレスタコフ　いやだ、御免こうむる！　そうだ、それに、ぼくになんの関係があるんです？　あなたに奥さんと子供がいるから、それだからぼくが刑務所に入らなければならないなんて、上等じゃないか！

（ボプチンスキーがドアから顔を突き出すが、おどろいて隠れる）

いや、ご親切痛み入りますが、御免こうむる。

市長　（震えながら）不徳の致すところです、まさに私の不徳の致すところです。なにしろ懐が寂しいもので……ご承知かと存じますが、お上から頂戴しております俸給なんてものは、お茶と砂糖を買うにも足りない微々たるものです。それに私が袖の下を取ったと言っても、そりゃあ、ささいなものでして、食卓にのぼすものですとか、服地一揃え分程度のものでございます。それに商売をしております下士官の後家さんを、なんですか私が鞭打たせたように伝えられておりますが、それはまったくの中傷、私をおとしめようと悪党たちがでっち上げた中傷にすぎません。連中、あわよくば私を亡き者にしようとたくらんでいるんです。

フレスタコフ　それがどうしたんです？　連中のことなんかぼくには関わりのないことです。（考え込んで）それにしても、どうしてあなたが悪党だとか下士官の後家さんの話をなさるのか、さっぱりわからん……後家さんの件とちがって、ぼくを鞭打たせようたって、そうは問屋が卸さない。あなたにそんな権利があるもんですか……当たり前の話だ！　身の程も知らないで！　金は払いますよ、さっきから払うと言っているでしょう。でも今は手許にないんです。一銭もないから、ここで身動き取れないでいるんです。

市長　（わきぜりふ）ほお、ややこしい一手を指してきたぞ！　どこに話を落とすつもりだ！　とんだ煙幕をはりやがる！　厄介だぞ、この謎解きは！　さてどこから攻めたものやら、さっぱりわからん。ええい、出たとこ勝負だ！　なるようにしかならん。一か八（ばち）かやってみるか。（声にだして）もしお手許不如意でお困りでしたら、すぐにでもご用立ていたしますよ。この町にいらした方のお役に立つのが、私の務めですから。

フレスタコフ　そうですか、貸して下さい！　今すぐ宿の清算をしちゃいますよ。ぼくには二百ルーブルばかりあればいいんです。いや、もう少し少なくったってかまいやしません。

市長　（紙幣を差し出しながら）きっかり二百ございます。いや、お改めになるまでもありません。

フレスタコフ　（金を受け取りながら）ご親切痛み入ります。田舎に戻りましたら、すぐに送金します……。思いがけず、財布が底を突いてしまいまして……。いやあ、実に親切な方だ。地獄で仏とはこのことだ。

市長　（わきぜりふ）やれやれ、よかった！　金を受け取ったぞ。どうやら、これで一安心。二百じゃなく四百を握らせたんだからな。

フレスタコフ　おい、オーシップ！

（オーシップ登場）

給仕を呼んでこい！　（市長とドブチンスキーに）なんでまた立ってらっしゃるんです？　どうぞ、お掛け下さい。（ドブチンスキーに）さあ、どうぞ。

市長　どうぞおかまいなく。私どもはこのままで結構です。

フレスタコフ　どうぞ、どうぞ。まったくあなたは心の広い親切な方だ。実を申しますと、あなたがお越しになったのは、てっきりぼくを……（ドプチンスキーに）どうぞ、お掛け下さい。

（市長とドプチンスキーが腰を下ろす。
ボプチンスキーがドアから顔を出して、聞き耳を立てる）

市長　（わきぜりふ）よし、腹をすえてかからんとな。むこうはあくまでもお忍びだと白を切るつもりだ。そっちがそう出るなら、こちらも与太を飛ばしてやるさ。どこのだれだか、まるっきり知らんふりをしてやろう。（声に出して）私は、この当地の地主のドプチンスキーさんを同道いたしまして、職務柄、町を巡回しておったのですが、そのついでにこの宿屋に立ち寄った次第です。ご旅行のみなさんに何かご不便はないかと思いましてね。私は気配りのないそんじょそこらの市長とはわけがちがいます。それに私は、職務をはなれましても、そのキリスト教の博愛精神というのでございましょうな、どんな方も暖かくおもてなしをしたい、そうつねづね考えておりまして。そのご褒美というのでありましょうか、こうしてあなた様とお近づきになる機会を得ましたわけで。

フレスタコフ　ぼくのほうこそ願ったりかなったりです。あなたがいらっしゃらなかったら、ほんと、まだここに留め置かれたことでしょうからね。支払いの手だてがなくて、ほとほと困り果てていた次第です。

市長　（わきぜりふ）ほお、言ってくれるじゃないか、支払いの手だてがないだと！（声に出して）ご無礼ながらお尋ねしますが、どちらにいらっしゃるご予定で？

フレスタコフ　サラトフ県の、郷里に向かう途中です。

市長　（わきぜりふ。皮肉っぽい表情をうかべて）サラトフだとお、はッ！　よくもまあ、いけしゃあしゃあと！　なかなか油断ならないやつだ。（声に出して）それはまたご奇特な。旅行といいますと、とかくいろいろありますからね。馬を調達するには難儀いたしますし、その一方じゃあ気散じにもなりますからね。ところで、ご旅行の目的はもっぱらご自分のおたのしみのためで？

フレスタコフ　いえ、親父が帰ってこいと言うんです。ペテルブルグで勤めておりましても一向にうだつがあがらないんで、腹を立てちまいましてね。親父にしてみれば、ペテルブルグに出さえすりゃ、すぐさまボタン穴にウラジーミル勲章なんか差してもらえると高をくくっていたようです。いや、ぼくにしてみれば、親父のやつこそ役所を引きずりまわしてやりたいぐらいです。

市長　（わきぜりふ）おやおや、しゃらくせえことをほざくもんだ、自分の父親まで引き合いにだしやがる！（声に出して）それで、長らくご逗留のおつもりで？

フレスタコフ　わかりませんなあ。何しろ、親父ときたら無学で頑固一徹な人間で、融通のきかない老いぼれときていますからね。ぼくははっきり親父に言ってやるつもりです。そっちはどういうつもりか知らないが、ぼくはペテルブルグ以外じゃ暮らせませんからねってね。実際なんだってぼくが百姓相手に自分の人生を棒に振らなくちゃならんのです？　今はもうそういうご時世じゃない、ぼくの心は文明に飢（かつ）えているんですからね。

市長　（わきぜりふ）ほほお、うまく話にオチをつけたもんだ。嘘に嘘を重ねても、少しのほころびも出さない。こんな貧相な小男なんぞ指一本でひねりつぶせそうなんだがな。いいか、今に口を割らせてやる！（声に出して）お説はいちいちごもっともで。田舎でいったい何ができましょう？　たとえばの話、ここがそうです。夜も眠らず、見返りも求めず、ひたすらお国のために粉骨砕身努力をかさねておりましても、それが報いられる見込みは皆目ございません。（部屋をぐるりと見渡して）こちらの部屋はどうやら湿っぽいようですな。

フレスタコフ　ひどい部屋だし、これまで見たこともないような南京虫が出まして、まるで犬みたいに咬みやがる。

市長　そりゃまたひどい話だ！　このように学のあるお客さまが、あろうことか、この世に生を享けることも許されざる不敵なやからの南京虫の被害にあってらっしゃるとは。それに何だか、この部屋は暗ろうございますね？

フレスタコフ　ええ、暗いのなんのって。ここの亭主がロウソクをよこさないんです。ときに仕事をしようかという気になることもあるんですが、いやちょっと物を読んだり、構想がわいてきて書き物をしてみようかと思うんですが、それができない。暗くって、暗くって。

市長　こんなことを申してははなはだ失礼ではございますが……いや、やはり畏れおおい。

フレスタコフ　なんですか？

市長　いいえ、畏れおおいことで、いや、やはり畏れおおい！

フレスタコフ　どうなさったのです？

市長　いや、私としたことが、身分もわきまえませず……。実は、拙宅にちょうどあなた様にうってつけの、明るい静かな部屋がございます……。いや、いや、これは、やはり、あまりにも身分をわきまえぬ出過ぎた申し出で……。何卒ご容赦を。まったく単純によかれと思って、お申し出いたした次第で。

フレスタコフ　いえ、何をおっしゃいます、ぼくのほうこそ喜んで。こんな薄汚い旅籠より個人のお宅のほうがはるかに快適ですよ。

市長　そうと決まれば、私のほうは望外の仕合わせ！　さぞかし家内も喜ぶにちがいありません！　私は小さな子供のときから大の客好きの性分ときておりまして、ことに学のあるお客様とくれば、そりゃあもう大歓迎です。かようなお申し出をさせていただいたのも、けっして媚びを売ろうという魂胆からではございません。その点はどうぞお間違えのないように。心底よかれと思って、お申し出いたしたわけで。

フレスタコフ　ご親切痛み入ります。ぼくのほうもそうでして、裏表のある人間はきらいです。その点、あなたはさっぱりとしていて、心の広い方だ、断然気に入りました。実を申しますと、ぼくが他人に求めるのは忠誠と敬意だけですよ。忠誠と敬意、それさえありゃいい。

第九景

（前景の人々と宿屋の給仕、オーシップが給仕について登場。ボプチンスキーがドアから顔をのぞかせている）

給仕　お呼びでございますか？

フレスタコフ　そうだ、勘定をしてもらおう。

給仕　旦那にはもう二枚も勘定書きをお渡しししておりますが。

フレスタコフ　そんなちんけな勘定書きなんか、ぼくがおぼえているもんかい。いったい、いくらなんだ？

給仕　旦那はいらした日にお食事を注文なさいまして、翌日は鮭をお召し上がりになっただけで、あとは全部ツケになっております。

フレスタコフ　このバカ野郎！　またはじめから計算なんかしやがって。で、全部でいくらだ？
市長　いや、ご心配にはおよびません。あとでお払いになればよろしいですから。（給仕に）さあ、帰った、帰った、あとで送ってよこすから。
フレスタコフ　それもそうですね。（金をしまう）
（給仕退場。ドアからボプチンスキーが顔をのぞかせる）

第十景

（市長、フレスタコフ、ドプチンスキー）

市長　ところで、これから町の施設をご視察なさいませんか、慈善病院とかそういったものでございますが？
フレスタコフ　なんでまた、そんなものを？
市長　いや、その、私どもの仕事ぶりと申しますか……その様子がいかなるものかを、ごらんいただきたいと存じまして……

フレスタコフ　結構ですね、よろこんで拝見しましょう。

（ボプチンスキーがドアから顔を突き出す）

市長　それに、もしお望みとあらば、そこからこの郡の学校に足をのばしていただきまして、当地でどのように学問が教授されているか、その様子もごらんいただきましょう。

フレスタコフ　それは、どうも、かたじけない。

市長　それから、もしお望みでございましたら、留置場や市の刑務所をお訪ねいただき、私どもの囚人の待遇もごらんいただきたい。

フレスタコフ　なんでまた刑務所なんか？　それよか慈善病院を拝見しましょう。

市長　それはどうぞご随意に。それでどうなさいます、ご自分の馬車になさいますか、それとも私と一緒に箱馬車でまいりましょうか？

フレスタコフ　そうだな、ぼくは箱馬車に同乗させていただきましょう。

市長　（ドプチンスキーに）そういうことだ、ドプチンスキー、君の席はないからね。

ドプチンスキー　ええ、結構です。

市長　（小声で、ドプチンスキーに）いいかね、一つ用を言いつかってもらいたい、ひとっ走り大急ぎでこの書付を届けてもらいたい。ひとつは慈善病院のゼムリャニーカのところだ、もうひとつは家内に渡してくれ。（フレスタコフに）ぶしつけながら、お許しを願って、ここで家内に一筆したためさせていただきます。大事なお客様をお迎えする準備をさせませんといけませんので。

フレスタコフ　まあ、そんなお心遣いをなさらずとも……ああ、ここにインクはありますが、紙のほうが、あったかなあ……なんなら、この勘定書きでどうです？

市長　ではここに書かせていただきます。（書きながら、ひとりごとをつぶやく）食事と大瓶一本空けたあとどうなるか、こいつは見ものだぞ。うちには県特産のマデラ酒があるからな。これは見た目はなんの変哲もないが、象をも倒すというすぐれものだ。あとは、こいつが何者で、どれほど警戒を要するかを探り出せればいい。（書き終えるとそれをドプチンスキーに託し、そのドプチンスキーがドアに近づいたとたん、ドアが外れて、聞き耳を立てていたボプチンスキーがドアもろとも舞台に飛び込んでくる。一同「あッ」とおどろきの声をあげる。ボプチンスキー、起きあがる）

フレスタコフ　大丈夫ですか？　お怪我はありませんか？

ボプチンスキー　大丈夫です、なんでもありません。いささかの支障もございません。ただ鼻の上んところに小さなこぶができただけで。ギブネル先生のところに行って、絆創膏でも貼ってもらえば、こんなもの。

市長　（ボプチンスキーに威嚇するような身振りをして、フレスタコフに）なに、大したことはございません。さあ、どうぞお先に！　お供の方には私のほうからお荷物を運ぶよう申しつけておきますので。（オーシップに）いいかい、君、荷物をみんな私の家に運んでおくれ。市長宅と言えば、誰でも教えてくれるよ。さあ、どうぞ。（フレスタコフを先に立たせ、そのあとにつづくが、そこで振り返って、おどすようにボプチンスキーに）まったくっ、お前さんときたら！　ほかにころぶところがないのかい！　なんてざまだ、あのぶざまな倒れ方は！（退場。ボプチンスキーあとにつづく。幕）

第三幕

舞台は第一幕に同じ。

第一景

（アンナとマリヤ、窓辺に同じ格好で立っている）

アンナ　もう一時間も待っているというのに、あんたときたら、いまだにばからしいおめかしに夢中なんだから。すっかり仕度ができあがっても、そうだ、あれ取ってこなくっちゃ、あれさがしてこなくっちゃ、なんだもの……。いちいちあんたの言うことなんか、聞いちゃいられないわ。口惜しいったら、ありゃしない！

申し合わせたみたいに、人っ子ひとりいやしない。まるで、みんなお陀仏になったみたいじゃないか。

マリヤ　でも、かあさん、もう少しすれば何もかもわかってよ。もうじきアヴドーチヤも帰ってくるはずだし。（窓から外をながめて、あっと声をあげる）かあさん、かあさんってば、誰か来るわ、ほら通りのむこうのところ。

アンナ　どこだって？　あんたが言うのは、いつも夢みたいなことばっかし。あら、ほんとだ。誰か来るねえ、誰かしら？　小男で……燕尾服なんか着込んじゃって……誰だろう？　ええ？　まったくじれったいわね！　誰なんだろう、あれは？

マリヤ　かあさん、あれはドプチンスキーさんよ。

アンナ　ドプチンスキーだって？　いつだってあんたは、いきなり寝言みたいなことを言うんだから……ドプチンスキーであるものかい。（ハンカチを振って）ちょいと、そこの方、こっちにいらして下さいな、急いで！

マリヤ　ほんと、かあさん、ドプチンスキーさんよ。

アンナ　何よ、また口答えしようってのかい。ドプチンスキーなんかじゃないってば。

マリヤ　そんなこと言ったって、かあさん。ごらんなさいよ、ドプチンスキーさんだわ。

アンナ　あら、ほんとだ、ドプチンスキーだ。たしかに、そうだわ。なんだってあんたは、あたしにやいのやいの言うのよ？（窓から大声をあげて）急いで、急いでったら！　ずいぶんごゆっくりね。それで、どうなんです、みなさんはどこにいらっしゃるの？　えっ、なに？　そこからお話しなさいな――かまやしないから。ええ、なんですって？　とてもこわい方でいらっしゃる？　それで？　主人が、宅の主人がですって？（少し窓から離れて、じれったそうに）気がきかないったら、ありゃしない。お部屋にあがるまでは、何も申せませんだって！

第二景

（前景の人々とドプチンスキー）

アンナ　さあ、話してちょうだい。それにしても、気がとがめやしませんか？　あたしは、あなた一人をまともな人間として頼りにしてるのに。いきなりみんな出ていくし、あなたまでも、そのあとを追っていくじゃないの。それだから、いまだにあたしは、誰からも腑に落ちる説明が聞けないじゃないの。薄情じゃないの？　あたしはあなたのお子さんのヴァーネチカとリーザニカの名付け親じゃありませんか。それなのに、あたしをのけ者にして！

ドプチンスキー　いや、奥さま、私は奥さまに義理をはたしたいと思えばこそ、こうして息せき切って駆けてきましたんで。これはどうも、ご機嫌よろしゅう、お嬢さま。

マリヤ　こんにちは、ドプチンスキーさん。

アンナ　それで、どうなの？　さあ、話して下さいな、むこうはどうなの？

ドプチンスキー　ご主人からこの書付をお渡しするようことづかってきました。

アンナ　で、その方、どんな方？　将官でらっしゃるの？

ドプチンスキー　いえ、将官じゃありませんが、それに勝るとも劣らない方で。たいそう学問もおありになって、物腰も立派です。

アンナ　そう！　じゃあ、それなら主人がもらった手紙に書いてあった方ね。

ドプチンスキー　まちがいありません。それを最初に見抜いたのは、この私とボプチンスキーです。

アンナ　で、どうなったの？

ドプチンスキー　ええ、ありがたいことに、万事つつがなく進んでおります。はじめのうちは、そりゃあ市長に少々つれない態度をおとりでした。腹をお立てになって、この宿屋はどこもかしこもけしからん、市長ンちなんかに行くものか、市長のせいでムショに入るなんて真っ平ごめんだ、なんて気色ばんでいらっしゃいましたが、市長とふたことみことお話しになってるうちに、すぐ打ち解けられましてね、それからは、ありがたいことに、トントン拍子に事が運びました。今はみなさん慈善病院の視察にお出かけです……。それにしても、実を申しますと、市長は密告がありゃしないかとご心配のようですが、私もなんだかこわくって。

アンナ　何をあなたがこわがることがあるのさ？　お役所勤めの身じゃあるまいし。

ドプチンスキー　そのとおりなんですが、ああいうおえらがたがお話しになると、すくみあがってしまうんです。

アンナ　で、それで、どうなの……まだ話は序の口じゃないか。どんな方だい、若いのかい、それともお年を召してらっしゃるのかい？

ドプチンスキー　ええ、若い方です。二十三、四ってとこでしょうね。でも、話し方は年季の入ったお役人のようで、「結構です、それじゃ伺いましょう、そちらにも、そちらにも……」（と両手を振りまわす）、なんてなかなか堂に入ったもんです。「少し物を書いたり読んだりしたいんだが、部屋が少々暗くって、思うにまかせない」と、こうおっしゃる。

アンナ　お顔はどう、髪は黒なの、それともブロンド？

ドプチンスキー　いえ、どちらかというと褐色のほうで、目は獣のようにすばしっこくて、見ているこちらのほうがドギマギするくらいです。

アンナ　それはそうと、うちの人、なんて書いてよこしたのかしら？「取り急ぎ一筆。小生の立場はきわめて悲観的だが、神の御慈悲によって、塩漬けキュウリ二本、キャビア半人前につき一ルーブル二十五コペイカ也」（読むのをやめて）なんのことだか、さっぱり。塩漬けキュウリだとかキャビアって、なんのことかしら？

ドプチンスキー　それは、市長が急いで、勘定書きかなんか、あり合わせの紙にお書きになったもので。

アンナ　ええ、そうね、そのとおりだわ。（つづけて読む）「神の御慈悲によって、丸く収まりそうな気がする。即刻、客人用に黄色い壁紙の部屋を用意されたし。食事は慈善病院のゼムリャニーカ邸で済ませる見込みなので、むやみに品数を取り揃える労は不要。酒は多めに調達されたし。商人のアブドゥーリンに使いをやって、最高級のワインを届けさせればよい。言うことを聞かないと、酒蔵をくまなくあらためると言ってやれ。かあさんの手にキスを送る。頓首。アントン・スクヴォズニク＝ドムハノフスキー……」あら、たいへん！　でも、急がないと！　ちょいと、誰もいないのかい？　ミーシカ！

ドプチンスキー（走っていって、ドアから怒鳴る）ミーシカ！　ミーシカ！　ミーシカ！

（ミーシカ登場）

アンナ　いいかい、ひとっ走り、商人のアブドゥーリンさんのところにお使いに行っておくれ……ちょいとお待ち、いま書付を持たせるから。（テーブルに向かって座って、メモを書く。その間も話しつづける）これを御者のシードルに持たせて、アブドゥーリンさんちに走らせ、ワインを持ってこさせるんだよ。お前はお客さまのためにこの部屋を片づけておくれ。寝台や洗面台なんかを入れるんだよ。

ドプチンスキー　それじゃ、奥さま、私はむこうでどんな風に視察をなさっているか、ひとっ走り見てまいります。

アンナ　ああ、行ってらっしゃいな！　もうお引き止めはしませんわ。

第三景

（アンナとマリヤ）

アンナ　さあ、マーシェンカ、あたしたちは身仕度にかからないといけないよ。なんたって、むこうは都からいらした伊達男よ。笑われないようにしなくっちゃね。あんたは小さなフリルのついた、あの青のドレスにおしよ。

マリヤ　やだわ、かあさん、青なんて！　あたし、あれは大嫌いよ。リャープキン＝チャープキンさんのお嬢さんも青のドレスをお召しだし、ゼムリャニーカさんのお嬢さんだって青のドレスよ。いいえ、あたし、明るい色のがいいわ。

アンナ　明るい色だってえ！　……口を開けば、さからってばかりいて。青のほうがあんたにはずっといいわよ。だって、あたしがクリーム色のを着たいんだから。あたし、クリーム色、大好き。
マリヤ　やだわ、かあさん、クリーム色はかあさんには似合わなくってよ。
アンナ　似合わないだって？
マリヤ　似合わないわ。賭けてもいいけど、かあさんには似合わないわ。クリーム色が映えるのは、目が黒い人よ。
アンナ　よく言ってくれるわね！　じゃあ何かい、あたしの目が黒くないってのかい？　黒々してるわよ。冗談もほどほどにおしよ！　占いを立てるときには、いつだってクラブのクイーンで占うのに、どうしてあたしの目が黒じゃないのよ？
マリヤ　あーら、かあさん、かあさんはどちらかって言うと、ハートのクイーンよ。
アンナ　くだらない、ほんと、くだらないことばかり言って！　あたしは一度だって、ハートのクイーンだったことはありませんよ。（マリヤと連れだってそそくさと退場。舞台裏でもまだ話を止めない）いきなり寝言みたいなことを言いだすんだから！　ハートのクイーンだって！　まったく開いた口がふさがらないわよ！

（二人が退場すると、ドアが開いて、ミーシカがゴミを掃き出す。別の戸口から頭に旅行鞄をかついだオーシップが登場）

第四景

（ミーシカとオーシップ）

オーシップ　どこに置きゃあいいんだい？
ミーシカ　こっちだ、おじさん、こっちだよ。
オーシップ　ちょっと待ってくれ、まず、一息つかせてくんな。つれえ渡世だよなあ！　空きっ腹に、荷はこたえるよ。
ミーシカ　で、どうなんだい、おじさん、じきに将軍さまはお越しになるのかい？
オーシップ　将軍さまって、なんのことだ？
ミーシカ　ご主人だよ、あんたの。

オーシップ　ご主人？　あれが将軍だってか？

ミーシカ　そいじゃ、将軍じゃないのかい？

オーシップ　将軍といやあ将軍だが、ちと方面がちがうわな。

ミーシカ　ていうと、何かい、ほんものの将軍よりえらいのかい、えらくねえのかい？

オーシップ　ええさ。

ミーシカ　そうか！　道理でこんな騒ぎなんだ。

オーシップ　頼みがあるんだがな、お若けえの、どうやら、お前さん、要領がよさそうだ。どうだ、むこうで何か食い物こさえてくれねえか。

ミーシカ　あんたのは、まだ仕度できてないよ。ありきたりのもんなんか、食わないんだろ。ご主人がテーブルにおつきになりゃ、あんたにも同じものを出してくれるよ。

オーシップ　ありきたりのものって、どんなもんだい？

ミーシカ　シチューとか粥とか肉饅頭（ピローグ）かな。

オーシップ　そのシチューとか粥とか肉饅頭ってのを食わしてくれよ！　いや、だいじょうぶ、何でも食うよ。じゃあ、まず荷物を運んじまおう！　むこうにも別の出口があんのかい？

ミーシカ　あるよ。

（二人は脇の部屋に旅行鞄を運ぶ）

第五景

（巡査が両開きのドアを開ける。フレスタコフ登場。そのあとに市長、慈善病院監督官、視学官、ドプチンスキー、鼻に絆創膏を貼ったボプチンスキーがつづく。市長が床に落ちている一枚の書類を巡査に指し示すと、巡査たちはわれ先にお互いを押しのけながら、駆け寄って書類を拾いあげる）
フレスタコフ　結構な施設ですな。いや、感心しました、この町では何でもかんでも旅行者に見せて下さる。ほかの町じゃ、ぼくには何も見せてはくれませんからねえ。

市長　あえて言わせていただきますと、よそでは市政をあずかる者も役人たちもわが身のことが第一で、つまり自分の利益しか頭にございません。ところがこの町では、こう申しては何ですが、誠実な職務の遂行と目配り気配りによって政府にお仕え申し上げる、ひたすらそれしか頭にございません。

フレスタコフ　昼食はたいへん結構でした。もうたっぷり頂戴しました。こちらでは、毎日、あのようなお食事なんですか？

市長　このようにまたとないお客さまをお迎えしたときの、特別です。

フレスタコフ　ぼくはご馳走には目がないほうでしてね。生きるとは快楽の花摘むことと見つけたり、とか申しますからね。ところで、あの魚、なんと言いましたっけ？

慈善病院監督官　（走り寄って）タラの塩漬けでございます。

フレスタコフ　とてもいいお味でした。ぼくたちが食事をいただいたのはどこでしたっけ、病院でしたっけね？

慈善病院監督官　おっしゃるとおり、慈善病院でございます。

フレスタコフ　そうでした、そうでした、たしかに、ベッドがありました。で、患者は快癒したんですか？　病院にしては患者が少ないようですが。

慈善病院監督官　十名ばかり残っております。せいぜい、そんなところです。ほかの者は全員快癒いたしました。どだい、世の中そういうものでして、物の道理でございますな。私が監督するようになってからというもの、信じがたいとお思いになるかもしれませんが、だれもがまるでハエみたいにバタバタくたばる、いや、元気になってまいります。病人なんか病室に入る間もなく、ビンビン元気になっちまいます。薬で元気になるわけじゃございませんよ、努力と規律のたまものでございます。

市長　そこなんです、あえて言わせていただきますと、首長にとって頭が痛い問題は！　衛生、修理、修繕、どれひとつとっても、仕事は五万と山積しておりまして……要するに、どんな頭脳明晰な人間でも頭をかかえこむところなんですが、お陰様で、ここでは万事とどこおりなく運んでおります。よその市長なんかですと、もちろん、私腹をこやすことにあくせくしておるところですが、私なんか、床につきましても、「ああ神さま、政府が私の精勤ぶりをごらんになって、ご満足いただくにはどうすればいいのでしょう」などと気苦労が絶えません。この労に報いてくださるかどうかは、お上の胸三寸にかかっているわけですが、心中、私などはのどかなものでございましてね。町にくまなく秩序が行き渡っている、通りが清掃されている、酔っぱらいが少ない……これ以上望むことがありましょうか？　いや、まったく、私なぞはお上のお引き立てなぞつゆほども望んでおりません。もちろん、それは甘い誘惑にちがいありませんが、功徳（くどく）を重ねることにくらべれば、塵芥（ちりあくた）、むなしい所業にすぎませんです。

慈善病院監督官（わきぜりふ）このぐうたらめが、おおぼらを吹きやがって！　とんだ才能を与えられたもんだ。

フレスタコフ　まったくです。実はぼくもときどき思索にふけるのが好きでして、それを散文や詩につづってみるんですよ。

ボプチンスキー（ドプチンスキーに）おっしゃるとおりだ、まさにそのとおりだね、ドプチンスキー！　こういうことは……学問をつんだ方しか言えないね。

フレスタコフ　ところで、どうなんです、こちらにはちょっとした娯楽というのか社交の場はないんでしょうか、そう、カードをやれるような場はありませんか？

市長（わきぜりふ）そーら、おいでなすった、その手は桑名の焼蛤（やきはまぐり）！（声に出して）とんでもございません！　そんな悪場所についちゃ、噂すら聞いたこともございません。私なんぞはカードを手にしたこともありませんし、やり方もとんとわからぬ不調法者で。カードを目にするだけでも心おだやかじゃございません。たまたま、ダイヤのキングやそんなたぐいのカードを目にしただけで、なんだか嫌アな気分になりまして、唾を吐きかけたくなるほどでございますよ。一度、子供相手に、カードで家を作ってやりましたが、そのあと一晩中悪夢にうなされたほどでして。いやいや、真っ平です！　貴重な時間をあんなことでつぶすなんて、どうしてできるんでございましょうかね？

視学官（わきぜりふ）この古狸、きのう俺から百ルーブルも巻き上げたくせに。

市長　そんな時間があれば、私なら、国家のために使わせていただきますな。

フレスタコフ　まあ、そこまでおっしゃらずとも、とはいえ……すべては物の見方ひとつで変わる。たとえばですよ、賭け金を三倍に引き上げなければならんときに、勝負を降りてしまえば……そりゃもちろん……いや、おっしゃることはわかります。でもちょっとカードをしてみるのは、ときにはとても気晴らしになるもんです。

第六景

（前景の人々、アンナ、マリヤ）

市長　うちの者をご紹介させていただきます。家内と娘でございます。

フレスタコフ　（お辞儀をしながら）拝顔の栄に浴し、まことに光栄に存じます、奥さま。

アンナ　あたくしどものほうこそ、お目にかかれて嬉しゅうございます。

フレスタコフ　（もったいぶって）何をおっしゃいます、奥さま、こちらのほうこそ恐悦至極に存じます。

アンナ　もったいのうございますわ。そんなお世辞を頂戴いたしまして。どうぞおかけあそばせ。

フレスタコフ　奥さまのおそばに立っているだけでも仕合わせですが、そうまでおっしゃるのなら、遠慮なく座らせていただきます。こうしておそばに座らせていただくと、これまた一段と仕合わせで。
アンナ　あらあら、とても本気でおっしゃっているとは受け取れませんわ……。都暮らしのあとでは、ご旅行はさぞかしご退屈でございましょうね。
フレスタコフ　まったく疎ましいかぎりです。社交界の生活になじんでおりましたのが、おわかりでしょうが、いきなり旅の身空ですから。不潔な宿屋に、無知の闇……しかし、正直申し上げて、そのあとでこんな機会に恵まれますと……（アンナを見て、思わせぶりに）これまでの苦労が泡と消える思いがします……
アンナ　本当に、さぞご退屈でございましょうね。
フレスタコフ　とはいえ、奥さま、今ここはとても愉しいですよ。
アンナ　もったいないお言葉ですわ。ずいぶんお愛想もおっしゃいますのね。あたくしには身に過ぎるお褒めの言葉ですわ。
フレスタコフ　どうして身に過ぎましょうか？　奥さまはじゅうぶんそれに価します。
アンナ　なにしろ、あたくしは侘びしい田舎暮らしの身にすぎません。

フレスタコフ　そうですが、しかし田舎には丘があって、小川があって……。そりゃ、たしかに、ペテルブルグとはくらべものにはなりません。ああ、ペテルブルグよ！　まったく、あそこの生活は大したものです！　奥さまはぼくが書類の清書をしているだけの役人だとお考えかもしれませんが、そうじゃありません。課長はぼくとは気の置けない仲でしてね。こんな風に肩を叩いて、「君、今度食事にきたまえ！」と、こうなんですよ。ぼくはほんの二分ばかり役所に顔を出して、「これはこうして、あれはこうして」と指図してやるんです。するとくたびれたネズミみたいな文書係の小役人がペンを走らせ、スラスラ書いていく。みんなはぼくを八等官にしようとしたんですが、そんなことをしてもらってもしようがないと考えましてね。守衛なんか階段にいるぼくのうしろからブラシを持って飛んできて、「フレスタコフさま、長靴をお磨きいたしましょう」なんて言ってくるんですよ。（市長に向かって）なんでまた立っていらっしゃるのです？　どうぞ、お座り下さい。

（一斉に）

市長　立っておるのがふさわしい身分ですので。

慈善病院監督官　立たせておいていただきます。

視学官　どうぞお気遣いなく。

フレスタコフ　身分などぬきにして、まあ、おかけ下さい。

（市長をはじめ一同腰を下ろす）

ぼくは堅苦しいのは好きじゃないんです。反対に、なるべくいつも人目につかないよう努めているぐらいです。でも、隠しおおせるものじゃない、無理ですね！　ぼくが外出しますとね、「ほら、フレスタコフさまがお出かけだぞ！」なんて誰もが言うんです。一度なんぞ最高司令官にまちがわれましてね、兵士たちが衛兵所から飛び出してきて、捧げ銃をしましたよ。懇意にしている将校から、あとで聞いたんですが、「ぼくたちは君のことをすっかり最高司令官だとまちがったよ」なんだそうですよ。

アンナ　なんとまあ！

フレスタコフ　かわいい女優さんたちとも知り合いですよ。ぼくは軽い芝居もいろいろ書いているものですからね……。ちょくちょく文士にも会います。プーシキンなんてツーカーの仲です。よく彼には言うんです、「やあ、どう、調子は、プーシキン」、すると、「ああ、相も変わらずさ」なんて返事が返ってきますよ。なかなか変わった男ですよ。

アンナ　文学作品もお書きになりますのね？　物書きのお仕事って、さぞかし愉しゅうございましょうね？　それじゃ、きっと雑誌なんかにもお載せになるんでしょ？

フレスタコフ　ええ、雑誌にも書いてます。もっとも、ぼくの作品はたくさんありましてね、『フィガロの結婚』に『悪魔のロベール』、『ノルマ』。題名もおぼえてないくらいですよ。どれもこれも、いろんなしがらみで書いたものです。ぼくには書く気なんてないんですがね、劇場の支配人が「ねえ、先生、何か書いていただけませんか」なんて言ってくる。そこでぼくもちょいと考えましてね、「そうだね、じゃあ、書こうか」、とこうなるわけです。で、たしか、すぐさま一晩で全部書き上げたんです。みんなが驚いたのなんのって。ぼくは考えだすと、桁外れに次から次へと着想がわいてくるんです。ブラムベウス名義の全作品、『フリゲート艦希望号』、『モスクワ・テレグラフ』……全部ぼくが書いたものです。

アンナ　では、あなたがブラムベウスさんですの？

フレスタコフ　そうですとも、ぼくがみんな彼らの論文を直してやっているんですから。出版社のスミルジンはそれで四万ループル寄こしましたよ。
アンナ　そうしますと、『ユーリー・ミロスラフスキー』もあなたがお書きになったものですのね？
フレスタコフ　そう、ぼくの作品です。
アンナ　あたくし、すぐにそうじゃないかと思いましたの。
マリヤ　あら、かあさん、あれにはザゴスキンさんの作品だと書いてあるわよ。
アンナ　またはじまった。きっと横から口をはさむと思ってましたよ。
フレスタコフ　あ、そうそう、おっしゃるとおりです。あれは、あのザゴスキンの作品です。もうひとつ別の『ユーリー・ミロスラフスキー』という作品がありましてね、それはぼくが書いたものです。
アンナ　ええ、きっとそうですわ、あたくしが読ませていただいたのはあなたがお書きになったほうですわ。とてもよく書けていましたわ。
フレスタコフ　打ち明けて申しますとね、ぼくは文学で飯を食っていると言ってもいいくらいなんです。ぼくの家はペテルブルグでもいちばんの家でしてね。フレスタコフの館と言えば、それでもう誰にもわかります。（一同に向かって）どうかみなさん、ペテルブルグにお越しの際には、拙宅にお立ち寄り下さい。ぼくは舞踏会も開きますので。

アンナ　さぞかし趣味がよくって豪華絢爛な舞踏会でございましょうね。

フレスタコフ　おっしゃるまでもありません。たとえば、テーブルの上にあるスイカ、そのスイカは七百ルーブルもします。スープは鍋に入れたまま、まっすぐ船でパリから運ばせるんです。鍋の蓋を取りますとね、こう湯気が立ちのぼるんですが、これが世界に類を見ない代物でしてね。ぼくは毎日舞踏会に出かけるんです。そこで内輪のカード・テーブルを囲むんですが、その面子というのが、外務大臣に、フランス公使、イギリス公使、ドイツ公使、それにぼくといった顔ぶれです。もうへとへとになるまでカードをやるんです、正体もなくなるくらいですよ。それで、階段を駆けあがって四階にあるぼくの部屋にたどりつくと、「さあ、マーヴラ、外套だ……」と女中に言うのがやっとのくらいですよ。いや、いま言ったのはまちがいです。うっかり忘れてましたが、ぼくが暮らしているのは上等な二階です。家では階段ひとつにもずいぶん金をかけましてね……。いや、それよか、ぼくがまだお目覚めになっていないころの、うちの控え室をのぞいてごらんになるとおもしろいですよ。伯爵や公爵が押し合いへし合い、まるで熊ん蜂のようにブーンブーンと言ってますよ。だから聞こえてくるのは、ブーン、ブーンという音ばかりです。そう言えば、あるとき大臣が……

（市長をはじめ一同がたじたじとなって椅子から立ちあがる）

ぼくに届けられる公用の封筒には「閣下」なんて書いてあるんですよ。一度なんぞある役所の長官をしていたこともあります。これがまた奇妙な話でしてね、長官が出奔してしまったんです。どこに逃げだしたのか、それは知れません。それで当然、後釜をどうする、誰をその地位に就けたらいいかと相談がはじまった。将官クラスには猟官にご執心の連中も多いですから、われもわれもと名乗りをあげてきた。ところが、仕事に取りかかってみると、これがどうもうまくいかない。見た目には易しそうなんだが、よくよく見ると、こんな厄介な仕事はない！　それで、もう万事窮してしまって、このぼくにお鉢が回ってきたわけです。そのときにはペテルブルグの通りという通りが役所の伝令使であふれかえったものです……その数、なんと三万五千人。いったいぜんたい何事だ、とぼくが聞くと、

「フレスタコフさま、どうか役所をお引き受けいただきたい！」と、こう言うんです。正直いって、ぼくも少々面食らって、部屋着のまま飛び出しましたよ。断るつもりだったんですが、陛下のお耳にも達するだろうし、それに履歴にもなるかと考えましてね……。「承知しました、みなさん、お引き受けしましょう。そう言ったからには、たしかにお引き受けします。お引き受けはしますが、私は厳正に対処しますぞ！　いいですか、私は地獄耳ですぞ！　それに私は……」と言ってやったんです。当然のことながら、ぼくが役所に顔を出しますとね、もう地震が起きたような騒ぎで、みんなブルブルガタガタ、まるで木の葉みたいに震え上がっていましたよ。

（市長をはじめ一同は恐怖のあまり震えている。フレスタコフはますます熱をおびて）

いや、ぼくはいい加減なことがきらいだ。役人をびしびし締めあげてやりましたよ。枢密院ですらぼくに恐れをなしたくらいです。実際、仕方ないじゃありませんか？　ぼくはこういう人間なんだ！　怖い者などあったもんじゃない……。だから、部下にもこう言うんです、「見くびるんじゃないぞ、私はこういう人間なんだ！」って。ぼくはどこにでも顔を出しますよ、行かないところはない。宮廷にも毎日通ってますよ。ぼくは明日にでも元帥に昇進するかもしれないんだ……（足を滑らせ、あわや床に倒れそうになるが、うやうやしく役人たちに支えられる）

市長　（全身がたがた震えながら近づくと、勇を鼓して）かっかっかっかっ……

フレスタコフ　（ぶっきらぼうな早口で）なに、どうしたの？

市長　かっかっかっかっ……

フレスタコフ　（先と同じ口調で）なに、わからないな、ばからしい。

市長　かっかっ、閣下ア。いっいっ、いかがでしょうか、少し、お休みになっては……。お部屋はあちらで、万事整えてございます。

フレスタコフ　何をバカな、休むだなんて。まっ、いいか、それじゃ、休ませてもらいましょう。みなさん、こちらの食事は結構でしたよ……。結構毛だらけ、猫灰だらけ……いや、じつに結構でした。（歌うような口調で）鱈・の・塩・漬けー！タラ・ノ・シオ・ヅケー！（隣の部屋に入っていく。そのあとから市長）

第七景

（フレスタコフと市長以外は前景の人々）

ボプチンスキー　（ドプチンスキーに）いやあ、たいした人物だね！　大物というのはああいう人を言うんだね！　あんな立派な名士とご一緒したのははじめてなので、恐ろしくって生きた心地もなかったよ。お前さん、どう思う、あの方はどんなご身分なんだろうね？

ドプチンスキー　そうだね、将軍ってところかな。

ボプチンスキー　ぼくは、将軍なんかあの方の足下にもおよばないと思うな。将軍だとしても、きっともう元帥だろうな。枢密院ですら締めあげているって聞いたろう？　判事さんとコロープキンさんに知らせにいかなくっちゃ。それでは奥さま、御免なすって！

ドプチンスキー　真っ平御免なすって！

（二人退場）

慈善病院監督官（視学官に）おっかないったらありませんな、そうはいっても、自分でも理由がわからないんですがね。私たちゃ制服さえ着込んでないですからね。どうでしょう、一休みしたら、ペテルブルグに報告書を送りつけるんでしょうかね？（考え込む様子で視学官と退場しながら、アンナに）それでは、失礼いたします。

第八景

（アンナとマリヤ）

アンナ　ああ、なんてすてきな方なんだろう！
マリヤ　ああ、うっとりするわ！
アンナ　あのやさしい口のきき方ってないわね！　あれこそ都会の男性だわ。身のこなしといい、何もかもがとっても……ああ、とっても素敵！　ああいう若い人って大好き！　もう、うっとりしちゃう。それに、あたしのことがとてもお気に召したみたい。ずっとあたしのことを見てらしたもの。

マリヤ　あーら、かあさん、あの方が見てらしたのは、あたしのほうよ。

アンナ　あら、ご挨拶だね、また埒もないことを！　見当ちがいもいいとこよ。

マリヤ　いいえ、かあさん、本当よ！

アンナ　また、これだ！　口答えするんじゃありません、もううんざりよ！　あの方があんたをごらんになってただって？　なんで、あの方があんたなんぞごらんになるんだい？

マリヤ　本当よ、かあさん、ずっと見てらしたわ。文学のお話をおはじめになったときも、あたしのことをごらんになったし、公使の方々とホイストをなさる話のときにも、あたしをごらんになってたわ。

アンナ　そりゃあ一度ぐらいはごらんになったかもしれないけど、それも、「あっ、そうだ、娘のほうも拝見しとこうか！」てなものさ。

第九景

（前景と同じ人々と市長）

市長 （抜き足差し足で入ってくる）シーッ……

アンナ どうかなさったの？

市長 酔いつぶしてはみたけれど、一向に気分がはれなくってな。話半分だとしても、こいつはことだぞ。（考え込んで）全部が嘘八百ってことがあるだろうか？ 人間ってやつは、酔うと洗いざらいさらけ出すもんだ。腹にあることは舌にのるって寸法だ。そりゃあ、多少は嘘は入るだろうさ。どだい、嘘のまじらない話はないのが道理だからな。大臣とカードをやるとか、宮廷にも参内するだとか……やれやれ、考えれば考えるほど……ちくしょうめ、頭がくらくらする。まるで高い鐘楼の上に立たされたか、今から縛り首にあうような心持ちだよ。

アンナ あたしは全然気後れなんてしなくってよ。お見受けしたところ、教養ある、上流社会の品のある方ですわ。官位については、あたしには関係ありません。

市長 やれやれ、女ってやつは！ そのひとことにつきるな！ お前さんたちにかかっちゃ、なんでも戯言にすぎん！ 後先も考えず、いきなり埒もないことを言いだしゃいいんだから、気楽なもんだ。お前さんたちは、それで鞭のひとつも食らえばおしまいだが、亭主のほうは息の根を止められるんだぞ。お前は、まるでドプチンスキーかなんぞのように、やけに馴れ馴れしくあいつと口をきいていたじゃないか。

アンナ そのことなら、どうぞご心配なく。あたしたち、こういうことにかけては、ずぶの素人じゃございませんから……（と娘を見やる）

市長 （独白）お前たち相手じゃ話にならん！ ……べらぼうめ！ わたしゃ今になっても足がすくんで、立ち直れませんよ。（ドアを開けて、指図をする）ミーシカ、巡査のスヴィストゥノフとデルジモルダを呼んでこい！ 庭先にいるはずだ。（しばし沈黙のあとで）それにしても、きょうびケッタイなご時世になったもんだ。さぞかし押し出しの立派な人物と思いきや、あいつときたら、なんだかひょろひょろなよなよした男じゃないか。あれじゃ、いったいどこの何者なのか、見当もつきゃしない。軍人ならいくらか見当もつくんだが、燕尾服なんぞ着込まれた日にゃ、羽をもがれたハエみたいなものさ。さっきまでは長い間宿屋でねばって、こちらが一生かけても解けないような、たとえ話やなぞなぞを吹っかけてたがね、とうとうあえなく降参ってわけだ。それどころか、余計なことまでしゃべるしゃべる。ありゃ若い証拠だな。

第十景

（前景の人々とオーシップ。一同手招きしながら、オーシップに駆け寄る）

アンナ　ちょいと、こっちへいらっしゃい。
市長　シーッ！　どうだ、どんな具合だ？　もうおやすみか？
オーシップ　いえ、まだで。少し伸びをなさってます。
アンナ　お前さん、なんて名だい？
オーシップ　オーシップでございます、奥さま。

市長　（妻と娘に）もういいよ、お前たちは！　（オーシップに）で、どうだ、腹はいっぱいになったか？
オーシップ　ええ、お陰様で。たっぷりいただきました。
アンナ　ねえ、どうなの、ご主人のところには、やっぱり、たくさんの伯爵様や公爵様がいらっしゃるんだろうね？
オーシップ　（わきぜりふ）さて、なんと答えたものかな？　さっきもあんなご馳走だ、だとすりゃあ、まだこれからも大盤振る舞いが見込めるってもんだ。（声に出して）ええ、いらっしゃいますよ、伯爵様なら。
マリヤ　あんたのご主人って、素敵な方ね！
アンナ　で、どうなんだい、あの方は……
市長　もういい加減にせんか！　詰まらん話でわしの邪魔ばかりしおって。ところで、なあ、君、どうだね？
アンナ　どんなご身分なの、ご主人さまは？
オーシップ　まあ、普通といったところで。
市長　もういい加減にしなさい、お前たちが下らん質問ばかりするもんだから、肝心の話ができやしないじゃないか。で、なあ、君、ご主人ってのは、どうなんだい……うるさ型なのかね？　人を叱りとばしたりするのかね、どうかね？

オーシップ　そうですな、規律ってものを重んじられます。なんでもきちんとしていないと収まらない性質(たち)で。

市長　うん、お前さん、なかなかいい顔だ、気に入った。きっといい人間にちがいない。これは、なんだが……

アンナ　ねえ、オーシップ、旦那さまはあちらでは制服をお召しなの、それとも……

市長　もういったら、まったく、ピーチクパーチク、雀じゃあるまいし！　大事な話があるんだ。人ひとりの命にかかわる問題だ……（オーシップに）なあ君、実際、わしは、君のことが気に入ったよ。まっ、これは道中の邪魔にはならないからね、お茶の一杯も余計に飲めようってもんさ、今は少し冷え込むからね。まっ、二ルーブルある、これでお茶でも飲んどくれ。

オーシップ　（金を受け取りながら）これはどうも、相済みません。どうぞ、末永くお達者で。この貧乏人をよくお助け下さいまして。

市長　いいんだ、いいんだ、わしのほうこそうれしいよ。で、なんだが……

アンナ　ねえ、オーシップ、旦那さまはどんな目の色がいちばんお好みだろうかね？

マリヤ　ねえ、オーシップ、旦那さまのお鼻って、とってもかわいいのね……

市長　ちょっと待ってくれ、わしが話してんだから！（オーシップに）で、なんだが、ご主人が気にかけてらっしゃることは何だろうな、その、つまり、ご旅行の際にお気に召すのはなんだろうね？

オーシップ　見るもの聞くもの、なんでもお好きでございますよ。強いて言やあ、歓待されること、あたたかいおもてなしでございましょうね。

市長　あたたかい？

オーシップ　ええ、あたたかいおもてなしで。手前なんぞ百姓あがりでございますが、手前のことも随分気を配って下さいますよ。いや、本当に！　どこかにおじゃましますとね、「どうだ、オーシップ、お前もご馳走になったかい？」とお聞きになる。「いえ、それほどじゃございませんでしたね、閣下！」と申しますとね、「そうかい、オーシップ、それじゃあ、あの主人は大したこたァないね。うちに帰ったら、忘れないようにまた言っとくれ」、とまあこうおっしゃる。手前は、（と手を振りかざして）「ありがたいこった！　こんなしがない男のことを目に掛けて下さって」と思うわけでございます。

市長　なるほど、なるほど、いい話を聞かせてもらった。さっきはお茶代だったが、まあ、これでさらにパンでも買っとくれ。

オーシップ　これはどうも、ご親切に、閣下。（金をしまう）あなたさまのご健康をお祈りして、一杯やらせていただきます。

アンナ　ねえ、オーシップ、あたしのところにもおいでなさいな、あたしもあげるから。

マリヤ　オーシップ、ご主人にキスして差し上げてね。

（隣の部屋でフレスタコフの軽い咳払いの音）

市長　シーッ！（爪先立って、このあとはずっと小声で）大きな音を立てるんじゃない！　部屋に帰りなさい！　もう話はじゅうぶんだ……

アンナ　行きましょう、マリヤ！　あの方のことでね、気づいたことがあるの、ふたりだけの内緒の話よ。

市長　むこうで好き放題話すがいい！　きっと、耳を塞ぎたくなるような話だろうさ。（オーシップに向かって）で、なあ君……

第十一景

（前景と同じ人々、デルジモルダ、スヴィストゥノフ）

市長　シーッ！　がに股の熊じゃあるまいし、ドスンドスン靴で音を立ててるんじゃない！　荷車から重い荷を降ろしているみたいに、大きな音を立てやがって！　どこをほっつき歩いていたんだ？

デルジモルダ　ご命令で出かけておりました……

市長　シーッ！　（相手の口を塞いで）カラスみたいにカーカーほざくんじゃないよ！（相手の口まねをして）ご命令で出かけておりましたっ！　樽のなかから吠えているような声を出しやがって！　（オーシップに）うん、お前さんはむこうへ行って、ご主人の世話をしておくれ。入り用なものがあったら、なんでも言っとくれ。

（オーシップ退場）

お前たちは、玄関に立って見張りだ、一歩も動いてはならんぞ！　関係のない者は誰も家に入れるな、くれぐれも商人には気をつけろ！　一人でも入れてみろ、ただじゃおかんからな……。いいか、嘆願書を持って来るようなやつがいたら、いや、嘆願書なんかなくっても、もしこのわしを訴えるようなまねをするやつを見つけたら、首根っこをつかまえて、思いっきり蹴飛ばしてやれ！　遠慮はいらん、痛い目にあわせてやれ、こんな風に！（足でやってみせる）わかったな？　シーッ……（爪先立って、巡査のあとにつづいて退場）

第四幕

市長宅の先と同じ部屋。

第一景

（ほとんど爪先立つような格好で、判事、慈善病院監督官、郵便局長、視学官、ドプチンスキー、ボプチンスキーが打ち揃って登場。全員、制服を着込んでいる。この場面は終始ひそひそ声で演じられる）

判事　（全員を半円の格好に立たせる）さあ、みなさん、さっさと輪になって、もっときびきびと！　いいですか、相手は宮廷にも参内し、枢密院を震え上がらせているこわもてですぞ！　軍隊式に整列して、ここはなんとしても軍隊式に！　ピョートル・イワノヴィチ、あなたはこっち、それから、ピョートル・イワノヴィチ、あなたはここに立って。

（二人のピョートル・イワノヴィチは爪先立って駆けだす）

慈善病院監督官　あなたのお考え次第だが、判事、われわれは何か策を講じるべきじゃないでしょうかね。

判事　といいますと？

慈善病院監督官　ええ、例のあれ。

判事　袖の下のこと？

慈善病院監督官　ええまあ、袖の下なら、袖の下でいいんですが。

判事　そいつは危険ですな！　なにしろ、政府の高官という触れ込みです。貴族会から記念碑かなんかの寄付という形ならいいかもしれませんが？

郵便局長　それとも、「受取人不明の現金が郵便で届きました」というのはどうです。

慈善病院監督官　そういうあんたこそ、郵便でどこか遠くへふっ飛ばされないよう、せいぜい気をつけることですな。申し上げておきますが、文明国ではこの種の事柄はこんな風にしないもんです。なんだってわれわれは軍隊みたいに、ここに雁首を揃えているのか？　われわれは一人ずつお目にかかる必要がある。そう、差しでやるんです……それで、要は、目があっても見ないふり、耳があっても聞こえぬふりをする。こいつが文明国のやり方です。では、判事、まずあなたから。

判事　いや、あなたこそ先に。あの方はあなたの病院で食事をなさったんだから。

慈善病院監督官　それじゃ、視学官からはじめてもらいましょう。なんたって青少年の範たるお役目ですからね。

視学官　無理です、無理、できませんよ。ほんと言いますと、あたしは一つ位が上の人と話しても、気はそわそわ、舌がもつれるって性質(たち)なもんで。勘弁して下さいよ、何卒ご勘弁を！

慈善病院監督官　やっぱり、判事、あなた以外に人はいませんな。あなたは何かと言えば、するするキケロが口をついて出てくるじゃありませんか。

判事　何をおっしゃる！　キケロですって！　冗談もいい加減にして下さいよ！　そりゃあ、ときには話に身が入って、番犬や猟犬の話をしますが……

一同（判事ににじり寄って）いやいや、犬の話だけじゃない、バビロンの塔の話もおできになる……。ねッ、判事、われわれを見捨てないで下さいよ、ここはひとつ世のため人のためと思って！　……ねッ、判事！

判事　ご放免ねがいますよ、みなさん！

（このときフレスタコフの部屋から足音と咳払いの音が聞こえてくる。

一同、われ勝ちにドアに突進し、組んずほぐれつドアから出ていこうとする。

そのため、互いに押し合う格好になる。

小声でいがみ合う声が起きる）

ボプチンスキーの声　あ痛ッ、ドプチンスキー！　足を踏むなよ！

慈善病院監督官の声　死んじゃうよ、これじゃ。押しつぶされるッ！

（「あッ！　やめろッ！」といった叫び声が飛び交っているが、

やがて一同、部屋を抜けだし、部屋のなかはもぬけのからとなる）

第二景

（フレスタコフがひとり、はれぼったい目をして登場）

どうやら随分いびきをかいたらしいな。連中、いったいどっから、あんなマットレスや羽毛布団をかき集めてきたんだろう。おかげで汗みどろだ。やつら飯のときに何か滴らしやがったにちがいない。いまだに頭がガンガンするぞ。それにしても、ここは愉しくすごせそうなところだな。歓待されるってのは好きだよ、そりゃあ、ほんとを言や、下心が見え見えというのより、下心のない心のこもったもてなしがいいにきまっちゃいるが。市長の娘もなかなかのべっぴんさんだ、それにあのおっかさんだって、まだまだどうして……。いや、よくはわからんが、ほんといいやね、こんな生活は。

第三景

（フレスタコフと判事）

判事 （部屋に入ってきて、そのまま立ち止まると、ひとりごとを言う）どうか、無事に済みますように。こんなに膝がガクガクする。（直立不動の姿勢で、サーベルを片手で押さえながら、声に出して言う）失礼ながら、お邪魔いたします。当地の郡裁判所判事、八等官のリャープキン＝チャープキンであります。

フレスタコフ どうぞお掛け下さい。そうしますと、この町の判事さんでいらっしゃる？

判事 はッ、一八一六年に士族会のご意思により、三年任期の判事に推挙されまして、今日に至るも、その職を務めさせていただいております。

フレスタコフ 判事ってのは、どうです、役得があるんでしょうね？

判事　三期お勤めしまして、お国のほうからウラジーミル四等勲章をたまわりました。

フレスタコフ　（わきぜりふ）金を握っちゃいるが、その拳が焼けるようだ。ぼくもウラジーミル勲章は好きですね。アンナ三等勲章はそれほどじゃありませんがね。

判事　（握りしめた拳を少し前に突きだして。わきぜりふ）ああ、どこに座っているのかの感覚もない。まるで下から真っ赤な炭であぶられているようだ。

フレスタコフ　なんです、その手にお持ちなのは？

判事　（慌てふためいて紙幣を床に取り落とす）いえ、なんでもございません。

フレスタコフ　なんでもないだなんて？　ほら、お金が落ちてますよ。

判事　（全身ガタガタふるえながら）いえ、けっして左様なことは。（わきぜりふ）ああ、今度はこっちが裁判にかけられる！　今に護送の馬車がやって来る！

フレスタコフ　（拾いあげながら）ほら、お金ですよ。

判事　（わきぜりふ）万事休すだ、一巻の終わりだ！

フレスタコフ　ものは相談なんですが、これ、ぼくに貸してくれませんか。

判事　そりゃあ、もう、どうぞ、どうぞ……よろこんで。（わきぜりふ）よし、気丈にやるぞ、気丈に！　聖母様もご加護を！

フレスタコフ　道中で散財してしまいましてね、あれやこれやで……でも、金のほうは田舎からすぐにお送りしますから。

判事　いえ、どうぞご随意に！　それでなくても、私には身に余る光栄です……もちろん、私は、その微力ながら、誠心誠意、お国に……お仕え申す所存でありまして……（椅子から腰を浮かせて、背筋を伸ばして、両手を両脇に揃えて）これ以上おじゃまをしては恐縮です。何かご命令でもございましたら？

フレスタコフ　命令といいますと？

判事　当地の郡裁判所にたいして、何かご命令でもあろうかと思いまして。

フレスタコフ　またどうして？　今のところ、ぼくはここの裁判所に用などありませんよ。

判事　（深々と礼をして、退場しながら、わきぜりふ）よし、こっちのもんだ。

フレスタコフ　（判事が出ていくと）あの判事さん、なかなかいい人だ！

第四景

（フレスタコフと郵便局長。郵便局長は背筋をのばし、サーベルを手で押さえながら制服姿で登場）

郵便局長　失礼いたします。郵便局長、七等官のシペーキンであります。

フレスタコフ　さあ、どうぞ。ぼくは気持ちのよいお付き合いというのが大好きなんです。お掛け下さい。ずっとこの町にお住まいですか？

郵便局長　はい、左様でございます。

フレスタコフ　ぼくは、この町って気に入ったな。そりゃあ、そんなに人は多くない。そうでしょ？　だって、都じゃないんですから。ねっ、そうじゃありませんか、都じゃないですよね？

郵便局長　まったく、おっしゃるとおりで。

フレスタコフ　お上品（ボン・トン）なんてものがあるのは都だけで、都には鵞鳥もどきの無骨な田舎者などおりませんよ。どうです、あなたのご意見は、そうじゃありませんか？

郵便局長　お説のとおりで。

（わきぜりふ）それにしても、この人は少しも高飛車なところがないな。なんでもこまめに聞いてくる。

フレスタコフ　そうは言っても、どうです、こんなちっぽけな町でも仕合わせに暮すことはできますよね？

郵便局長　お説のとおりで。

フレスタコフ　ぼくの考えでは、何が人間に必要かといいますと、人から尊敬され、心底愛される、それだけですよ。そうじゃありませんか？

郵便局長　まったくおっしゃるとおりで。

フレスタコフ　ご同調下さって、実に、うれしいですね。そりゃあ、ぼくは変人だと言われますが、ぼくの性格がそうなんだから、しようがない。

（相手の目をのぞきこみながら、ひとりごと）ひとつこの局長に無心をしてみるか！

（声に出して）いやあ、ぼくは実に奇妙な事態に巻き込まれましてね、道中すっからかんになっちまったんです。ぼくに三百ルーブルばかり融通していただけませんか？

郵便局長　どうぞ、どうぞ、ありがたい仕合わせで。では、どうぞこれを。お役にたちますれば、望外のよろこびで。

フレスタコフ　感謝にたえません。実は、ぼくは旅をしていて不自由をするのが大嫌いなんです。なんだってそんな必要があるんです？　そうじゃありませんか？

郵便局長　お説のとおりで。（立ち上がり、直立不動の姿勢で、サーベルを押さえる）これ以上おじゃまをしては恐縮です……。郵便業務に関して何かご指示でもございましたら？

フレスタコフ　いや、何もありません。

（郵便局長、深々と一礼して退場）

（葉巻をくゆらせながら）あの局長、とてもいい人らしいな。少なくとも、忠義な男だ。ああいう連中は好きだよ。

第五景

（フレスタコフと視学官。
視学官はほとんどドアから突き出されるように登場。
そのうしろから「何をびくついているんだ？」という声が聞こえる）

視学官（直立不動の姿勢を取るが、震えがとまらない。サーベルを押さえながら）失礼いたします。視学官、九等官のフローポフでございます。

フレスタコフ さあ、どうぞ！ お掛け下さい、どうぞ。葉巻はいかがです？（相手に葉巻を差し出す）

視学官（煮え切らぬ様子で、ひとりごとを言う）これまた藪から棒に！ 思いも寄らないことだ。手を出したほうがいいかな、どうかな？

フレスタコフ どうぞ、どうぞお取り下さい。なかなかいい葉巻ですよ。そりゃあ、ペテルブルグのものとはちがいます。ぼくはむこうでは一本、百二十五ルーブルのを喫ってますがね、喫いおわると、思わず指にキスしたくなるくらい、匂いがいい。さあ、火をどうぞ。（相手にロウソクを差し出す）

（視学官は試しに喫ってみるが、全身震えている）

あっ、それ逆です。

視学官　（慌てて葉巻を取り落とし、ペッと唾を吐き、あきれた様子で手を振ると、ひとりごと）ちくしょうめ！　びくついていて台無しだ！

フレスタコフ　お見受けしたところ、葉巻はお好きじゃないようですな。実は、これがぼくの弱点でして。それに、女性、これにも滅法弱い。どうです、あなたは？　どちらが一番のお好みですか、ブルネットですか、それともブロンド？

（視学官はなんと答えていいのやら、まったく面食らっている）

まあ、いいじゃないですか、白状なさい、ブルネットですかブロンドですか？

視学官　さあ、なんと申し上げてよろしいのか。

フレスタコフ　いや、いや、逃げようったってダメですよ！　ぼくはあなたの好みが知りたいんだから。

視学官　まあ、あえて言わせていただくとしますれば……（わきぜりふ）あれあれ、自分でも何を言うのかわからないのに。

フレスタコフ　ははあ！　ははーん、言いたくないんだ。きっと、ブルネットにいたずらされたんだ。白状なさい、図星でしょう？

（視学官は黙っている）

ほら、ほら、赤くなりましたよ！　図星だ！　図星なんだ！　どうしておっしゃらないんです？

視学官　気後れをしまして。かっ……かっ……かっ……かっ……（わきぜりふ）ちくしょう、舌が言うことをきかん！

フレスタコフ　気後れ？　ぼくの目には、その気後れを誘うような何かがあるんです。少なくとも、ぼくが知っているかぎり、どんな女性もこの目を前にするとイチコロだ、そうじゃありませんか？

視学官　おっしゃるとおりで。

フレスタコフ　ぼくは実に奇妙な事態に巻き込まれましてね、道中すっからかんになっちまったんです。ぼくに三百ルーブルばかり融通していただけませんか？

視学官　（あちこちポケットをまさぐりながら、ひとりごと）ないと事だぞ！　あった、

あった！（紙幣を引っぱり出し、震えながら手渡す）

フレスタコフ　どうもありがとう。

視学官（直立不動の姿勢で、サーベルを押さえながら）これ以上おじゃましては恐縮です。

フレスタコフ　さようなら。

視学官（ほとんど駆け足で飛び出しながら、わきぜりふ）ああ、やれやれ！　これで学校を視察することもないかもしれん。

第六景

（フレスタコフと慈善病院監督官。監督官は直立不動の姿勢で、手でサーベルを押さえながら）

慈善病院監督官　失礼いたします。慈善病院監督官、七等官のゼムリャニーカでございます。

フレスタコフ　やあ、こんにちは、どうぞお掛け下さい。

慈善病院監督官　昨日はあなた様にご同行し、私が監督しております慈善病院にお迎えする栄誉をたまわりました。
フレスタコフ　ああ、そうでした！　おぼえてますよ。たいへんご馳走になりました。
慈善病院監督官　お国のために奉仕できますことは、またとない仕合わせで。
フレスタコフ　実を言いますと、あれはぼくの弱点でしてね、おいしい料理には目がないんです。ところで、なんですが、きのうはも少し背丈が低かったように思うんですが、そうじゃありませんか？
慈善病院監督官　いや、大いにそうかもしれません。（しばらく黙ったあとで）こんなことを申してなんですが、私は骨身を惜しまず、職務に心血を注いでおります。（椅子ごとにじり寄って、小声で）ところがここの郵便局長、あれはまったく何もしておりません。万事がデタラメで、郵便物もとどこおりがち……なんでしたら、一度ご自身でお調べ下さい。判事もまた然り、あの私の前にご挨拶に伺った男ですが、これもうさぎ狩りに出かけるだけで、役所のなかで堂々と犬を飼っておる始末です。それにあの男の身持ちのわるさときた日には……あの男は私の親戚でもあり友人でもあるんですが、正直に申し上げて、もちろん私がこのような愚挙に出ますのも、ひとえにお国のためを思えばこそでありますが、あれほど不届き千万な男もございません。この町にドプチンスキーという地主がおるんですが、あなた様もお見かけになったあの男です、このドプチンスキーがどこかに出かけて家を空けたとたんに、もうあの男ときたら、その奥さんの横にべったりへばりついている始末。いや、私はなんなら宣誓だってする覚悟です……。一度とくとあそこの子供の顔をご覧になって下さいまし。ドプチンスキーに似たのは一人もいない。どいつもこいつも、小さな女の子まで、全部あの判事に瓜二つとくる。

フレスタコフ　へえ、おどろいたなあ！　思いも寄らんことだ。

慈善病院監督官　それから、ここの視学官……よくぞあんな男に政府は仕事を任せておけるもんです。あれは危険思想のジャコバン党員よりもたちがわるい。ああいう手合いが、口に出すのもはばかられるような、よからぬ思想を青少年に吹きこんでおるんです。なんでしたら、書面に仕立てて提出いたしましょうか？

フレスタコフ　書面のほうが、なおいいですね。そいつは楽しみだ。いや、ぼくはね、つれづれなるままに、おもしろおかしい話を読むのが好きでしてね……お名前はなんとおっしゃいましたっけ？　どうも忘れっぽくって。

慈善病院監督官　ゼムリャニーカでございます。
フレスタコフ　ああ、そうそう、ゼムリャニーカさんでしたね。ところで、どうです、お子さんはいらっしゃる？
慈善病院監督官　そりゃあ、もちろん。五人おりまして、そのうち二人はもう成人しております。
フレスタコフ　ほお、もう成人になりですか！　それで、そのお子さんたちは……その、なんという……
慈善病院監督官　名前のことをおたずねですか？
フレスタコフ　ええ、そうそう、どういうお名前です？
慈善病院監督官　ニコライにイワン、エリザヴェータ、マリヤ、それにペレペトゥーヤ。
フレスタコフ　そいつは結構ですね。
慈善病院監督官　貴重なお仕事のお時間を割いていただき、これ以上おじゃまをしては恐縮です……（辞去すべく一礼をする）
フレスタコフ　（ついて見送っていきながら）いえ、どういたしまして。お話はとてもおもしろうございましたよ。では、またの機会に……ぼくもこういうのは、いたって好きな性質(たち)ですから。(部屋に戻ろうとするが、またドアを開けて、背後から声をかける) もし! どうでしたっけ? どうも忘れっぽくって、お名前はなんでしたっけ?

慈善病院監督官 アルテーミー・フィリポヴィチでございます。

フレスタコフ 実は、アルテーミー・フィリポヴィチさん、ぼくは奇妙な事態に巻き込まれましてね、道中、金をみんなすっちゃったんです。ちょっとお貸しいただけませんか……四百ばかりでいいんですが。

慈善病院監督官 ございます。

フレスタコフ これは助かりました。どうもありがとう。

第七景

(フレスタコフ、ボプチンスキー、ドプチンスキー)

ボプチンスキー 失礼いたします。当地の住人ピョートル・ボプチンスキー、イワンのせがれにございます。
ドプチンスキー　地主のピョートル・ドプチンスキー、イワンのせがれにございます。
フレスタコフ　そうそう、もうお目にかかりましたね。たしか、あなたはあのとき転んだんだ？　その後、鼻の具合はいかがです？
ボブチンスキー　お陰様で！　ご心配いただき、おそれ入ります。治りました、もうすっかりよくなりました。
フレスタコフ　そいつはよかったですね。ぼくもうれしいですよ……（突然、ぶっきらぼうに）お金、ありますか？
ボブチンスキー　お金？　といいますと？
フレスタコフ　（大声で早口に）一千ルーブルばかり拝借したい。
ボブチンスキー　そんな大金、申し訳ありませんが、ございません。君、持ってないかい、ピョートル・イワノヴィチ？
ドプチンスキー　生憎、手持ちがございません。金のほうは、あえて申し上げますが、銀行に預けてございます。
フレスタコフ　じゃあ、千がダメなら、百ならどうです。

ボプチンスキー　（ポケットをまさぐりながら）君のほうに百はないかい、ピョートル・イワノヴィチ？　ぼくは紙幣で四十しかないんだ。
ドプチンスキー　（札入れをのぞき込んで）ザッと二十五しかないね。
ボプチンスキー　もっとよく探してみろよ！　君の右のポケットには穴が開いているよね、そこに落ちているかもしれないぜ。
ドプチンスキー　いや、ないよ、穴ンなかにもないね。
フレスタコフ　じゃあ、いいです。まあ、一応言ってみただけです。じゃあ、その六十五ルーブルで結構です。同じことですから。（金を受け取る）
ドプチンスキー　ひとつきわめてデリケートな問題でおたずねしたいことがございまして。
フレスタコフ　といいますと？
ドプチンスキー　ことは非常にデリケートな問題でして。実は、うちの上のせがれのことなんですが、これが結婚前に生まれた子供でございます。
フレスタコフ　ほお、そうなんですか？
ドプチンスキー　つまり、これはうわべだけのことでして、せがれはあたくしの子であることに間違いはございません。正式な結婚で生まれた子供となんら変わりません。あたくしもそのあとで、正式に夫婦の契りを結びまして、然るべく手続きを終えた次第でございます。それで、あたくしの希望としましては、このせがれを自分の正式な息子として認知してやりたい、そしてあたくし同様、ドプチンスキーと名乗らせたいと考えております。

フレスタコフ　結構じゃないですか、そう名乗れば！　できますよ。

ドプチンスキー　あなた様をわずらわせてまことに恐縮ですが、なにせ、せがれのことが不憫で不憫で。よくできた子なんです、これが……うちの期待の星なんです。いろんな詩なんかもそらんじておりますし、ナイフを持たせりゃ、そりゃあ上手にちっちゃな馬車なんかこしらえるんです。まるで、手品師まがいでございますよ。このボプチンスキーだってよくご存じで。

ボプチンスキー　ええ、なかなか才のある子です。

フレスタコフ　わかりました、わかりました！　ぼくも骨折ってみましょう。話しておきますよ……きっと……すべて丸く収まりますよ、ええ、ええ……（ボプチンスキーに向かって）あなたも、何かお望みですか？

ボプチンスキー　ええ、実は、ささいなお願いがございます。
フレスタコフ　なんです、どんなことです？
ボプチンスキー　厚かましいお願いですが、ペテルブルグにお帰りになりましたら、むこうのおえらがたのみなさま、つまり元老院議員だとか提督の方々に、閣下、これこれしかじかの町にピョートル・イワノヴィチ・ボプチンスキーなる人物がおります、とお伝え願えればと存じます。ピョートル・イワノヴィチ・ボプチンスキーなる人物がいる、そうお伝えいただければ結構でございます。
フレスタコフ　わかりました、お安いご用です。
ボプチンスキー　それで、もし陛下にお目もじなさるようなことがございましたら、陛下、これこれしかじかの町にピョートル・イワノヴィチ・ボプチンスキーなる人物がおります、とお伝え願えれば。
フレスタコフ　わかりました、お安いご用です。
ドプチンスキー　どうも、長々とおじゃまをいたしました。
ボプチンスキー　どうも、長々とおじゃまをいたしました。
フレスタコフ　いえいえ、どうも！　たいへん愉快でした。（二人を送り出す）

第八景

（フレスタコフひとり）

ここはやけに役人の多い町だなあ。ところで、連中はおれのことを政府の役人と取り違えているらしい。たしかに、きのう散々駄法螺をかましてやったからな。まったくおめでたい連中だ！　ペテルブルグのトリャピーチキンに書いて知らせてやったら、やつのことだ、お茶の子さいさいと記事に仕立てて、ここの連中をこっぴどく叩いてくれるにちがいないや。おい、オーシップ、紙とインクを持ってこい！

（オーシップ、ドアから顔を出して、「はい、只今」）

やれやれ、トリャピーチキンの手にかかったら、どんなやつだってひとたまりもないからな。あいつは、おもしろおかしい記事のためなら、実の親だって容赦はしない、それに金に目がないとくる。それにしたって、ここの役人はいいやつらだね。このおれに金を貸してくれるなんて、見上げたもんだよ。どれ、ひとつどれだけ集まったか、数えてみるか。これは判事からの三百だろ、それに郵便局長から三百、六百、七百、八百……。なんだこりゃあ、汚ねえ札だな！　八百、九百……おいおい！　こりゃあ千をこえたぞ……。こうなりゃ、ひと財産だよ、ええい、もうひと勝負やりますかってんだ！　どっちが勝つか、拝見しようじゃないか！

第九景

（フレスタコフ、オーシップ）

フレスタコフ　どうだ、見たかい、このおれの強持てぶりを？（手紙を書きはじめる）

オーシップ　ええ、大したもんです！　ただねえ、若旦那。

フレスタコフ　（書きながら）なんだい？

オーシップ　そろそろ引き上げる潮時ですぜ。

フレスタコフ　（書きながら）何をふざけたこと言いだすんだ！　どうしてだ？

オーシップ　ただなんとなくなんですがね。あんな連中、ほっときなさいよ。もう二日もここでぶらぶらしてます――もうじゅうぶんでしょう。なんであんな連中とだらだら関わり合いになるんです？　連中なんか、唾でもひっかけてやりゃあいいんです！　いつ何時本物があらわれるかもしれませんぜ……本当ですよ、若旦那！　ここの馬は大したもんです――そいつでさっさとずらかりましょう……

フレスタコフ　（書きながら）いや、ぼくはまだしばらくここにいたいね。明日にしようや、明日に。

オーシップ　明日だなんて！　ねッ、出かけましょうよ、若旦那！　そりゃあ、若旦那にとっちゃ名誉なことかもしれませんが、一刻も早くずらかるに越したことたありませんって。だって、若旦那はほかの誰かさんと人違いされてんでしょ……それに、こんなところでぐずぐずしていちゃあ、大旦那様だってお怒りになりますよ。ねッ、だから景気よく馬ですっ飛ばしましょうよ！　ここで一番の馬を出してくれますよ。

フレスタコフ　（書きながら）いいよ、わかったよ。その前にまずこの手紙を出してきてくれ、ついでに駅馬車の手配をしておいで。ただし、馬は上等なものを調達しろよ！ ご主人は銘々に一ルーブルずつ酒手をはずんで下さる、政府の伝書使のようにお運びして歌なんぞ聞かせるんだ、そう御者に言ってやれ！ ……（さらに書きつづけながら）さぞかしトリャピーチキンのやつ、これを読んだら笑い転げるだろうな、目に見えるようだな……。

オーシップ 若旦那、手紙はここの使用人に持たせますよ。あっしはその間に荷作りをいたしますんで、そのほうが時間の無駄がなくってようござんす。

フレスタコフ （書きながら）わかった。あとロウソクを持ってきてくれ。

オーシップ （部屋から出ていって、舞台裏で話す）おい、お若えの、ちょいと来てくんな！ 手紙を郵便局に届けてほしいんだ。局長にはロハで受け付けるようにって言やいい。それに、若旦那のために上等な三頭立ての馬車を用意するよう伝えてくれ。伝書使用のやつだぞ。ただし、馬車賃はお払いにならないとも言うんだ。馬車賃は官費だと言やいいよ。万事テキパキと片づけさせるんだ、さもないと若旦那の雷が落ちるぞ。ちょいと待った、いま手紙を渡すから。

フレスタコフ （書きつづけながら）ところでやっこさんどこに住んでいるんだっけ、

中央郵便局通りかな、それともゴローホヴァヤ通りだっけ？　あいつは部屋代を踏み倒して部屋を替えるのが好きだからな。手近な中央郵便局通りにしておきゃあいいか。（手紙をたたんで、宛名を書く）

（オーシップがロウソクを持って入ってくる。フレスタコフ、封印をする。「こら、髭づら、どこへ行くんだ？　誰も通しちゃならねえってお達しだ」というデルジモルダの声が聞こえる）

（オーシップに手紙を託して）さあ、持ってけ。

商人の声　通してください！　通さないって法はありませんよ。手前どもは用があって参ったんですから。

デルジモルダの声　帰った、帰った！　お会いにはならん、おやすみだ！

（騒ぎが一段と大きくなる）

フレスタコフ　なんの騒ぎだ、オーシップ？　何事か、様子を見てこい。

オーシップ　（窓からながめながら）商人連中がなかに入ろうとしてるんですが、巡査が通さないんです。何やら紙っ切れ振りかざしてますよ。どうやら、若旦那に面会したがってるようです。

フレスタコフ（窓辺に寄って）なんです、どうしたんです？

商人の声　お願いがございます。どうか、嘆願書をお受け取り下さい。

フレスタコフ　入れてやれ、入れてやれ！　入っていいぞ。オーシップ、入れと言ってやれ。

（オーシップ、出ていく）

（窓から嘆願書を受け取って、なかの一枚を開いて読む）「財務官閣下、商人アブドゥーリン拝……」なんだ、こりゃあ、こんな官職なんぞあるもんか！

第十景

（フレスタコフ、それにワインのボトルの入ったかごと棒砂糖を持った商人たち）

フレスタコフ　なんです、みなさん？

商人たち　たってのお願いがございまして！

フレスタコフ　といいますと？

商人たち　お助け下さい、旦那さま！　あんな横車を押されたんじゃ、たまったもんじゃございません。

フレスタコフ　横車を押すって、誰が？

商人の一人　全部ここの市長でございます。旦那さま、あんな市長は、いるもんじゃございませんよ。言って寄こす無理無体の途方もないこと。兵隊を宿営させては手前どもを苦しめ、こっちは首をくくりたくなるほどです。手前どもの扱いは犬畜生なみ。ひげをむんずとつかんで、「なんだ、お前、タタール人め！」なんて言ってくるんです。本当でございますよ！　手前どもが市長にたてつくならともかく、手前どもはいつだってちゃあんと取り決めは守っております。奥さまや娘さんにドレスが必要だと言われれば、ちゃんとそれをお届けしております。ところが、市長にゃそれだけでは足りない。本当ですよ、まったく！　店に顔を出しゃ、手当たり次第にふんだくっていく。ラシャを見つけりゃ、「こりゃ、いいラシャだ。うちに届けてもらおうか」とくる。それでこちらはすごすごお届けにあがるんですが、それがゆうに十丈はあるかという反物です。

フレスタコフ　本当か？　そりゃあ、ふてえ野郎だ！

商人たち　本当でございますよ！　あんな市長は見たこともありませんや。遠くから市長の姿を見かけただけで、みんな店にあるものをそそくさと隠すんです。かっさらっていくのは小ぎれいなもんだけじゃありませんよ。どんながらくただってふんだくってくんです。樽のなかで七年も寝かせてあって、うちの店の小僧だって食わないスモモだって、やっこさんは抱えてかっさらっていきますよ。市長の名の日の祝いはアントンの日で、もうさんざん付け届はした。むこうはもう何不自由ない生活だろうと高をくっていると、これが大間違い、まだまだ寄こせと言ってくる。オヌーフリーの日も自分の名の日だと言いだす始末です。そう言われるとこっちは仕方ありません、その日にも付け届けをしなくちゃなりません。

フレスタコフ　そりゃあ、もう盗っ人だ！

商人たち　本当ですよ！　たてつこうものなら、まるまる一連隊を家に送り込んで宿営させて嫌がらせをします。何かと言うと、とびらをぴったり閉ざして、「いいか、お前を鞭打ったり、拷問にかけるわけにはいかん。それは法律によって禁じられているからな。だがな、いいか、お前のその口にニシンを突っ込んでやろうか」なんて脅してくる。

フレスタコフ　そりゃあ、とんでもない悪党だ！　もうそれだけでシベリヤ送りだ。

商人たち　どうぞどこへなりと市長のやつをブッ飛ばしちまって下さいまし。ただ、できるだけ、遠くにお願いします。これはほんのおしるしです。砂糖とワインをお収め下さい。

フレスタコフ　いや、そんなお気遣いは無用です。ぼくは、一切賄賂は取らない。だが、もし三百ルーブルばかし融通してくれるってなら、話は別です。借金ならしてもいい。

商人たち　どうぞ、お収めを！（金を取り出す）三百などけちなことはおっしゃらず！　五百のほうがようございましょう、どうか何卒お力添えを。

フレスタコフ　かたじけない。お貸しいただけるなら、異存はありません。お借りします。

商人たち（銀の盆にのせて金を差し出す）さあ、どうぞ。盆ごとお取り下さい。

フレスタコフ　そうですか、それじゃお盆も。

商人たち　（お辞儀をして）どうぞ、砂糖もお収め下さい。

フレスタコフ　いや、それは。ぼくは、賄賂は一切……

オーシップ　閣下！　どうしてお断りになるんで？　いただきましょうよ！　旅先でなんかの役に立つかもしれませんぜ。さあ、砂糖もその袋もよこしな！　全部よこしな！　備えあれば患(うれ)いなしだ。なんだ、そこにあんのは？　紐かい？　その紐ももらおうか、紐だって旅先で役に立たァな。馬車やなんかが壊れたりしたら、それで結わえることができるもんな。

商人たち　それでは、閣下、何卒よろしくお願い申し上げます。あなた様のお力添えがなければ、手前どもはこの先どうして生きていけばいいのか知れません。ただもう首をくるしか手がございません。

フレスタコフ　だいじょうぶ、だいじょうぶ！　ぼくが一肌脱ぎましょう。

（商人たち退場。

「なんだい、どうして通してくれないんだい！　あの方にお前さんのことを訴えるよ。そんなに押すんじゃないよ、痛いじゃないか！」

（という女の声が聞こえる）

フレスタコフ　誰だ、こんどは？（窓際に寄って）なんです、どうしました？

二人の女性の声　お願いでございます、旦那さま！

フレスタコフ　（窓から）通してやれ。

第十一景

（フレスタコフ、錠前屋の女房、下士官の女房）

錠前屋の女房　（深々とお辞儀をしながら）どうかお願いでございます……

下士官の女房　どうかお願いでございます……

フレスタコフ　どちらさまで？

下士官の女房　下士官の妻のイワーノワでございます。

錠前屋の女房　錠前屋の家内、この町の町人、フェヴロニヤ・ペトローヴナ・ポシリョプキナでございます、実は旦那様……

フレスタコフ　まあまあ、話は一人ずつ。で、あなたはどんなご用件？

錠前屋の女房　おそれいります。ここの市長のことでお願いがございます。あんなやつはくたばっちまえばいいんだ！　あのイカサマ野郎の市長も、あいつの子供も、伯父や伯母も、ろくなことにならないがいいんです！

フレスタコフ　またどうして？

錠前屋の女房　うちの亭主の頭を刈って兵役に就かせようっていうんです。まだうちの番じゃないのに、あの悪党め！　それに法にだって反するんです、亭主は女房持ちなんですからね。

フレスタコフ　どうして市長にそんなまねができるんです？

錠前屋の女房　あの悪党はなんだってやりますよ。この世でもあの世でもバチが当たりゃいいんだ！　もしあいつに伯母がいるんなら、伯母に災難が雨あられと降りかかりゃいい、もしあいつの父親ってのが生きてんのなら、そんな悪党はくたばっちまうか、息を詰めておっ死(ち)んじまえばいいんだ、あいつはそういう悪党なんです！　もとはと言えば、仕立屋の息子が兵役に取られる順番なんです。そいつも大酒飲みですよ、それを親が豪勢な贈り物を贈ったもんだから、やつは商人のパンテレーエワの息子に目をつけた。ところがこのパンテレーエワがこっそり市長の奥さんに三反もの麻布を贈ると、あいつはあたしに言ってきた。「お前さん、あの亭主をどうするつもりだ」「あいつはもう役には立ちゃしめえ」なんて言い出しやがるんだ。役に立つか立たないか、そりゃ、あたしが一番よくわかってますよ。大きなお世話だってんです。あいつはそういう悪党なんです！「お前の亭主は盗っ人だ。そりゃ、今はまだ盗んじゃいないかもしれないが、どのみち盗みを働くにちがいない。そんなことがなくっても、来年は兵役に就かせるからな」なんて言うんです。亭主なしで、このあたしはどうすりゃいいんです。あいつはそういう悪党なんです！　あたしはか弱い女なんですよ、そんな女をいじめるなんて、とんでもない下司野郎だ！　あいつの身内なんか、仏の顔を拝めないようになりゃいいんです。姑（しゅうとめ）がいるなら、そんな姑なんか……

フレスタコフ　わかった、わかった。で、あんたのほうは？（錠前屋の女房を送り出す）

錠前屋の女房　（出ていきながら）お忘れにならないでおくんなさいよ、旦那、お願いですから……

下士官の女房　市長のことでお話が……

フレスタコフ　といいますと？　かいつまんで手短に。

下士官の女房　鞭でぶつんです！

フレスタコフ　またどうして？

下士官の女房　それがまちがいなんですよ！　市場で女どもが取っ組み合いをはじめたんですが、警官の来るのがおそくって、それであたしがとっつかまったんです。それでひどくぶたれたもんで、まる二日も足腰がたちゃしません。

フレスタコフ　で、今更どうしろと？

下士官の女房　そりゃあ、今更どうもできません。でも、まちがったことにたいして、罰金を払ってもらいたいんです。あたしにだって、面子(めんつ)ってものがあるんだ。お金があればずいぶん助かりますよ。

フレスタコフ　ようくわかりました。どうぞ、お帰り下さい。ぼくが手を打ちましょう。

（窓から嘆願書を持った何本もの手がにゅっと突き出される）

今度は誰だ？（窓辺に寄って）もうおしまいです、ダメです！　ダメですったら、ダメです！　まったく、うんざりだ！　もう入れるんじゃないぞ、オーシップ！

オーシップ　（窓から大声をはりあげる）帰った、帰った！　きょうはおしまいだ。またあした！

（ドアが開いて、けばだった外套を着込んだ男が顔を突き出す。髭はぼうぼう、唇は腫れ上がり、頬には包帯といういでたち。そのうしろには何人かの人物がたむろしているのが見える）

帰った、帰った！　こら、なんだって入ってくんだ？　（先頭の男の腹を両手で押した勢いでそのまま男と玄関口に出て、後ろ手にドアを閉める）

第十二景

（フレスタコフとマリヤ）

マリヤ　あれっ！

フレスタコフ　何をそんなにびっくりなさるんです、お嬢さん？
マリヤ　いいえ、あたし、びっくりなんかしていませんわ。
フレスタコフ（もったいぶって）嘘おっしゃい、お嬢さん、ぼくのほうは大変愉快ですよ、あなたはぼくのことを何かこう……。失礼ですが、どちらにいらっしゃるおつもりだったんです？
マリヤ　あたくし、ほんとに、ここに来る気ではありませんでしたのよ。
フレスタコフ　ほう、ここにいらっしゃる気ではなかった？
マリヤ　もしや、こちらにかあさんがおじゃましていやしまいかと……
フレスタコフ　いや、ぼくが知りたいのは、どうしてあなたがこちらにいらっしゃる気がなかったかということです。
マリヤ　おじゃまでしたわね。大事なお仕事がおありでございましょう。
フレスタコフ（もったいぶって）お嬢さんの目より大事な仕事なんぞあるもんですか……。あなたがじゃまになるなんて、ありえません、断じてありえません。それどころか、ぼくにとっては大きなよろこびです。
マリヤ　ずいぶん都会風のお言葉ですこと。

フレスタコフ　お嬢さんのような美しい方には当然です。椅子をお勧め差し上げてもようございましょうか？　いや、お嬢さまには椅子ではなく、玉座のほうがふさわしい……。

マリヤ　ええ、あたくし、その……ちょっとここを通りかかっただけですのよ。（腰をおろす）

フレスタコフ　実に素敵なスカーフですね！

マリヤ　まあ、ご冗談を。田舎者をからかってらっしゃるのね。

フレスタコフ　お嬢さまの百合のような首にかじりつけるのなら、ぼくはあなたのスカーフになりたい。

マリヤ　まあ、ご冗談ばっかり。スカーフだなんて……。きょうは変なお天気ですこと！

フレスタコフ　あなたの唇はどんな天気にもまさりますよ、お嬢さま。

マリヤ　そんなことばっかしおっしゃって……それより、記念にアルバムに何か詩でもお書き願えないかと思いますわ。きっとたくさんそんな詩をご存じでいらっしゃいましょう。

フレスタコフ　お嬢さま、お望みとあらばなんなりと。どのような詩をご所望です？

マリヤ　何かこう、素敵な、新しいものを。

フレスタコフ　詩なんて朝飯前です！　いくらでも知ってますよ。

マリヤ　じゃあ、どんな詩をあたくしに書いていただけるか、お聞かせ願えます？

フレスタコフ　お聞かせすることなんかありません。そんなことをしなくったって、ちゃんと心得ておりますから。

マリヤ　あたし、詩が大好きですの……。

フレスタコフ　ぼくの手許にはどんな詩でも取り揃えてありますよ。たとえば、こんな詩はいかがです、「おお人よ、なぜに悲しみのなかで神を恨みたまうぞ……」。ほかのだってありますよ……、今はちょっと思い出せませんがね。でも、そんなことはどうだっていい。それより、ぼくの恋心をお目にかけましょう、あなたをひとめ見たときから……（椅子をにじり寄せる）

マリヤ　恋！　あたし、恋なんてわかりませんわ……恋がどんなものか存じませんもの……（椅子を離す）

フレスタコフ（椅子を寄せながら）どうして椅子をお離しになるんです？　近くにす

わっていたほうがずっといいのに。

マリヤ　（椅子を離しながら）どうして近くに？　離れていたって同じですわ。

フレスタコフ　（にじり寄って）どうして離れるんです？　近くったって同じじゃないですか。

マリヤ　（離れて）どうしてそんなことをなさいますの？

フレスタコフ　（にじり寄って）近いとお思いになるのは、気のせいですよ。離れているとお思いになればすむことです。お嬢さん、もしぼくがこの手であなたを抱きしめることができたら、どんなに仕合わせでしょう。

マリヤ　（窓の外を見つめて）なんでしょう、窓の外を飛んでいったのは？　カササギかしら、それともほかの鳥かしら？

フレスタコフ　（マリヤの肩口に接吻して、窓の外をながめて）あれはカササギです。

マリヤ　（ぷいと立ちあがって）あんまりですわ……なんていけ図々しい……

フレスタコフ　（マリヤを引き止めながら）お許し下さい、お嬢さま。これは恋するゆえなんです。本当に恋いこがれているためなんです。

マリヤ　あたしのことを田舎女とお考えなのね……（意を決して出ていこうとする）

フレスタコフ（なおも引き止めて）愛するがゆえです、本当に愛するがゆえなんです。ぼくは、ちょいとふざけてみただけなんです。どうかお怒りにならないで、お嬢さま！　なんなら、お許しを乞うためにひざまずきましょう。（ひざまずいて）お許しを、何卒お許しを！　ほら、このとおり、ぼくはひざまずいています。

第十三景

（前景の人々とアンナ）


アンナ（ひざまずいているフレスタコフを目にして）あら、いやだ！

フレスタコフ（立ち上がりながら）ええい、ちくしょうめ！

アンナ（娘に）どういうことだい、これは？　なんてまねだい？

マリヤ　だって、かあさん……

アンナ　ここから出てお行き！　聞こえてるのかい、お行きったら、お行き！　もう二度と顔を出すんじゃないよ。

（マリヤは泣きながら退場）

フレスタコフ ごめんなさい、あたし、ほんとに、びっくりしてしまって……

フレスタコフ （わきぜりふ）こっちのほうもいただきたいね。なかなか上玉だよ。（いきなりひざまずいて）奥さま、ぼくはこんなに恋いこがれているんです。

アンナ どうなすったの、ひざまずいたりなさって？ どうぞ、お立ちなさいませ！ ここの床はよごれておりますわ。

フレスタコフ いや、ひざまずかせていただきます。なんとあっても、このままで！ ぼくにお聞かせ下さい、ぼくはどうすればいいのか、生きるべきでしょうか、それとも死ぬべきでしょうか？

アンナ そんなことをおっしゃっても、あたしにはまだなんのことやら。もしあたしの見当違いでなければ、娘のことで承諾をお求めになってらっしゃいますの？

フレスタコフ いえ、ぼくが恋しているのはあなたです。ぼくの命は風前のともしび。もしあなたが、ぼくのこの変わらぬ愛をお受け下さらぬのなら、ぼくはこの世に生きている価値もない身。この胸にたぎる熱き思いをもって、あなたのお手を頂戴したい。

アンナ　そんなことをおっしゃられても、あたしは、その、なんでございます……夫のある身。

フレスタコフ　そんなことはどうでもいい。恋は見境のないもの。かのカラムジンも言っております、「掟は咎む」と。二人して流れのままに身をゆだねましょう……。何卒、お手を！

第十四景

（前景の人々、マリヤがいきなり駆けこんでくる）

マリヤ　かあさん、父さんがかあさんに……（ひざまずいているフレスタコフを目にして声を上げる）あら、いやだ！

アンナ　なんだい？　どうしたのさ？　なんだよまた？　ばたばた忙しい子だねえ！　さかりのついた猫みたいに走りこんできて。何をびっくりした顔をしてるんだい？　また何を考えたんだよ？　まったく、三つの子供じゃあるまいし。とても、とても十八には見えないね。いったい、いつになったら分別がつくんだい、ええ、いつになったら育ちのいいお嬢さんのように礼儀ただしい物腰が身につくんだい。いったい、いつになったら立ち居振る舞いをわきまえるようになるのかね。

マリヤ（涙声で）ほんと、かあさん、あたしは、まさかこんなこととは……

アンナ　あんたの頭ンなかは、いつもなんだかすき間っ風が吹いてんだから。リャープキン＝チャープキンのお嬢さんたちをお手本にしてるからさ。見習う相手がまちがってます。あんな人たちはお手本にはなりゃしません。お手本なら、ちゃんと目のまえにかあさんってお手本があるじゃないか。あんたが見習わなけりゃならないのは、このあたしだよ。

フレスタコフ（娘の手を取って）奥さま、ぼくたちの仕合わせに異を立てないで下さい。二人の変わらぬ愛を祝福なさって下さい。

アンナ（おどろいて）じゃあ、あなたは娘のことを？……

フレスタコフ　どうかご決断を、ぼくは死ぬべきなのか、生きるべきか。

アンナ　ほら、見てのとおりだわよ、ばかだね、あんたは、ほら、ごらんよ。あんたみたいな、みそっかすのために、この方はひざまずいていらっしゃるんだ。それをあんたは、まるで虚けたように走りこんできたりして。まったく、ほんとならあたしのほうからお断り申し上げるのが筋ってもんだよ。あんたは、こんな仕合わせにはもったいないんだからね。

マリヤ　二度とあんなまねはしないわ、かあさん。本当よ、金輪際しないわ。

第十五景

（前景の人々と押っ取り刀で駆けつける市長）

市長　閣下！　どうか、どうか、ご勘弁を！

フレスタコフ　なにごとです？

市長　商人どもがわたくしのことを閣下に訴えましたが、誓って申し上げます、やつらの言うことの半分は嘘っぱちでございます。やつらのほうこそ嘘八百をならべて、人心を惑わしておるのです。下士官のかみさんが閣下に大嘘をついて、わたくしが鞭打ったとか申したでしょうが、それこそ真っ赤な嘘です。あのかみさんは自分で自分を鞭打ったのでございます。

フレスタコフ　下士官のおかみさんのことなんか、ぼくにはどうでもいいことです。

市長　ゆめゆめ信用なさいませんように！　あれは愚かな連中でして……そこらのガキだって、やつらのことは信用しません。やつらが大嘘つきであることは町の誰もが知っております。やつらのこすからいことときたら、あえて申し上げますが、あんな悪党はこの世にいるもんじゃございません。

アンナ　ねえ、あなた、この方がどんな栄誉を私どもにお与えくださったか、ご存じ？　この子に結婚をお申し込みになったの。

市長　やれやれ、何を言いだすんだ！　……かあさん、たわけたことを言うんじゃありません！　閣下、どうかお腹立ちになりませんように。こやつ、少々いかれたようで。これの母親もそうだったんです。

フレスタコフ　いえ、たしかにぼくは申し込みました。ぼくは恋したんです。

市長　嘘でしょう、閣下！

アンナ　そうだとおっしゃってるじゃないの。

フレスタコフ　伊達や酔狂で言ってるんじゃありません……。恋に気も狂わんばかりです。

市長　まだ信じられない。そんな栄誉にあずかる資格はございません。

フレスタコフ　もしご承諾いただけないなら、ぼくは何をしでかすか知れませんよ……

市長　まだ信じられん。閣下、ご冗談でしょう！

アンナ　ああ、なんて石頭なんでしょう！　だから、そうだと言っているじゃないの。

市長　信じられん。

フレスタコフ　どうか、ご承諾下さい！　ぼくは無鉄砲な人間ですからね、何をしでかすか知れませんよ。ピストル自殺でもした日にゃ、裁判にかけられるのは、あなたですぞ。

市長　ああ、困った！　いや、ほんと、わたくし、心にも身にもやましいところはひとつもございません。どうか、お腹立ちになりませんように！　どうぞお好きなように！　もう頭のなかがこんがらがって……何がどうなっているのか、さっぱりわからん。こんな間抜けになったのは、はじめてだ。

アンナ　さあ、祝福してあげて！

市長　（フレスタコフとマリヤ、市長に歩みよる）神の祝福あらんことを。だが、わしは知らんぞ。（フレスタコフはマリヤと接吻。市長は二人を見つめて）ありゃりゃ、こりゃ本当だ！（目をこすって）接吻してやがる！ほんとに接吻してやがる！こうなりゃ、本当に婿だ！（うれしさに小躍りして声をはりあげ）おい、おい、アントン！大したもんだよ、市長さんよ！えらいことになったもんだ！

第十六景

（前景の人々にオーシップ）

オーシップ　馬の用意ができました。
フレスタコフ　ご苦労さん……今行く。
市長　とおっしゃいますと？お出かけですか？

フレスタコフ　ええ、出かけます。

市長　となりますと、それじゃあ……婚礼の日取りはどうなさいますので？

フレスタコフ　あっ、そのことね……ちょいと待って下さい……一日待って下さい、伯父のところに行ってきますんで、金のある老人ですよ。明日には戻ります。

市長　それじゃお引き留めもできませんな、どうぞ無事のお帰りを。

フレスタコフ　もちろんです、もちろんです、ぼくはすぐ戻ります。それじゃ、いとしいマリヤさん……とても言葉じゃぼくの気持ちを伝えきれません！　それじゃね！（マリヤの手にキスする）

市長　道中何か必要なものはございませんか？　金子がご入り用ではございませんか？

フレスタコフ　いえ、だいじょうぶ、なんのためです？（少し考えて）でも、そうだな、そうおっしゃるのなら。

市長　いかほど、ご入り用で？

フレスタコフ　前に拝借したのが二百、いや二百じゃなく四百でしたから――ぼくはあなたの間違いにつけ込むつもりはありませんからね、それじゃあ、全部で八百になるように拝借しましょうか。

市長　ただ今！（札入れから金を取り出す）うまい具合に、ばりばりの新札ばかりです。

フレスタコフ　ほんとだ！（紙幣を受け取って、それをながめながら）これはかたじけない。新札は幸運を呼ぶと申しますからね。

市長　おっしゃるとおりで。

フレスタコフ　それじゃ、さようなら、市長！　おもてなし痛み入ります。本当に、こんなおもてなしを受けたのははじめてです。さようなら、奥さま！　さようなら、いとしいマリヤさん！

（一同退場）

（舞台裏で）

フレスタコフの声　さようなら、ぼくの心の天使マリヤさん！

市長の声　まさか、こんな馬車で？　こんな駅逓馬車でいらっしゃるんですか？

フレスタコフの声　ええ、なれてますから。バネつきの馬車だと頭が痛くなるんです。

御者の声　どうどう……

市長の声　せめて絨毯かなんかでもお敷きになればいいのに。絨毯を出させましょうか?
フレスタコフの声　また、どうして?　いりませんよ。でも、そうおっしゃるのなら、絨毯を頂戴しましょうか。
市長の声　アヴドーチヤ、蔵に行って、一番上等な絨毯を取っといで。空色の地のペルシア絨毯だ。急いで持ってこい!
御者の声　どうどう……
市長の声　お戻りはいつになりましょうか?
フレスタコフの声　明日か明後日。
オーシップの声　なに、絨毯か?　こっちにもらおう、こうしてここに置いてと!で、こっちに干し草をくんな。
御者の声　どうどう……
オーシップの声　こっちだ、こっち!　こっちによこせ!　もひとつ、あいよ!　これでいい。立派なもんだ!（絨毯を手で叩いて）閣下、どうぞお座りなさいまし!

フレスタコフの声　さようなら、市長！
市長の声　ご機嫌よろしゅう、閣下！
女性たちの声　さようなら！
フレスタコフの声　さようなら、お母さん！
御者の声　さあ、すっ飛ばせ！
（鈴の音が鳴り響く。幕）

第五幕

（前幕と同じ部屋）

第一景

（市長、アンナ、マリヤ）

市長 なあ、かあさん、どんな気分だい？　ええ？　こんな事態が予想できたかい？　えらいことになったもんだな、たまげたな！　正直どうだい、夢にも思わなかったろう、しがない市長夫人がだよ、突然、その、なんだ……フーッ、ぶったまげるね！　……どえらい方と縁組みしたもんだ！

アンナ あたしはそんなことありませんよ。前からこうなると思ってました。あなたが泡を食ってらっしゃるのは、あなたがただの民草で、ひとかどの人物をご存じないからよ。

市長　わしだって、ひとかどの人間だよ。それにしたって、かあさん、われわれも大物になったもんだな！　ええ、かあさん？　お偉くなったもんだ、まったくっ！　まずは、訴えたりたれ込んだりしたやつらを懲らしめてやらなくちゃならんな。おい、誰かおらんか？

（巡査、登場）

ああ、君か、イワン・カルポヴィチ！　ここに商人の連中を引っ立ててこい。目にもの見せてやる、悪党どもめ！　このわしを訴えるだと？　汚らわしい裏切りどもめ、思い知らせてやる！　せいぜい、首を洗って待ってろってんだ。これまではまだ大目に見てやったが、これからはそうはいかん、とことん締めあげてやる。いいか、わしのことを訴えようとした連中の名前を全部書き出せ、まずはあの嘆願書をでっちあげた代書屋どもだ。それからみんなに知らせてやれ、神さまが市長にどんな栄誉をおさずけ下さったかってな。ご自分の娘を嫁にやられるんだとな、それもそんじょそこらの雑魚（ざこ）じゃないぞ、権勢ならびのないお方、なんでもおできになるお方だとな！　みんなに教えてやれ、思い知らせてやれ！　全住民に布告しろ、ジャンジャン鐘を打ち鳴らしてやれ、ちくしょうめ！　こうなりゃお祝いだ、勝ち鬨をあげてやれ！

（巡査、退場）

どんなもんだい、ええ、かあさん？　さあ、これからわしらはどうなるのかな、どこに暮らす？　ここかい、それともペテルブルグかい？

アンナ　もちろん、ペテルブルグよ。こんなところにいられますか？

市長　そうだよな、ペテルブルグならペテルブルグでいい。まあ、ここだってわるくはないがね。だが、そうなると、なんだね、わしはもう市長の仕事なんかとはおさらばだね。そうだろ、かあさん？

アンナ　もちろんよ、市長なんて！

市長　だが、そうなると、かあさん、もっと上の役職を頂戴できるかな、なんたってあの方は大臣とも心やすい仲で、宮廷にも参内なさっているというから、昇進の道を開いて下さらないともかぎらない、そうなった日にゃあ、大将に抜擢されることだって夢じゃない。どう思う、かあさん、大将になれるかな？

アンナ　そりゃあ、もちろん、なれるわよ。

市長　こりゃたまらんな、このわしが大将か！　そうなると、肩に大綬の勲章なんぞ掛けてもらうわけだ。どの大綬がいい、かあさん、赤の大綬かな、空色の大綬かな？

アンナ　そりゃあ、もちろん、空色のほうがいいわよ。

市長　へえ？　ずいぶん望みが高いんだな！　赤だってわるくはないよ。なんで大将になりたがるかと言やあ、なにしろ出かけるとなると、伝令や副官がまず露払いに出て、「馬をもて！」とふれて回る。宿場につくと誰も馬を出してもらえず、待ちぼうけを食らってるわけだ。九等官だとか、大尉とか、市長といった連中が待たされているにちがいないやね。ところがこっちは泰然としたもんだ。どこかの県知事の屋敷でもって食事をいただく。市長なんぞ待たせておけってもんだ。へへへ！（げらげら笑いころげる）これがお大尽ってもんだ、こたえられませんな。

アンナ　あなたは、そういうがさつなことがお好きなのね。今後は生活を一変させなくっちゃいけないってことをお忘れにならないでよ。これからのお知り合いは、一緒にうさぎ狩りにお出かけになっていた、あの犬好きの判事さんや病院の監督官なんかじゃないのよ。これからお付き合いすることになるのは、洗練された伯爵や上流社会の方々ですわ。あなたはときどき、上流社会ではけっして耳にしないような言葉をお使いになるけど、あたし、それだけが心配。

市長 どうして？　言葉なんて罪のないものさ。

アンナ 市長のときはそれでもかまいません。でも、あちらでの生活は全然ちがいますわ。

市長 そういや、なんでもあちらにはウナギウオだとかキュウリウオとかいう二種類の魚があるらしいな。一口食べただけで、よだれがタラタラ流れ出すそうだ。

アンナ この人ったら、せいぜい魚のことしか頭にないんだわ。あたしはちがう、あたしたちの家が首都一番のお屋敷でなくちゃいやなの、それにあたしの部屋には竜涎香（りゅうぜんこう）が香（かぐわ）しい匂いを放っていて、部屋に入る人はみんな、こんな風に目を閉じてしまうの。（目を閉じて、鼻いっぱいに空気を吸い込む）ああ、すてき！

第二景

（前景の人々に商人）

市長 やあ、お揃いか！

商人たち（お辞儀しながら）ごきげんよろしゅう、市長さま！

市長 どうだね、元気かね？ 商売のほうはどうだ？ 湯沸かし屋(サモワール)にちんけな呉服屋なんぞが、よくもこのわしを訴えおって！ この悪党、ごろつき、人でなし！ わしを訴えるだと？ で、どうだ、首尾のほうは？ これであいつも刑務所送りだと高をくっていたんだろう！ ……お前さんたちはまだ知るまいな、ちくしょうめ……

アンナ やだわ、またそんな言葉をお使いになって！

市長（憤懣やるかたないようすで）この期(ご)に及んで、言葉なんかにかまっていられますかッ！ やい、お前さんたちが苦情を申し立てたあのお役人はな、うちの娘と結婚なさるんだ、思い知ったか？　どうだ？　ええ？　ぐうの音も出やしまい？　今度はこっちが思い知らせてやるからな……ふん……世間をたぶらかしやがって……。お上の仕事を請け負っては、ボロ同然のラシャを収めて十万ルーブルの荒稼ぎ、それであとから五十尺ばかりの生地を付け届けして、それでご褒美をもらおうって算段なのかい？　それが知れたら、お前たちなんざ刑務所送りだ……おまけに腹なんか突き出して、おれは商人だ、手出しをするなといばりくさりおって。「手前どもは士族にもひけをとりません」だと。ところが士族はな……お前さんたちのようなあほづらは耳の穴かっぽじいてよく聞きやがれ……士族ってのはちゃんと学問を積んでんだ。たとい学校で鞭で打たれることがあったって、それにゃあいわくがあって、役に立つ学問を修めさせようってためだ。お前たちはそうじゃない、習い覚えのはじまりがインチキで、だましの手管（てくだ）が足りないといっては、主人から折檻されるんじゃないか。「主のお祈り」も知らんガキのうちから寸法をごまかす。そのうち腹が出てきて、財布がふくらんでくりゃあ、偉そうにふんぞりかえる！　いやはや、ご立派なもんですな！　一日に十六回も湯沸かし器（サモワール）の湯を空にするんで、それでそんな偉そうな顔つきになるのかねえ？

そんなおつむや偉そうなつらにゃ虫酸が走るよ！

商人たち（お辞儀をしながら）手前どもが悪うございました。

市長　よくもこのわしを訴えられるもんだ？　お前が橋を請け負ったときに、百ルーブルもしない材木に二万の値をつけて、ペテンに手を貸してやったのは、どこの誰でしたっけ？　このわしじゃないか、山羊ひげの旦那！　よもや忘れたとは言えまい？　こいつを明るみに出して、貴様をシベリヤ送りにしてやることもできるんだ。どうだ？　ええ？

商人の一人　重々申し訳ございません、市長！　魔がさしたというやつで。誓って、二度と訴えなぞいたしません。なんなりとお気のすむようにいたしますので、平にご容赦を！

市長　平にご容赦だと！　今はこうしてお前はわしの足下にひれ伏してるが、これはまたどうしてだい？　わしが勝ったためだ。ところがほんの少しでもお前に分があってみろ、悪党め、きっとわしを泥のなかに叩きこんで、さらに上から丸太でもおっかぶせるにちがいないんだ。

商人たち（平身低頭して）どうか、お助けを！

市長　お助けを！　おや、今度は泣き落としかい！　前にはなんと言った？　まったく、お前さんたちは……（呆れたようすで手を振り下ろして）もう、勝手にしろ！　うんざりだ！　わしはいつまでも根に持つ性質じゃない。ただ、これからはせいぜい気をつけることだな！　わしは今度娘を嫁にやるが、相手はつまらん士族なんぞじゃないぞ。祝言をあげてやらなくちゃあならん……わかるな？　魚の薫製や棒砂糖でお茶をにごそうではすまんからな……さあ、帰った、帰った。

第三景

（前景と同じ人々、判事、慈善病院監督官、のちにラスタコフスキーが加わる）

判事　（ドア口から）噂は本当ですか、市長、また福の神を引きあてられたとか？

慈善病院監督官　ご多幸お慶び申し上げます。お話をうかがって、私、小躍りいたしました。（市長夫人の手を取りに歩みよって）奥さま！　（マリヤの手を取りに歩みよって）お嬢さま！
ラスタコフスキー（登場）市長、おめでとうございます。市長ならびにご新郎ご新婦さまが末永くお仕合わせでありますように、孫曾孫の代まで子宝にめぐまれますように！　奥さま！（市長夫人の手を取りに歩みよる）お嬢さま！（マリヤの手を取りに歩みよる）

第四景

（前景と同じ人々、コロープキンとその女房、リュリュコフ）

コロープキン　おめでとうございます、市長！　奥さま！（市長夫人の手を取りに歩みよる）お嬢さま！（マリヤの手を取りに歩みよる）
コロープキンの女房　心からお慶び申し上げます、奥さま、お仕合わせでございますわね！
リュリュコフ　おめでとうございます、奥さま！

（市長夫人の手を取りに近づき、それから観客のほうを向き、不敵なつらがまえをして舌打ちをする）
おめでとうございます、お嬢さま！（マリヤの手を取りに近づき、先と同じつらがまえで観客のほうに向き直る）

第五景

（フロックコートや燕尾服を着込んだ大勢の客が、まずは「奥さま！」と言いながら市長夫人の手を取りに歩みより、次に「お嬢さま！」と言いながらマリヤに歩みよる。ボプチンスキーとドプチンスキーが人をかきわけ前に出てくる）

ボプチンスキー　おめでとうございます！
ドプチンスキー　おめでとうございます、市長！
ボプチンスキー　まことにおめでたいことで！

ドプチンスキー　奥さま！

ボプチンスキー　奥さま！

(同時に近づこうとして、鉢合わせする)

ドプチンスキー　お嬢さま！

(マリヤの手を取りに歩みよる)おめでとうございます。お嬢さまは末永くお仕合わせになられますよ。そりゃあもう、豪華な衣裳なんかお召しになりまして、いろんなお上品なスープをお召し上がりになって、なんの愁いもない毎日をお過ごしになりますよ。

ボプチンスキー　(さえぎって)お嬢さま、おめでとうございます！　いや、きっと立派に身上(しんしょう)を築かれますよ。それに、こんな小さなお子さんなんかもさずかりましてね、こんなちっちゃなね(と手で示す)、手の上なんかにのっちゃうくらいの小さなお子さんですよ。その子が「おぎゃー、おぎゃー」なんて泣くんでしょうな……

第六景

（さらに数人の客が市長夫人とマリヤの手を取りに歩みよる。視学官とその妻）

視学官　これはどうも、おめでとうございます、奥さま！（市長夫人とキスをする）

視学官の妻　（走り出て）おめでとうございますよ。「アンナさんが娘さんをお嫁におやりになるそうだよ」って言うじゃありませんか。「あらま、ほんとうかい！」――あたし、そう考えましてね、あんまりうれしいもんだから、うちのこの人に「あんた、知っておいでかい、アンナさんはどえらい果報者だよ」って言ってやったんです。「お陰様で、ほんと、よかった！」、そう思いましてね、この人にこう言ったんです、「ほんとうれしくって、あたしゃ居ても立ってもいられやしないよ、今から奥さまにお祝いを申し上げに行ってくるからねっ……」って。「ほんとよかった、奥さまはかねがねお嬢さまにいいお婿さんをとお心がけになってたけれど、うまく行くときにはうまく行くもんで、奥さまの思いどおりになったじゃないか」、とこう思いますと、あたしゃ、ほんとにうれしくって、口もきけやしません。泣いて、泣いて、そりゃあもう、ぼろぼろ涙が出てきて止まらないんでございますよ。するとこの人ったら、「どうしたんだ、お前、そんなに涙を流したりなんかして？」と申すじゃありませんか。「それが自分でもわからないんだよ、どんどん涙が出てきてしまうのさ」とあたしゃ言うんです。

市長　どうぞお掛け下さい、みなさん！　おーい、ミーシカ、もう少し椅子を持ってきてくれ。（客が腰をおろす）

第七景

（前景の人々、区警察署長、数人の巡査）

区警察署長　閣下、おめでとうございます、末永くお仕合わせに！

市長　ありがとう、ありがとう！　どうぞお掛け下さい、みなさん！
（客たちが席につく）
判事　ところで市長、ひとつお聞かせ願いたいものですな、ことのはじまりは何です、どんな風にことは進んだのですか？
市長　思いもよらぬ展開ですな。ご自分から申し込まれたんだ。
アンナ　それはそれは丁重でお心づかいのあるなさり方ですのよ。そのお話のじょうずなことったら。「奥さま、ぼくはひとえに奥さまの人となりに心服いたしました……」と、こうなんですよ。そりゃあ、お育ちのいい、ちゃんと礼儀をわきまえた方ですわ！「ぼくには、奥さま、この命なんか、はした金にすぎません。ぼくはただただ奥さまのたぐいまれなるお人柄に心服いたしますがゆえに」。
マリヤ　あーら、かあさん！　それはあたしにおっしゃったことよ。
アンナ　およしったら、あんたは何もわかっちゃいないんだから、口出しするんじゃありません！「ぼくは、奥さま、感に堪えません……」なんてうれしいことをおっしゃるじゃありませんか……。それであたしが、「滅相もありません。あたくしどもにはもったいないおはなしです」と申し上げようとしましたら、いきな

りあの方はひざまずかれて、そりゃあもう奥ゆかしい物腰で、「奥さま、どうか
ぼくを不幸のどん底に突き落とさないで下さい。ぼくの気持ちにおこたえ下さい、
さもないとぼくは死でもってこの命に決着をつけるつもりです」

マリヤ あーら、かあさん、それはあたしのことでおっしゃったことよ。

アンナ そりゃあ、もちろんよ……あんたのことさ、あたしゃ何もそうじゃないとは
言いやしません。

市長 あれにゃあ、おどろかされました。ピストル自殺するっておっしゃるんだから。
「ピストル自殺だ！」っておっしゃるんだ。

大勢の客たち ほう、そりゃたいへんだ！

判事 そりゃあ、ことだ！

視学官 いや、ほんと、それがご縁ってもんでしょうね。

慈善病院監督官 ご縁なんかじゃありませんな。縁なんて、気まぐれなもんですよ。
まじめにお勤めしていたご褒美ですよ。（わきぜりふ）えてしてこういう豚野郎に
幸運が転がりこむんだよ！

判事 市長、もしよろしかったら、まけろまけないでもめていた、あの犬、おゆずり

してもよろしいですよ。

市長　いや、今は犬どころじゃありませんな。

判事　じゃあ、あれがお気に召さないなら、ほかの犬でもよろしいです。

コロープキンの女房　ああ、奥さま、あたし、うれしくって、うれしくって。ほんと、他人ごととは思えませんわ。

コロープキン　ところで、当のご本人は、今どこにいらっしゃるんです？　何かご用があってお出かけとうかがいましたが。

市長　そうなんだ、のっぴきならない用があって、一日の予定でお出かけになった。

アンナ　伯父さまのところへ、祝福をお受けにいらっしゃったの。

市長　祝福を受けにね、だが、あすにはもう……（くしゃみをする。一同のお祝いの声が一つのどよめきとなる）

いや、痛み入ります！　だが、あすにはお戻りになる……（くしゃみをする。お祝いのどよめき。そのなかでひときわ目立つ数人の声）

区警察署長　ご健康で、閣下！

ボプチンスキー　百年の命、黄金の山にめぐまれますように！

ドプチンスキー　千年も万年も長生きを！
慈善病院監督官　くたばっちまえ、この野郎！
コロープキンの女房　このあほ、ばか、おたんこなす！
市長　ほんとうにありがとう！　あなた方も、どうかそうありますように。
アンナ　あたくしども、これからはペテルブルグで暮らしますの。ここは、空気がこんなでございましょう……田舎くさいったらありゃしない！　ほんと、不愉快なことばっかり……このうちの人も……むこうへいったら将官の位を頂戴いたしますの。
市長　そうなんです、みなさん、実をいいますと、私は将官になりたくってたまらないんだ。
視学官　神さまが叶えて下さいますよ！
ラスタコフスキー　人には不可能でも、神さまならなんでもござれです。
判事　大きな船には大航海がふさわしいってわけですな。
慈善病院監督官　まじめにお勤めしていれば、名誉はあとからついてくる。
判事（わきぜりふ）ほんとに将官にでもなった日にゃあ、こいつ、何をしでかすかわからんぞ！　こいつが将官だなんて、ひょうたんから駒もいいとこだ！　いやいや、まだ将官になるまではひと山もふた山も越えなきゃならん。世の中には貴様よりもっと立派な連中がいるってのに、まだ将官になっちゃいないんだからな。

慈善病院監督官　（わきぜりふ）ええい、ちくしょう、こいつが将官の仲間入りとはね！　こりゃあ、ほんとになっちまうかもしれんぞ。ちくしょうめ、あれでなかなか貫禄があるからな。（市長に向かって）市長、その節は私たちのこともお忘れなく。

判事　何か仕事上で問題がおきた場合には、お力添え願いますよ。

コロープキン　来年にはせがれを都に出して、官職に就かせます。その節には、どうか面倒を見てやって下さい、父親がわりになってやって下さいまし。

市長　あたしに出来ることでしたら、汗を流させていただきますよ。

アンナ　あなたは、いつも安請け合いばかりなさるのよ。第一、そんなことを考えている暇なんかなくってよ。そんな安請け合いばかりしていちゃ、身が持たなくってよ。

市長　どうしてだい？　ときには出来るさ。

アンナ　そりゃあ、お出来になるでしょうが、面倒見るのも人によりけりだわ、何を好んでこんな雑魚まで。
コロープキンの女房　聞いたかい、いまあの女があたしたちのことをなんて言ったか？
女の客　ああ、あの女はいつもああさ。あたしゃよく知ってるよ。あの女、テーブルに着かせりゃ、テーブルの上に足をのっける女さ……

第八景

（前景の人々、あわてふためいた郵便局長、手には開封した手紙を持っている）

郵便局長　おどろくべき事件です、みなさん！　われわれが査察官だと思っていた役人は、査察官じゃなかった。
一同　査察官じゃないって？

郵便局長　ええ、査察官なんて真っ赤な嘘。手紙からわかったんですが……

市長　なに？　なんだって？　どんな手紙だ？

郵便局長　あの男の手紙ですよ。局に一通の手紙が来たもんで、ひょいとのぞいてみると、これが「中央郵便局通り」となってる。わたしゃ目の前が真っ暗になりましたよ。「こりゃきっと郵便行政のデタラメがばれたにちがいない、それで本局のほうにご注進におよんだんだ」とピーンときた。そこで、開封したんです。

市長　よくもそんなことを。

郵便局長　なんか得体の知れない力に突き動かされたんでしょうね。早便で発送しようと、急使を呼ぼうとしたんですが、これまでついぞ感じたことのない強い好奇心に負けましてね。ダメだ、ダメだ、我慢できないって声がして、どんどんそっちに引っぱられるんです。一方の耳では、「こら、封を切るなよ、そんなことしちゃあ、一巻の終わりだぞ」って声がする。すると、もう片方の耳では、「開けちゃえ、開けちゃえ、開けちゃいな」って悪魔のやつがささやくんです。封蠟に指をふれると、体中がカーッと熱くなって、いよいよ封を開けたときにゃあ、こんどは全身にサアーッと寒気が走りましたよ。手なんかガタガタ震えて、目の前は真っ暗です。

市長　あのような密命をおびた要人の手紙を開けるなんて、君も相当な度胸だな？

郵便局長　問題はそこなんで、あの男、密命なんかおびてもいなければ、要人でもないんです。

市長　じゃあ、君に言わせりゃ、何者なんだ？

郵便局長　そのどちらでもない、どこの馬の骨だかしれやしません。

市長　（激昂して）馬の骨だと？　あの方をつかまえて、馬の骨だとよくも言えたもんだ。どうなっても知らんぞ……。わしは君を逮捕する……

郵便局長　だれが？　あなたが？

市長　そうだ、このわしがだ！

郵便局長　あんたにそんな力はありませんよ！

市長　あの方はうちの娘と結婚なさるんだ、わしも高官になって、どんなやつでもシベリヤ送りにすることができるようになる、そんなことも君は知らんのか？

郵便局長　何を言ってらっしゃるんです、市長！　シベリヤ？　そりゃあ遠いですな。それよか、あなたにこの手紙を読んでお聞かせしたほうがいいですよ。みなさん、手紙を読みますが、いいですね！

一同 読んでくれ、読んでくれ！

郵便局長 （読む）「トリャピーチキン君、ぼくの身に起こった顚末を取り急ぎお知らせする。道中ある歩兵大尉にすっかり巻き上げられて、宿屋の主人なんかはぼくを刑務所にぶちこもうとしたぐらいだ。ところがどっこい、このペテルブルグの押し出しと身なりのなせるわざ、ここの連中はぼくのことをどこかの総督と勘違いした。それで今ぼくは市長の家に厄介になって、太平楽をきめこんで、しゃにむにここの奥さんと娘の尻を追いかけ回している。だが、どっちから手をつけるか、それが問題だ。まあ、母親のほうからだろうね。なにしろ、あちらさんは、なんでもよろこんでって様子だからね。そういえば、二人で金がないときに、よくただ食いしていたことがあったよね、それであるときぼくがイギリス国王の勘定にして肉饅頭（ピローグ）を食ったんで、店の主人に襟首をつかまれたことがあった。ところが、今はまったく逆の展開なんだ。誰もが好きなだけ金を貸してくれる。ここの連中ときたら、まったくおめでたいやつばかりだ。君だったら笑い転げてお陀仏だろうさ。君はよくものを書くんだから、やつらを君の作品に登場させるといいよ。第一に市長、これが玉をぬかれた廃馬のようなバカ野郎……」

市長 まさか！　そんなことが書いてあるもんか。

郵便局長 (手紙を見せて) じゃあ、ご自分でお読みになったらどうです。

市長 (読む)「玉をぬかれた廃馬のような」——ありえん！　君が書いたんだ。

郵便局長 なんで私が書くわけがあります？

慈善病院監督官 読んでくれ！

視学官 読んでくれ！

郵便局長 (読みつづける)「市長、これが玉をぬかれた廃馬のようなバカ野郎……」

市長 ちくしょうめ！　わざとくり返していやがる！　もう一度言うことなんかないじゃないか。

郵便局長 (読みつづけながら) ふむ……ほう……ふむ……ほう……「玉をぬかれた廃馬のような。郵便局長もいいやつで……」(読むのをやめて) ここは私のことですな、口に出すのもはばかられるようなことが書いてある。

市長 いや、読みたまえ！

郵便局長 なにも、そこまでしなくっても……

市長　くだくだ言うんじゃないよ、読むときめたら、読みゃいいんだ！　さあ、読みたまえ！

慈善病院監督官　じゃあ、私が読みましょう。（眼鏡をかけて読む）「郵便局長というのは役所の門番のミヘーエフとそっくりだ。きっとろくでもない野郎で、大酒飲みなんだろう」

郵便局長　（観客に向かって）なんてむかつくやつだ、こういうのは一度痛い目にあわせてやらんとダメだ！

慈善病院監督官　（読みつづける）「慈善病院監督官は……えーえーえー」（つっかえる）

コロープキン　なんでやめるんです？

慈善病院監督官　いや、読みにくい字でね……それにしたって、もうあいつがろくでもないやつであることは明らかだ。

コロープキン　貸して下さい！　私のほうが目はいいでしょうから。（手紙をうばおうとする）

慈善病院監督官　（手紙を渡そうとしないで）いや、ここは飛ばしてもよさそうだ。うん、この先は読める。
コロープキン　まあ、そんなことはおっしゃらずに、私なら読めますから。
慈善病院監督官　だいじょうぶ、読めるから。ほんと、この先はずっと読みやすいんだ。
郵便局長　いや、全部読んで下さい！　前の箇所は全部読んだんだ。
一同　さあ、手紙を渡して！　（コロープキンに）読んでくれ！
慈善病院監督官　わかったよ。（手紙を渡して）ほら、ここんところから……（指である箇所をかくす）ほら、ここね、ここんところから。
（一同、彼につめよる）
郵便局長　さあ、読んで、読んで！　まったくっ、ぜんぶ読みゃあいいんだ！
コロープキン　（読む）「慈善病院監督官のゼムリャニーカ、これは帽子をかぶった下司なブタ野郎」
慈善病院監督官　（観客に向かって）野暮ったい言い方だね！　帽子をかぶったブタ野郎だってえ！　ブタが帽子なんかかぶりますかってんだ！
コロープキン　（さらに読みつづける）「視学官はプンプンと玉ねぎの臭いがする」
視学官　（観客に向かって）ほんと、玉ねぎなんか、口にしたこたァ一度もありませんよ。

判事 (わきぜりふ)やれやれ、おれのことはなさそうだな!
コロープキン (読む)「判事の……」
判事 あらまっ、おいでなすったか! (声に出して)みなさん、この手紙、長すぎやしませんか。らちもないですよ、そんなデタラメ読んだって。
視学官 そんなことはありません。
郵便局長 いや、読んで下さい!
判事 じゃあ、いいよ、お読みなさい!
コロープキン (つづける)「判事のリャープキン゠チャープキンはすこぶるモーヴェトンだ」(読むのをやめて)きっと、フランス語ですな。
判事 意味なんか、知るもんかッ! 悪党ぐらいならまだしも、もっとわるい意味かもしれん。
コロープキン (読みつづける)「とはいえ、みんな愛想のいい、親切な連中だ。これで筆をおくことにする。ぼくも君にならって文学に手を染めたいと思うよ。こんな暮らしはつくづく退屈だ。なんか心にグッとくるものがほしい。どうやら、もっと真っ当な仕事に就くべきなんだろうね。手紙をくれたまえ。住所はサラトフ県、ポドカチーロフカ村」（手紙を裏返して、宛名を読む）「サンクト・ペテルブルグ、中央郵便局通り、九十七番地、中庭に折れ、三階右、イワン・ワシリエヴィチ・トリャピーチキン殿」

婦人の一人　ずいぶん減らず口をたたいたものだわね、おどろきましたわ。

市長　バッサリやるときにゃやるもんだ！　まいった、いやあ、まいった！　何も見えん。見えるのはどこぞのブタづらばかり、そのほかは何も見えん……。連れ戻すんだ、やつを連れ戻せ！（厄介払いするように腕を振り下ろす）

郵便局長　連れ戻すたってえ！　私はわざわざ所員に一番上等な三頭立ての馬車を出すよう指示したんですよ。魔がさして命令なんか出しちまったんです。

コロープキンの女房　ほんと、えらく引っかき回されたもんですわね。

判事　そう言や、ちくしょうめ！　あいつは私から三百ルーブル借りてったんです。

郵便局長（溜息をついて）そうか！　私も三百取られた。

ボプチンスキー　私とドプチンスキーは六十五ルーブル、お札で。

判事（唖然として両手を広げ）やられたなあ！　われわれはまんまとしてやられたんだ。

市長　(額を打って)わしとしたことが、ふがいない。老いぼれて、焼きがまわったもんだ！　わしは三十年の勤めのなかで、商人にも業者にも出し抜かれたことはない。わしのほうが悪党どもを手玉にとってきたんだ。海千山千の山師やペテン師を相手に、やつらを引っかけてきたのはこのわしだ。三人の県知事だって丸め込んでやったんだ！　県知事がなんだ！　(腕を振り下ろす)何を今さら県知事だなんて……

アンナ　でも、そんなことありえませんわ、あなた。あの方は娘と婚約なさったのよ……

市長　(怒りにまかせて)婚約だと！　空手形だよ、空手形、婚約なんて！　婚約なんてちゃんちゃらおかしい！　……(激昂して)さあ、見るがいい、みなさんがた、キリスト教の信徒の方々、さあ、とくとごろうじろ、市長がまんまと一杯喰わされたこのざまを！　このバカ野郎、老いぼれのろくでなしのおおバカ野郎！　(拳固で自分をさして脅すようなしぐさ)えい、このししっ鼻め！　あんなろくでもない雑魚を大物と取り違えおって！　今ごろやつはシャンシャン鈴を鳴らして街道をまっしぐらだ！　きっと世間にこの顚末をふれまわってくれることだろうよ。いや、晒し者になるだけならまだしも、へなちょこ文士がしゃしゃり出て、滑稽な芝居に仕立てないともかぎらん。ああ、面目ない！　官位も地位もあるものか、世間の連中は大口開いて笑いころげ、両手を打って小躍りするにちがいない。やい、いったい何を笑っていやがる？　笑っているのは、てめえ自身のことだぞ！　……まったく、お前たちときた日にゃ！（怒りにかられて足で床を踏み鳴らす）やい、へぼ文士ども！　三文文士に自由主義者のくそったれども！　やい、犬畜生のすっとこどっこい！　てめえたちなんざ縄でひっくくって、粉みてえにすりつぶし、悪魔の着物の裏地や帽子のなかに詰めこんでやる！（拳固を突き出し、かかとで床をドンと踏みしめる。しばらく黙りこくっているが、やがて）今になっても、まだわしは正気に戻れん。神が罰を下されるときには、まず分別をお取り上げになるというが、本当だ。実際、あんなすれっからしのどこが査察官だ？　ちゃんちゃらおかしいや！　査察官らしいところなんざ、これっぽかしもあるものか――それを、いきなり、ええ？　査察官だァッ！　誰だ、最初に査察官だなんて言い出したのは？　いったい、誰だ？

慈善病院監督官（両手を広げて）どうしてこんなことになったのか、さっぱりわかりませんな。まるで霧にたぶらかされたみたいで、キツネにつままれたようです。

判事　そうだ、誰だ、こんな嘘っぱちをまき散らしたのは――ははーん、お前さんたちだな！（ドプチンスキーとボプチンスキーを指さす）

ボプチンスキー　ほんと、私じゃありません！　滅相もない……。

ドプチンスキー　私は、何も、ちがいますよ……。

慈善病院監督官　もちろん、お前たちだ。

視学官　そうだ。泡食って宿屋から駆けつけたんだ。「来ましたよ、来ましたよ、金も払わないんです」って。お門違いもいいとこだ。

市長　もちろん、お前たちだ！　この出しゃばりの大嘘つき！

慈善病院監督官　査察官だなんだと、よくもデタラメならべやがったな！

市長　町中走りまわってみんなを混乱させおって、このおしゃべり！　噂をまき散らすだけの、カササギ野郎！

判事　間抜けのどあほ！

視学官　ばかったれ！

慈善病院監督官　おたんこなす！

（一同、二人を取り囲む）

ボプチンスキー　ほんと、私じゃありません。このピョートル・イワノヴィチのせいです。

ドプチンスキー　ええッ、なに言うんだ、ピョートル・イワノヴィチ、お前さんが最初に……

ボプチンスキー　いいや、そうじゃないよ、最初に言いだしたのはお前さんのほうだ。

最終景

（前景の人々、憲兵）

憲兵　特命によりペテルブルグから到着せられたお役人が、ただちに出頭せよと仰せです。ただ今宿屋にご投宿になりました。

この言葉に一同は雷に打たれたようになる。

ご婦人たちの口からいっせいに驚きの声があがる。

一同は一瞬のうちに立ち位置を変え、そのまま石と化す。

だんまりの場

市長は両手を広げ、頭をのけぞらせて、舞台中央で仁王立ち。

その右手に妻と娘、全身で市長に駆け寄ろうとしている。

その横には、観客に向かって疑問符と化したような格好の郵便局長。

その隣には、うぶなようすで途方にくれた視学官。

その隣、壁際のところに三人の婦人客が互いに寄り添って立っている。

その顔には市長一家をあざけるような表情が浮かんでいる。

市長の左手には慈善病院監督官のゼムリャニーカがまるで何かに聞き入っているように少し頭を横にかしげている。

その隣には両手を開いて、ほとんど床に座り込まんばかりの判事、

その口元はまるで口笛を吹こうとしているのか、
「とんだ災難でござんすな！」とでも言い出しそうな気配。
その隣には、観客に向かってウインクをして、
市長を嘲笑しているようなコロープキン。
その隣の壁際にはボプチンスキーとドプチンスキーの二人。
互いに両手を差しのべ合って、あんぐり口を開け、
お互いに目をむいて立っている。
ほかの客はただ棒立ちになったまま。
一分半ばかり、この石と化した人々はそのままの姿勢をくずさない。
幕が下りる。

解説

浦　雅春

ニコライ・ワシーリエヴィチ・ゴーゴリ（一八〇九〜一八五二年）は近代ロシア文学の悲劇を生きた最初の作家だった。

言論の自由を持たなかったロシアでは、文学はいびつな立場をしいられた。文学はたんにおもしろおかしい物語を語ったり、言葉の調べを愉しんだり、意表を突いた展開で鬼面人を驚かせるたぐいのものであってはならなかった。あくまでもまじめで、真摯で、人生の指針となるべきものだった。言葉は聖なるもので、発せられた言葉は真実を射抜く。そうした聖なる言葉を操る詩人（作家）の地位はきわめて高い。作家は真実の言葉を伝達する「人生の師」なのである。「ロゴセントリズム」（「言葉中心主義」）のメンタリティが深く人々の意識をむしばんだ。文学はその任でもない過大な責任を担わされたのである。そこに「悲劇」が生じる。自分の資質と社会的に要請される役割の乖離、その二つのはざまで作家の自己は引き裂かれた。

ある意味でこの悲劇をみずから演出し、自縄自縛におちいったのがゴーゴリだった。そのためゴーゴリの人生はボタンの掛けちがえに終始した。誤解につぐ誤解、誤解を解こうと打つ手が新たな誤解を生む。誤解に振りまわされてゴーゴリはひたすら困惑する。なんだかゴーゴリが描き出す主人公にそっくりではないか。

ボタンを掛けちがえた生涯

ゴーゴリは一八〇九年ウクライナに生まれた。日本の中学・高校にあたるギムナジアを卒業すると、一八二八年、ロシアの都ペテルブルグに乗りこんできた。その胸には大いなる野心が秘められていた。「国家有為の人物となる」――笑ってはいけない、ゴーゴリは大まじめなのだ。彼は国許で書きとめていた牧歌的な叙事詩『ガンツ・キューヘリガルテン』をアーロフという筆名で自費出版した。これでロシアの文壇をあっと言わせてやろうという目算だったが、読書界の反応は冷ややかで、批評家からはロマン主義の亜流にすぎないと叩かれた。自尊心を傷つけられたゴーゴリは、売れ残った詩集をすべて店頭から回収してまわり、捌(さば)けなかった詩集を焼却した。なんと屈辱的なデビューだろう。

生涯にわたってゴーゴリは三度原稿を火中に投じたが、これが最初だ。自分が思い描くイメージと世間が下す評判の落差——誰しも経験する落差だが、彼の場合はその落差が桁外れに大きかった。その落差に翻弄されつづけたのが彼の生涯だ。

落胆したゴーゴリはいきなりドイツに旅立つ。その理由を神の啓示だとか、失恋のためだと説明するが、あとから理屈をこねあげるのは彼一流の遁辞だし、事あるごとに逐電するのも彼の習性だ。

二か月後、ペテルブルグに舞い戻ったゴーゴリは、今度は舞台に立とうとした。役者になろうというのだ。ところがオーディションは散々な出来で、あえなくこの試みも挫折する。やむなく一八二九年のおわりに下級官吏の仕事に就いた。それから一八三一年まで辛い官吏生活を送った。ところが世の中何が幸いするか分からない、この貧しい官吏の経験がのちの「ペテルブルグもの」とよばれる哀れな官吏を扱った小説に結実するのだ。

たまたま上司にいた詩人のパナーエフを通じて、ゴーゴリは文学界へ足を踏み入れることになった。一八三〇年から文芸誌の「祖国雑記」や「北方の蜜蜂」に作品を発表し、創作を通じてジュコフスキーやプレトニョフらの詩人や作家たちと親交を結んだ。そして一八三一年五月プーシキンとの出会い。終生彼が師と仰ぐ詩人との出会いだった。一八三一年秋には最初の短編集『ジカニカ近郷夜話』第一部、翌三二年には第二部を出版した。

『ジカニカ近郷夜話』に収められた作品はいずれも詩情豊かなウクライナを背景に、水の精や魔女や悪魔、妖怪が跋扈する幻想的で怪奇的な物語だ。当時ロシアでエキゾチックな魅力に満ちたウクライナへの関心が高まっていたことも幸いして、作品はたちまち読書界の話題をさらった。「なんという詩興、なんという繊細さ！」とプーシキンも絶賛した。

一八三一年、ゴーゴリは官職を辞し、プレトニョフの斡旋で愛国女子学院の歴史の教師となった。どれほど本人の自覚があったのかは定かではないが、これをきっかけにゴーゴリは本気で大学の歴史の教授として立とうとした。どうやら彼はつねに妄想に取り憑かれる人間であったらしい。

一八三三年には新設のキエフ大学の歴史講座の教授のポストにありつこうと奔走したが、これは功を奏さなかった。しかし、一八三四年にはプーシキンなどの奔走の甲斐あって、ペテルブルグ大学中世史講座の助教授に採用された。ほとんど業績もない人物が大学の助教授とは、ずいぶんいい加減な話だ。

案にたがわず、講義はひどいものだったらしい。たしかに第一回目の講義は、講義内容を全部暗記していたのでぼろを出さずにすんだが、次の講義にゴーゴリはかなり遅れてやって来て、「アジアはつねに人種の坩堝（るつぼ）だった」と話したかと思うと、二〇分ばかりで早々に切り上げてしまった。これが前回聴衆をうならせたゴーゴリかと思うほど、その講義は精彩を欠いていたという。ゴーゴリは三回に二回は休講し、その話しぶりは支離滅裂であったらしい。親戚がやって来たと言っては講義を端折り、顎が腫れてしゃべれないという様子で頬に包帯を巻いてきたというのだから、その講義は相当に怪しいものだった。本人も苦痛だったのだろう、一八三五年の一二月にはあっさり辞職している。

創作の面では一八三五年はゴーゴリにとって実りの多い年だった。『アラベスキ』と『ミルゴロド』の二つの作品集がそれを示している。『ミルゴロド』は先の『ジカニカ近郷夜話』に連なるウクライナものだが、なかでも『タラス・ブーリバ』は奔放なコサックの生活を壮大な歴史的なスケールとラブレーばりのユーモアのなかに活写した作品となっている。一方『アラベスキ』に収められた『狂人日記』や『ネフスキー大通り』の作品では、ペテルブルグという都会を舞台に夢と現実の落差という現実的なテーマが前面に押し出され、のちの『鼻』や『外套』の世界を予示している。

同じ一八三五年、ゴーゴリはプーシキンから提供された題材をもとに戯曲『査察官』を書いた。のちにゴーゴリの言によれば、「何よりも公正さが要求される場所と機会に見られるロシアにおける一切の悪しきものを十把一絡げに笑い飛ばしてやろう」(「作者の告白」一八四七年)と一気呵成に書き上げられた。翌年ペテルブルグとモスクワで初演されるや、芝居は喧々囂々（けんけんごうごう）たる騒動を巻き起こした。進歩的知識人は、やりこめられる市長たちの姿にやんやの喝采を送り、ペテルブルグの高級官僚や保守派の批評家たちからは公然たる体制批判だと憤激を買った。

これはゴーゴリには思いも寄らぬ非難だった。これだけどぎつく風刺していながらその自覚がないのはいかにもゴーゴリらしいのだが、ゴーゴリには体制批判の意図などさらさらなかった。彼はただ社会の不正をやり玉にあげて人々の魂の浄化を図ろうと考えていたのだ。「魂の浄化」とはまた大袈裟なと思われるかもしれないが、ここでもゴーゴリは大まじめなのだ。

芝居の社会的反響の大きさに恐れをなしたゴーゴリは早々に外国に遁走する。その後一二年の間、二度ばかりロシアに帰ったきりで、もっぱらローマで生活した。「ロシアではほとんどロシアを見ることができない」というのが彼の言い訳だ。やはりプーシキンの示唆によって『死せる魂』を書きはじめたのは一八三五年のことだが、異国の地でゴーゴリはこの畢生の大作の完成に心血をそそいだ。農奴制のロシアでは死んだ農奴（「死せる魂」とは「死んだ農奴」の意だ）は次の人口調査まで戸籍上は生きていることになっている。主人公チチコフはこの死んだ農奴を買い集めて財産とし、それを抵当に国庫から大金を借り出そうというのだ。死せる農奴を求めて彼は遍歴の旅に出る。そしてその遍歴の途次で出会うさまざまな地主――無類のお人好しで現実ばなれした夢ばかり見ている地主だとか、御幣担ぎの意地っ張り、大ぼら吹きで賭け事に目がないがさつ者、落ちているものなら釘一本見のがさない大の字がつくけちん坊、熊のように鈍重な大食漢など、数々のあさましい地主の姿が小説の骨子となっている。

一八四二年に出版されるや作品は大きな反響をよんだ。知識人は農奴制を告発した、すぐれた写実主義小説であるとこれを激賞し、保守陣営はロシアにたいする中傷だと激昂した。『死せる魂』第一部はロシアを揺るがす一大事件となった。ベリンスキーは「あらゆる文学的関心が、今やゴーゴリ一点に集まっている」と書き、ゲルツェンも、「これは現代ロシアにたいする悲痛な非難だ」と日記に書きとめている。

　恐れをなしたゴーゴリは再びローマに逃れ、一八四八年までロシアに帰ることはなかった。「想像力だけにたよって人間の高い感情や情緒については話したり書いたりすることはできない。作家はわずかなりともそうしたものを自分の内に持っていなければならない。つまりよりよい人間にならなければならない」（「作者の告白」）――そう考えるゴーゴリは「人を教え諭す」立派な小説を書くために自己陶冶に努めた。だが、理想的な人間が登場するはずの『死せる魂』第二部は遅々として進まない。彼はこれを自分が至らないせいだと考え、ひたすら神に祈る。彼の特異な宗教心はますます狂信の度を深め、彼は自己の信念を表白するには文学という迂遠な道をたどるよりは、直接に人々に語りかけるべきだと考えるようになった。

　一八四七年、彼は自分の信条を記した『交友書簡選』を発表した。「農民は聖書以外の本が存在することすら知るべきではない」とか「司祭をなんじの領地管理人とせよ」とか、その内容は拙劣な「教え」で、それが居丈高な調子で書かれていた。その反動的な言動に、これまで彼を支持してきた知識人はおどろいた。ベリンスキーは痛烈に彼を非難する手紙を書いた。ゴーゴリはこうした批判にまたうろたえた。だが、狂いだした歯車はもう止まらない。神がかりとなったゴーゴリはいかがわしい狂信の神父マトヴェイにすがる。神父は俗世の悪たる文学を放棄し、彼岸にむけて魂を準備せよと説いては、ゴーゴリの恐怖心をあおった。恐慌をきたしたゴーゴリは、一八五二年二月、ほぼ完成していた『死せる魂』第二部の原稿を火にくべた。彼がこの世を去るのは、それから一二日後のことだ。断食のためにその身体は骨と皮一枚になり、治療と称して熱湯と冷水を交互にかけられ、そのうえ悪しき血を瀉血するために半ダースものヒルがゴーゴリの鼻につけられていた。凄惨な死である。

ところが、ゴーゴリにたいする誤解はその死をもっても終わりはしなかった。

四次元的想像力

貧しい官吏が一大決心をして外套を新調する。不自由を忍び爪に火をともすようにして仕立てた外套。これでようやく人間らしい生活を送れる。ところが、新調した外套に初めて袖を通した夜、外套は何者かに奪われる。悲しみのあまりに官吏は死に、やがてその幽霊が市中を徘徊する——哀れな官吏の末路を描いた『外套』の作者は、小さな人間を愛情をもって描いたヒューマンな作家と見なされた。

あるいは死せる農奴を買い集め、ひともうけを企む山師チチコフの遍歴を描いた『死せる魂』は、ロシアの現実を辛辣な筆で暴き立てた告発小説だと受け取られ、「純粋にロシアの国民的な作品だ」（ベリンスキー）と絶賛された。さらには「われわれはみんなゴーゴリの『外套』から生れた」というドストエフスキイの伝説的な名言がこれに加わって、ゴーゴリはめでたく「ロシア写実主義文学の祖」に祭り上げられた。

正気の沙汰とは思えない奇妙きてれつな出来事、グロテスクな人物、爆発する哄笑、瑣末な細部への執拗なこだわりと幻想的ヴィジョンのごったまぜ——こんにちゴーゴリの作品を読むと、この桁外れに奇っ怪な世界が写実主義であるとはとうてい思えない。「理由はいろいろあるが、何よりもまずゴーゴリはロシアをあまりよく知らなかったのだから、これがロシアの描写であろう筈がない」と、ナボコフは写実作家＝ゴーゴリ説を一笑に付している（『ロシア文学講義』小笠原豊樹訳）。

それにしても、ゴーゴリの世界は奇っ怪だ。たとえば『ジカニカ近郷夜話』に収められた『イワン・フョードロヴィチ・シポニカとその伯母』はどうだろう。退役して故郷に帰った主人公が隣家の令嬢と結婚させられそうになる。たしかにそろそろ結婚してもよい歳なのだが、四六時中、妻と鼻を突き合わせている生活を考えると気が乗らない。主人公は妻帯する前から夢でうなされる。

と、突然誰かが彼の耳をひっつかむ。「誰だ?」――「あたしよ、あなたの妻よ!」と、騒々しく誰かの声が答える。そこで彼は目が覚めた。と、今度は彼はすでに妻帯している。家のなかはとても変で、彼の部屋には一人用の寝台のかわりに二人用の寝台がある。椅子に妻が腰かけている。彼には実に変てこで、どんな風に妻に近づいたものなのか、何を話せばいいのか、分からない。見ると妻は鵞鳥(がちょう)の顔をしている。ふと脇を見ると、もう一人別の妻がいる。これがまた鵞鳥の顔をしている。反対側を向くと、三人目の妻が立っている。後ろを振り向くと、そこにも妻がいる。暗澹たる気持ちになって、彼は一目散に庭に駆けだした。庭はひどい暑さだ。ひょいと彼が帽子を取ると、帽子のなかに妻がいる。顔にどっと汗がふきでる。ハンカチを取りだそうとポケットに手を入れると、そこに妻がいる。耳に詰めた綿を抜くと、そこにも妻がいる……。それでいきなり片足でぴょんぴょん跳びはねると、伯母さんが彼を見やって、しかつめらしい顔つきで、「そうだよ、あんたは跳びはねなくちゃならないよ。何しろ、今じゃ女房持ちなんだからね」と言う。伯母さんに声を掛けようとすると、伯母さんはもう伯母さんではなく、鐘楼だ。ふと気づくと、誰かが彼を縄でくくって鐘楼に引っ張り上げようとしている。「誰です、ぼくを引き上げるのは？」とイワン・フョードロヴィチが情けない声で訴えると、「あたしよ、あなたの妻よ、あなたが鐘だから引っ張り上げているのよ」。「いや、ぼくは鐘じゃない、ぼくはイワン・フョードロヴィチだ！」と彼は声を張りあげる。「いや、あなたは鐘ですな」と通りすがりのP歩兵連隊の連隊長が言う。と、今度は夢のなかで、妻はまったく人間なんかではなく、一種の毛織物になっていて、彼はモギリョフ市のある商店に立ち寄っている。「どういう布地がご入り用でございます？」と商人が声をかけてくる。「妻をお持ちなさいませ。当今はやりの生地でございますよ！　素晴らしく上等な生地でございます！　今ではどなたもこれでフロックコートをお誂(あつら)えになります」。商人は寸法を計って、妻を裁つ。イワン・フョードロヴィチはそれを小脇に抱えると、ユダヤ人の仕立屋に向かう。「いんにゃ、だめですな」とユダヤ人は言う、「こりゃあ、ひどい生地でさあ！　こんなもんでフロックコートを拵える人はおりませんぜ……」。

夢なら珍奇なことはいくらでも起こりうるが、それにしても、この妻の増殖ぶりはいささか異常ではないか。『査察官』でフレスタコフが文士を気取ったあげく、世の中の名だたる作品は自分が書いたものだ、『フィガロの結婚』も『悪魔のロベール』も『ノルマ』『フリゲート艦希望号』も『ユーリー・ミロスラフスキー』も全部自分の作品だとまくし立て、次第にわれを忘れて、自分の身分を格上げして止まるところを知らないのも、これと同断だろう。

そう言えば、このフレスタコフの（ということはゴーゴリの）虚言癖は、どうやらゴーゴリの母親にさかのぼるらしい。母親は電信だとか鉄道だとか、近代の科学技術の発明品は息子の手になるものだと吹聴してはばからなかったらしいのだ。こうなると、もう妄想家族だとしかいいようがない。

ゴーゴリの描く「現実」は現実を越えて「四次元」に突き抜けているのだ。

増殖する事物

彼の奇っ怪な創造力（もしくは想像力）は、『外套』の主人公を見舞うゴミについてさえ、「スイカの皮やメロンの皮」と一々それを列挙しなければ収まらない。外套を新調せざるをえない立場に追い込まれて茫然自失した主人公が歩いていくと、煙突掃除の男が煤をべっとりこすりつける、頭上からは建設資材の石灰が降ってくる、ドーンと巡査にぶつかる――ゴーゴリにあっては事物や人や事件が勝手に増殖していくのだ。

鼻がひとり歩きするくらいで驚いてはいけない。『狂人日記』では犬が人間の言葉をしゃべり出す。主人公ポプリーシチンは、これまたうだつのあがらない九等官。彼は長官のご令嬢に恋しているのだが、あるとき町中で令嬢の飼い犬を見かけると、なんとその犬がよその犬相手に「あたし、あなたにお手紙を差し上げたのよ」なんて話しているのだ。ポプリーシチンは令嬢の動静を探ろうと犬小屋を家捜し（というのも変だが）してみると、たしかに手紙の束が見つかった。そのなかで令嬢の飼い犬は「あたし思うんだけれど、考えや気持ちや印象をほかの人と分かち合うことは、この世の中の最上の仕合わせのひとつじゃないかしら」などと高尚なことをのたまっていらっしゃるのだ。犬が伝える令嬢の様子から、自分が歯牙にもかけられない哀れな存在であることを知った主人公は、徐々に日常の論理を踏み外す。はたして自分は九等官なんかではなく、本人が気がつかないだけで、実は伯爵か将官なのかもしれない。たまたま新聞でスペイン国王の位が空位であることを知った彼は、たちどころに自分こそスペイン国王に違いないと思い込む……。

物の増殖、妄想の増殖。最初は慎ましやかだったゴーゴリの主人公の世界はとめどなく膨張していく。それどころか作中人物が実在の世界からではなく、たんなる言葉の綾から生じることもしばしばだ。作家ナボコフに言わせれば、ゴーゴリの場合には「ただの語り口から直接的に生きた人間が発生する」のだし、彼の副次的な人物は、「従属文のなかのさまざまな隠喩や、比較や、抒情的爆発などによって産み出されるのである」（『ロシア文学講義』）。さらに痛快なのは、時にはこと細かに描き出されたこうした副次的人物が、その後の物語の展開には一切からまず、はなから存在しなかったように、ぷっつり姿を消してしまうことだ。『外套』に登場する仕立屋ペトローヴィチのおかみさんの例をあげればじゅうぶんだろう。

物語のつじつまを合わせ、取り上げられる出来事を事の重要性に照らして整合的に配置する――そんな創作の鉄則など、ゴーゴリは一切おかまいなしだ。『鼻』の末尾が鮮やかに示しているように、間尺に合わない出来事を語りながら、「でも、どうです、世の中には間尺に合わないことってあるんじゃないですか?」と開き直る。作品によって社会が進むべき正しい道筋を示さなければならないという作家の使命・責任におぞけをふるいながら、一方で物語を途中で投げだすこのいい加減さ。ゴーゴリの内にはこの相容れぬ両極端の性格が同居していた。現実の矛盾を一身に体現した作家だった。

ゴーゴリの眼

ゴーゴリの眼はまるで拡大鏡かなにかのように現実を歪める。ゴーゴリが忠実にロシアの社会を反映したというのは、とんでもない誤解だ。社会の底辺に位置する哀れな小官吏に注ぐゴーゴリの眼差しを人道的なものと思いこみ、そこから作家の社会的抗議の姿勢を読み取り、リアリズム（写実主義）こそ新しい社会に必要な文学だと主張したのは、一九世紀のロシア批評界を牽引したベリンスキーだったが、この批評界の大御所の言説は抗しがたい感染力で人々の目を狂わせた。

その後の批評家も読者もまるで催眠術にかけられたかのように、ベリンスキーの色眼鏡を通してしかゴーゴリの作品が見えなくなった。ひところ日本で訳されたゴーゴリの解説には判で押したように、ゴーゴリ作品は「人目にもつかぬ下級官吏の日常生活をユーモアを交えて活写しながら、その日常にひそむぞっとするような真実を明らかにしている」だとか、「その作品はのちのロシア文学の大きな流れのひとつとなった人道主義的傾向の端緒となった」といった文言がならんでいた。読者のほうも、本当かねといぶかりながら、解説に書いてあるのだからそうだろうと、率直な感想を押し殺してきたのだ。どうやら「真実」だとか「人道的」という言葉に人は弱いらしい。ゴーゴリの時代の読者もすでにそうであったようで、毒舌家のナボコフなどは、「真面目な読者たちは、こんにちそうであるように、『事実』と『ほうとうの物語』と『人間味』をひたすら求めていた。哀れむべき魂たち」(『ニコライ・ゴーゴリ』青山太郎訳)と揶揄している。

「涙を通した笑い」という言葉で形容され、「人道主義の眼を持つ」ゴーゴリ像が塗り替えられるのはワシーリー・ローザノフ（一八五六〜一九一九）によってだ。ローザノフは、一九世紀ロシア文学がゴーゴリの延長線上にあるという通説を真っ向から否定する。それによれば、プーシキンにおいては言葉が現実との生き生きとした関係を保っていたのにたいして、ゴーゴリは「否定の契機」を文学に持ち込み、プーシキンの伝統を断絶させてしまったのだ。つまりゴーゴリはプーシキンにあった流動する生の豊穣、寄せては返す生の営みを、まるで死骸となった昆虫をピンで留めるように「死の相」のもとに見た。執拗な細部の描写に目をくらまされて、人々はゴーゴリの登場人物たちを生きた形象と取り違えたが、それは生きた人間どころか、さながらゾンビ、蠟細工の人形だというのだ。ローザノフは『死せる魂』の冒頭を引いて、こう語っている。

この言葉の流れをつらつら眺めてみて分かるのは、そこには生命がないということだ。それは蠟細工の言葉にすぎない。そこにはそよとも揺らぐものはなく、どんな言葉も前進せず、ほかの箇所で語られた以上に語ろうとはしない。どのページを開いても、どんな滑稽な場面に遭遇しても、われわれが目にするのは言葉の死せる織物にすぎない。(……)登場人物がいだく考えは発展せず、登場人物の印象は結び合わず、作者がさずけた特徴を付与されたまま不動でたたずんでいる。それらの印象は当の人物のなかでも、読者の心のなかでもそれ以上には発展しない。それがために、その印象は拭いがたく、はっきりと読者の心に刻み込まれる。そうした印象は芽を摘まれることもなければ、旺盛に繁茂することもない。ここでは発展するものなど何もないからだ。この死せる織物は読者の心のなかにそのままの形で注ぎ込まれ、そのままの姿で読者の心のなかにとどまる。

ゴーゴリが描いた人物が人々の心のなかに鮮明に記憶されるのは、それが肖像ではなくカリカチュア(戯画)にすぎないためだ。ある一つの光源でとらえられた戯画は発展しない。研究者のエイヘンバウムが指摘していることだが、『査察官』の終幕の「だんまりの場」はきわめて象徴的だ。本物の査察官の到着を知って凍りつく人たち、この不動の人物は発展することのないゴーゴリの登場人物の特徴をいみじくも示している。

ときにはくどいと思われるその描写からもうかがえるように、ゴーゴリは明らかに

「眼の人」だった。だがどうやら、その眼は常人が持っている眼とはちがっていた。ロシアのシンボリズムの作家で批評家のメレシコフスキー（一八六六〜一九四一）は『ゴーゴリと悪魔』という評論のなかで、ゴーゴリの眼は悪魔の眼ではなかったかとのべている。具体的にいうと、ゴーゴリの眼をアンデルセンの童話『雪の女王』に出てくる悪魔の鏡にたとえているのだ。あらゆる美しいものを滑稽な恐ろしい形に歪め、すべてをみにくく映し出す鏡。そのかけらが人の眼に入ると、その人にはあらゆるものがあべこべに見え、すべてが醜悪に映る。また破片が心臓に入り込もうものなら、その人の心は氷のように冷ややかになると言われるあの鏡だ。メレシコフスキーに言わせると、ゴーゴリの眼にも悪魔の鏡のかけらが入り込んでいた。彼の網膜に映ずる映像は現実の姿をそのままに映し出すことができず、すべてが歪められ、否定的表象をおびてしまうのだ。

現実感の喪失

ゴーゴリの眼は人間存在の多面的なあり方をとらえることができなかった。その眼はある一面だけをどぎつく強調（拡大）してしまう。その眼は、喜んだり悲しんだり、高邁な理想に胸を高鳴らせたり意気消沈したりといった人間の感情の機微に分け入ることはできなかったのだ。それはむしろ「死せる眼」だった。いや、死んでいたのは、もちろん眼だけではない。「死」をかかえ込んでいたのはゴーゴリ本人だろう。「死せる魂」とはゴーゴリ自身のことだとローザノフは書いている。

その主著を『死せる魂』と名づけたとき、彼はそれと意識せず、自分の創作の秘密、つまりは自分自身の秘密をさらけ出した。彼は外形的フォルムを描く天才的な画家だった。外形を描き出すことしかなしえなかった。その外形的フォルムにある種の魔術をもって、彫刻的といってもいい躍動感を付与した。それがあまりにも生き生きとしていたため、そのフォルムの背後に何もないこと、生きた魂なぞ一つもないこと、そのフォルムを担う者など存在しないことに誰も気づかなかった。（『ドストエフスキーの大審問官伝説』）

かくして生きた人間ではなく蠟細工の人形＝ゾンビがゴーゴリの作品のなかを跋扈

する。『ジカニカ近郷夜話』をはじめとするウクライナのエキゾティシズムあふれる初期の作品で魑魅魍魎が暗躍していたとすれば、『鼻』や『外套』『狂人日記』『肖像画』などペテルブルグの都市を舞台とした作品では人間のふりをした人形＝ゾンビが闊歩する。そう言えば、ゴーゴリの作品にはたえて女性が登場しない。もちろんこの言い方は正確ではなく、ときに女性は登場するのだが、とても血肉がある存在だとは思えない。ゴーゴリの女性嫌いはつとに有名で、性的不能者であったとする説もあるくらいだ。真偽はともかく、ゴーゴリが女性を描きえなかったことは紛れもない事実だ。先に引用した『シポニカ』の増殖する妻のイメージを思いだしてもらいたい。そこに登場する妻は明らかにモノである。

　事実、ゴーゴリの妻がモノであったという奇想天外な小説がある。トンマーゾ・ランドルフィのその名もずばり『ゴーゴリの妻』という短編がそれだ。もちろんゴーゴリが結婚した事実はないから、まったく虚構であることは言うまでもない。内容を紹介したいが、ネタバレになるのでここには書かない。ゴーゴリには妻がいた、その妻は実は……という話である。明らかにローザノフの「蠟細工人形」説が下敷きになっているとだけ言っておこう（この作品は白水Uブックス『ダブル／ダブル』に収められている)。

さて、ここまで書いてきて最後にとても重要な問題が残っていることに気づく。「笑い」の問題だ。ゴーゴリの「笑い」とはいったい何なのか？　風刺だろうか？　たしかにそうとも言えるが、それだけではなさそうだ。風刺には「笑う者」と「笑われる者(もしくは物)」のあいだにはっきりした関係が必要だ。高みに立って笑い飛ばす、笑って溜飲を下げる——そういう関係性が不可欠だが、ゴーゴリの作品にはそれはない。開放的(解放的)な「笑い」というものでもない。たしかにおかしく滑稽なのだが、いったい何を笑っているのか、判然としない。いわば自分にはね返ってくる笑い、引きつった笑いなのだ。笑っていても、なんだかすっきりしない、ちょっと嫌な後味が残る笑いだ。これを「涙を通した笑い」というのだろうか？　だが、ゴーゴリの笑いはそんな情緒的な笑いではないだろう。笑ってはみたものの、よく考えてみると薄気味のわるくなる笑い。考えれば考えるほど分からなくなる。『鼻』の噺家にならって、「さっぱりわからない」と投げてしまいたくなるが、ただひとつ言えることは、この「笑い」はゴーゴリの「死せる眼」と無関係ではないだろうということだ。ゴーゴリは「笑い」を持ち出すことで、自分の「死せる眼」を隠そうとしたのだ。彼

は「笑い」によって、せいぜい「生きているふり」をしてみせたのかもしれない。何度も引いている
だとすれば、この「笑い」も否定性を帯びていたことになる。
ローザノフは、「ゴーゴリから現実への嫌悪がはじまったように、ゴーゴリをもって
わが国における現実感の喪失がはじまった」と書いているが、風刺の笑いでもなく、
解放の笑いでもないゴーゴリの笑いは「現実的根拠の喪失」ゆえに引きつってしまう
のだろう。そうだとすれば、ゴーゴリの笑いを共有するわれわれもまたゴーゴリの眼
を埋め込まれているのだ。

翻訳について

今回この三作は「落語調」に訳してある。べつだん奇をてらったつもりはない。
『外套』を論じた有名な論文にエイヘンバウムの「ゴーゴリの『外套』はいかに作ら
れているか」(「ゴーゴリの『外套』はいかに仕立てられているか」とも訳せる)という論
文がある。エイヘンバウムはロシア・フォルマリズムを代表する研究者で、その立場
から『外套』の形式面を徹底的に分析している。言葉遊びや語呂合わせ、音韻構造、

言葉が持っている身振りや表情を取り上げながら、とりわけエイヘンバウムが強調するのは、ゴーゴリの「語り（スカース）」の側面だ。

いや『外套』ばかりではなく、ゴーゴリの小説では「語り」の要素がきわめて大きい。これはゴーゴリが無類の朗読の名手であったことと無縁ではない。彼は身振り手振りをまじえ、声色も変えながら巧みに語ったと言われる。その語り口がそのまま小説の地の文につながっていく。語り手がああでもないこうでもないと、行きつ戻りつしながら話を繰り出していくさまは、まさに噺家の語り口にそっくりだ。

今回の訳が世間にどう受け入れられるかは自分でも分からない。まさかこの訳文で、ゴーゴリの文体分析をやろうなんて素っ頓狂な人は出てこまい。原文に当たらず文学研究ができるはずがない。ここは愉しく訳そうと取り組んだのが、今お手許にある作物だ。

ただし、この「落語調」翻訳がぼくの独創ではないことは申し添えておかなくてはならない。その昔、江川卓氏が『外套』を落語に訳されたことがある。これは実際の落語の口演用に訳されたものだが、訳に凝られる江川氏だけに見事な訳文だ（「ソヴェート文学」通巻八七号、群像社刊に収められている）。

訳文には注をつけなかったが、ここで最小限の補足をしておこう。ゴーゴリに「生きた人間」が登場しないという特徴の裏返しでもあるのだが、ゴーゴリの作中人物の名には作為的（人工的）なものが多い。なかでも明らかに際立つものに注釈をつけると――

『外套』の主人公アカーキー・アカーキエヴィチは「アカー、アカー」の繰り返しが特徴的で、そこから聞き取れる「カーカー」は尾籠な話だがウンチを意味する。物扱いだから仕方がないのだが、それにしてもひどい名を付けられたものだ。凝り性の江川氏はこれを「運五郎」と訳されている。そこまでやるとぼくの訳文にならなくなるので、それは避けた。

『査察官』に登場する名前でまず目につくのは、主要な人物ではないが、ドプチンスキーとボプチンスキーという名だろう。まさに語呂合わせから作られた名だ。駄洒落や地口を多用したとのエイヘンバウムの指摘を裏付ける格好の材料だ。これらは名字だが、その名字が一字ちがいというだけでなく、この二人のファースト・ネームとミドル・ネーム（ロシア語ではこれを「名前」と「父称」という）がピョートル・イワノヴィチとまったく同一なのである。紛らわしいことこの上ないのだが、これも「個」を無視したゴーゴリ一流の命名だろう。

視学官の名字フローポフは「農奴、下司」を意味する。

判事のリャープキン＝チャープキンは「やっつけ仕事屋」程度の意味。

芝居のなかで奇妙な音しか発しない外国人の医者ギブネルは「くたばる、死亡する」という語に由来する。

事あるごとに人を殴りつける巡査のデルジモルダは「つらをおさえろ」とそのまずばりの命名。

最後に、この町をひっかきまわしてとんずら決めこむフレスタコフは「ひっぱたく」あるいは「大ぼら吹き」の意だ。

なお、この作品はこれまでずっと『検察官』という題名で流布してきたが、原題の「レヴィゾール」は「検察」とはまったく関係がなく、「監督官」「査察官」程度の意味だ。どの訳者も「検察官」という語が実態に合わぬことは分かっていたのだが、演劇界をはじめ、あまりにも浸透度が大きいため、やむなく「検察官」という題名が踏襲されてきた。今回訳出するにあたって「監督官」か「査察官」かで迷ったが、音を重視して「査察官」とした。作中にある『ユーリー・ミロスラフスキー』のくだり同様、ゆめゆめゴーゴリに『検察官』と『査察官』の二作があるなどと勘違いなさらぬように。

翻訳に当たっては、アカデミー版の『ゴーゴリ全集』第三巻、第四巻を使用した
Н.В.Гоголь. Полное собрание сочинений. в 14 томах. (Издательство Академии Наук СССР,Москва-Ленинград,1937-1952)

最後にもう一つ但し書きをつければ、ゴーゴリの元の作品は段落が非常に長く、現代の読者には読みづらいため、適宜改行を施したことをお断りしておきます。

ゴーゴリ年譜

一八〇九年
三月二〇日、ウクライナのポルタワ県ミルゴロド郡ソロチンツィ村に生まれる。父ワシーリーは中流の小地主。母マリヤは信心深い女性で、ゴーゴリの宗教への深い思い入れは母親の影響が大きい。弟一人、妹四人。

一八一八～一八一九年　九～一〇歳
ポルタワ郡立小学校に学ぶ。

一八二〇～一八二一年　一一～一二歳
学校の教師ガヴリール・ソロチンスキー宅に下宿し、個人授業を受ける。

一八二一年　一二歳
創設されたばかりのネージンのギムナジアに入学。

一八二五年　一六歳
父死去。学業は芳しくなかったが、このころから演劇に熱を上げ、同人誌にさかんに詩や散文を書いた。

一八二八年　一九歳
高校卒業後の一二月、友人のダニレフスキーとペテルブルグへ出立。

一八二九年　二〇歳
ウクライナの民俗・伝説に取材した短編執筆。『ガンツ・キューヘリガルテン』を自費出版するが酷評を受け、残部を書店の店頭から回収し、焼却処分に付す。
俳優を志すが果たせず、経済・公共施設局に下級官吏の職を得る。

一八三〇年　二一歳
帝室御料地局に書記の職を得る。「イワン・クパーラの前夜」発表。美術学校に通う。

一八三一年　二二歳
愛国女子学院の歴史教員に採用。詩人プーシキンの知遇を得る。
『ジカニカ近郷夜話』第一部（「ソロチンツィの定期市」「イワン・クパーラの前夜」「五月の夜、または水死女」「消えた手紙」を収録）出版。

一八三二年　二三歳
『ジカニカ近郷夜話』第二部（「降誕祭の前夜」「恐ろしい復讐」「イワン・フョードロヴィチ・シポニカとその伯母」「魔法のかかった土地」を収録）出版。

一八三三年　二四歳
キエフ大学歴史講座の教授のポストを獲得しようと空しく奔走。

一八三四年　二五歳
「イワン・イワーノヴィチとイワン・

ニキーフォロヴィチが喧嘩をした話」を発表。ペテルブルグ大学中世史講座の助教授となるが挫折。「タラス・ブーリバ」「肖像画」「ネフスキー大通り」「狂人日記」「鼻」などを執筆。

一八三五年　二六歳

作品集『アラベスキ』（「肖像画」「ネフスキー大通り」「狂人日記」ほかを収録）、『ミルゴロド』（「昔かたぎの地主たち」「タラス・ブーリバ」「ヴィ」「イワン・イワーノヴィチとイワン・ニキーフォロヴィチが喧嘩をした話」などを収録）出版。『死せる魂』の執筆開始。ベリンスキーの評論「ロシアの中編小説とゴーゴリ氏の中編小説について」。「査察官」執筆。一二月、愛国女子学院を解雇、ペテルブルグ大学を辞職。

一八三六年　二七歳

「幌馬車」発表。四月、アレクサンドリンスキー劇場で「査察官」の初演。六月、芝居が巻き起こした騒動に恐れをなして、ヨーロッパへ逃避行。「鼻」発表。

一八三七年　二八歳

プーシキンの訃報。ローマ、ジュネーヴなどに滞在。『死せる魂』執筆続行。

一八三八年　二九歳

ローマを中心にパリ、ジェノアに滞在。

画家イワーノフと親交。

一八三九年　三〇歳

九月、一時帰国（翌年五月まで）。ベリンスキーと知り合う。「外套」に着手。

一八四〇年　三一歳

五月、再びヨーロッパへ。ウクライナを題材にした史劇が捗らず極度の憂鬱症に。『死せる魂』第二部に着手。

一八四一年　三二歳

『死せる魂』第一部完成。一〇月、一時帰国。年末「外套」脱稿。

一八四二年　三三歳

五月、『死せる魂』第一部出版。改作した「肖像画」発表。

一〇月からローマへ、その後一八四八年まで外国暮らし。一二月、戯曲「結婚」初演。

一八四三年　三四歳

『死せる魂』第二部難航。五月にドイツ、一一月、ニース。

一八四四年　三五歳

健康悪化。主としてニースに滞在。しきりに宗教上の問題で書簡のやりとり。

一八四五年　三六歳

秋までパリ、ドイツに滞在。六月末、『死せる魂』第二部の原稿焼却。秋にローマへ。

一八四六年　三七歳

パリ、ドイツ、ナポリ。『交友書簡選』執筆。

一八四七年　　三八歳
一月、『交友書簡選』出版。批判に答えてベリンスキーなどから非難の渦。批判に答えて「作者の告白」執筆（死後発表）。七月、ベリンスキーから痛烈な批判の手紙。

一八四八年　　三九歳
一月、パレスチナへ巡礼の旅。四月、帰国。『死せる魂』第二部執筆再開。

一八四九年　　四〇歳
スミルノーワ家、アクサーコフ家に滞在。

一八五〇年　　四一歳
春、アンナ・ミハイロヴナ・ヴィエリゴルスカヤに求婚したが、家族の反対にあって破談。六月、オプチナ修道院訪問。

一八五一年　　四二歳
四〜五月、故郷の村などに滞在。トゥルゲーネフと知り合う。

一八五二年　　四三歳
霊的指導者マトヴェイ・コンスタンチノフスキーに説得され、文学を放棄。二月、ほぼ完成していた『死せる魂』第二部の原稿を再び焼却。食物を断ち、治療を拒否し、二月二一日死去。

訳者あとがき

この本には三つのゴーゴリの作品を収めた——『鼻』『外套』『査察官』。

どうしてこの三作にしたのか、今となってはよくおぼえていない。最初、『鼻』と『外套』はすんなり決まった。ゴーゴリと来れば『死せる魂』は落とせないのだが、これはあまりに長大でぼくの手にあまる。奇想天外ながら背筋が寒くなる『狂人日記』や、肖像画に描かれた怪しい眼がにらみつける『肖像画』も捨てがたい。だが、ここはすんなりと入りやすい上記三つの作品に絞ることにした。

何をおいても、この三作が好きだからだ。

まず、わけが分からないところがいい。ぼくはどちらかというと、ナンセンスな作品が好きだ。

落語に「あたま山」という噺がある。

けちな男がさくらんぼを食って、もったいないというので種まで飲んだ。やがて頭から桜の木が生えてきて、人がやって来て花見をするようになる。うるさくってたまらないから、その木を引っこ抜くと、水が溜まって大きな池になった。すると今度は魚釣りに人が来る、船遊びをやる。こううるさくってはたまらんと、男は頭の池に身投げした。山村浩二のアニメにもなったので、ご存じの方も多いはずだ。

ゴーゴリの作品、これと似てやいませんか？

いきなり鼻が取れて、町なかを歩きまわっているなんて、いいじゃないですか。焼いたパンのなかから出てきた鼻がなぜ焼けてないのか、ひとり歩きをはじめた鼻がどんな風に制服を着用しているのか、いちいち考えてみると、さっぱりわけが分からない。だが、ぼくは息子が小さいときにこれを読んで聞かせたことがあるが、息子はちっともそんな疑問はぶつけてこなかった。してみると、さかしらな頭で考えるほうが、どうかしているのかもしれない。ぼく自身、ゴーゴリの秘密とやらについては「解説」のなかでそれこそさかしらな口を叩いているが、まずは素直に作品をお愉しみいただきたい。

それにしても、ゴーゴリといえば、あの鼻だ。この本には作者の肖像を掲げることはできなかったけれど、機会があったらどこかで彼の肖像を是非ご覧になっていただきたい。大きな鼻がいやでも目につくはずだ。それにゴーゴリはその鼻と顎をくっつける特技があったというのだから、顔についている彼の「鼻」も、彼が書いた作品の『鼻』も、やはり「代表作」だろう。

『外套』で見逃せないのは、徐々に外套が仕上がっていくにつれて、主人公がなんだかしゃんとしていく過程だろう。ゴーゴリの女性嫌いについては「解説」でもふれておいたが、このくだりはまさに主人公が妻をめとるかのように書いてある。ゴーゴリは女性を描かなかったと言われるが、ちゃんと「外套」の形を借りて描いているわけだ。だが、「外套」が「奥さん」だなんて、やはり変だ。その変なところがおもしろい。

『査察官』のおもしろさは、なんと言っても、フレスタコフの、あの雪だるま式のホラ話だろう。フレスタコフは歯止めのきかない口からでまかせ男だ。本人ですらその口を制御できない。次から次へとデタラメが口をついて飛び出してくる。まるで機関銃のように早口で語られるギャグのオンパレード。ゴーゴリは駅舎の苦情帳で見かけた名前から、たちどころにその人物に関する風貌、経歴、逸話などを作り上げたというから、ゴーゴリ自身、フレスタコフにそっくりだったのだろう。いやこの際、フレスタコフはゴーゴリだと言ってしまおう。ゴーゴリこそ、とめどなく口をついて出る言葉や頭のなかに生起するイメージに振りまわされ、それを制御できなかった作家だったのだから。

ものはついでに「解説」で書き落としたことをここで書いておこう。ゴーゴリは一八〇九年三月二〇日に生まれた。これは「年譜」に記載しておいた。だがこれは旧暦での話だ。革命前のロシアはユリウス暦を使用していて、これを世界共通の暦に直すと、彼は四月一日生まれとなる。道理でフレスタコフが生まれてくるはずだ。これでなんとか噺にオチがついた。

最後に、今回むこうみずとも思える落語調訳ゴーゴリを快諾いただいた光文社翻訳出版編集部の駒井稔編集長ならびに編集部のみなさんの度量の広さに心からお礼を申し上げたい。なかでも編集の実務を担当された中町俊伸さんと大橋由香子さんには丹念に原稿を見ていただき、貴重な助言をいただいた。そうした指摘から、つじつまの合わないゴーゴリの筆に気づかされ、あらためてゴーゴリの本質に思い至ったのは予想外の発見だった。記して感謝いたします。

二〇〇六年九月

光文社古典新訳文庫

鼻(はな)／外套(がいとう)／査察官(ささつかん)

著者　ゴーゴリ
訳者　浦(うら) 雅春(まさはる)

2006年11月20日　初版第1刷発行
2025年5月20日　第10刷発行

発行者　三宅貴久
印刷　大日本印刷
製本　大日本印刷

発行所　株式会社光文社
〒112-8011東京都文京区音羽1-16-6
電話　03（5395）8162（編集部）
03（5395）8116（書籍販売部）
03（5395）8125（制作部）
www.kobunsha.com

落丁本・乱丁本は制作部へご連絡くだされば、お取り替えいたします。
ISBN978-4-334-75116-6 Printed in Japan

組版　新藤慶昌堂

いま、息をしている言葉で、もういちど古典を

長い年月をかけて世界中で読み継がれてきたのが古典です。奥の深い味わいある作品ばかりがそろっており、この「古典の森」に分け入ることは人生のもっとも大きな喜びであることに異論のある人はいないはずです。しかしながら、こんなに豊饒で魅力に満ちた古典を、なぜわたしたちはこれほどまで疎んじてきたのでしょうか。

ひとつには古臭い教養主義からの逃走だったのかもしれません。真面目に文学や思想を論じることは、ある種の権威化であるという思いから、その呪縛から逃れるために、教養そのものを否定しすぎてしまったのではないでしょうか。

いま、時代は大きな転換期を迎えています。まれに見るスピードで歴史が動いていくのを多くの人々が実感していると思います。

こんな時わたしたちを支え、導いてくれるものが古典なのです。「いま、息をしている言葉で」――光文社の古典新訳文庫は、さまよえる現代人の心の奥底まで届くような言葉で、古典を現代に蘇らせることを意図して創刊されました。気取らず、自由に、心の赴くままに、気軽に手に取って楽しめる古典作品を、新訳という光のもとに読者に届けていくこと。それがこの文庫の使命だとわたしたちは考えています。

光文社古典新訳文庫　好評既刊

ワーニャ伯父さん／三人姉妹
チェーホフ／浦雅春◉訳

人生を棒に振った後悔の念にさいなまれる「ワーニャ伯父さん」。モスクワへの帰郷を夢見ながら、出口のない現実に追い込まれていく「三人姉妹」。人生の悲劇を描いた傑作戯曲。

桜の園／プロポーズ／熊
チェーホフ／浦雅春◉訳

美しい桜の園に5年ぶりに当主ラネフスカヤ夫人が帰ってきた。彼女を喜び迎える屋敷の人々。しかし広大な領地は競売にかけられることに…（「桜の園」）。他ボードビル2篇収録。

ヴェーロチカ／六号室
チェーホフ傑作選
チェーホフ／浦雅春◉訳

無気力、無感動、怠惰、閉塞感……悩める文豪が自身の内面に向き合った末に生まれた、こころと向き合うすべての大人に響く迫真の短篇6作品を収録。

われら
ザミャーチン／松下隆志◉訳

地球全土を支配下に収めた〈単一国〉。その国家的偉業となる宇宙船〈インテグラル〉の建造技師は、古代の風習に傾倒する女に執拗に誘惑されるが…。ディストピアSFの傑作。

地下室の手記
ドストエフスキー／安岡治子◉訳

理性の支配する世界に反発する主人公は、「自意識」という地下室に閉じこもり、自分を軽蔑した世界をあざ笑う。それは孤独な魂の叫び声だった。後の長編へつながる重要作。

貧しき人々
ドストエフスキー／安岡治子◉訳

極貧生活に耐える中年の下級役人マカールと天涯孤独な少女ワルワーラ。二人の心の交流を描く感動の書簡体小説。21世紀の〝貧しき人々〟に贈る、著者二十四歳のデビュー作！

光文社古典新訳文庫　好評既刊

イワン・イリイチの死／クロイツェル・ソナタ
トルストイ／望月哲男◉訳

裁判官が死と向かい合う過程で味わう心理的葛藤を描く「イワン・イリイチの死」。地主貴族の主人公が嫉妬がもとで妻を殺す「クロイツェル・ソナタ」。著者後期の中編二作。

スペードのクイーン／ベールキン物語
プーシキン／望月哲男◉訳

ゲルマンは必ず勝つというカードの秘密を手にするが…。現実と幻想が錯綜するプーシキンの傑作「スペードのクイーン」。独立した5作の短篇からなる『ベールキン物語』を収録。

大尉の娘
プーシキン／坂庭淳史◉訳

心ならずも地方連隊勤務となった青年グリニョーフは、司令官の娘マリヤと出会い、やがて相思相愛になるのだが…。歴史的事件に巻き込まれる青年貴族の愛と冒険の物語。

白夜／おかしな人間の夢
ドストエフスキー／安岡治子◉訳

ペテルブルグの夜を舞台に内気で空想家の青年と少女の出会いを描いた初期の傑作「白夜」など珠玉の4作。長篇とは異なるドストエフスキーの〝意外な〟魅力が味わえる作品集。

オブローモフの夢
ゴンチャロフ／安岡治子◉訳

稀代の怠け者である主人公が、朝、目覚めても起き上がらず微睡むうちに見る夢を綴った「オブローモフの夢」。長編『オブローモフ』の土台となった一つの章を独立させて文庫化。

19世紀ロシア奇譚集
高橋知之◉編・訳

ある女性に愛されたいために悪魔に魂を売った男の真実が悲しい「指輪」、屋敷に棲みつく霊と住人たちとのユーモラスな関わりを描く「家じゃない、おもちゃだ！」など7篇。